LA VELOCIDAD DE LA LUZ

colección andanzas

Libros de Javier Cercas
en Tusquets Editores

ANDANZAS
El vientre de la ballena
Soldados de Salamina
El móvil
La velocidad de la luz

L'ULL DE VIDRE
Soldats de Salamina
La velocitat de la llum *(en preparación)*

JAVIER CERCAS
LA VELOCIDAD DE LA LUZ

1.ª edición: marzo 2005

Diseño de la colección: Guillemot-Navares
Reservados todos los derechos de esta edición para
Tusquets Editores, S.A. - Cesare Cantù, 8 - 08023 Barcelona
www.tusquets-editores.es
ISBN: 84-8310-298-6
Depósito legal: B. 7.626-2005
Fotocomposición: Foinsa - Passatge Gaiolà, 13-15 - 08013 Barcelona
Impreso sobre papel Goxua de Papelera del Leizarán, S.A.
Impresión y encuadernación: GRAFOS, S.A. Arte sobre papel
sector C, calle D, n.º 36 Zona Franca - 08040 Barcelona
Impreso en España

Índice

Para Raül Cercas y Mercè Mas

Para Raül Cercas y Mercè Mas

El mal, no los errores, perdura,
lo perdonable está perdonado hace tiempo, los
    cortes de navaja
se han curado también, sólo el corte que produce
    el mal,
ése no se cura, se reabre en la noche, cada noche.

Ingeborg Bachmann, «Calle de la Gloria»

–Pero ¿y si nos envuelven?
–No nos envolverán.
–¿Y si nos ahogamos?
–No nos ahogaremos.

Julio Verne, *Viaje al centro de la Tierra*

Todos los caminos

Ahora llevo una vida falsa, una vida apócrifa y clandestina e invisible aunque más verdadera que si fuera de verdad, pero yo todavía era yo cuando conocí a Rodney Falk. Fue hace mucho tiempo y fue en Urbana, una ciudad del Medio Oeste norteamericano en la que pasé dos años a finales de la década de los ochenta. La verdad es que cada vez que me pregunto por qué fui a parar precisamente allí me digo que fui a parar precisamente allí como podía haber ido a parar a cualquier otro sitio. Contaré por qué en vez de ir a parar a cualquier otro sitio fui a parar precisamente allí.

Fue por casualidad. Por entonces –de esto hace ahora diecisiete años– yo era muy joven, acababa de terminar mis estudios y compartía con un amigo un piso oscuro e infecto en la calle Pujol, en Barcelona, muy cerca de la plaza Bonanova. Mi amigo se llamaba Marcos Luna, era de Gerona como yo y en realidad era más y menos que un amigo: habíamos crecido juntos, habíamos jugado juntos, habíamos ido juntos al colegio, teníamos los mismos amigos. Desde siempre Marcos quería ser pintor; yo no: yo quería ser escritor. Pero habíamos estudiado dos carreras inútiles y no teníamos

15

trabajo y éramos pobres como ratas, así que ni Marcos pintaba ni yo escribía, o sólo lo hacíamos en los escasos ratos libres que nos dejaba la tarea casi excluyente de sobrevivir. Lo conseguíamos a duras penas. Él impartía clases en un colegio tan infecto como el piso en que vivíamos y yo trabajaba a destajo para una editorial de negreros (preparando originales, revisando traducciones, corrigiendo galeradas), pero como nuestros sueldos de miseria ni siquiera nos alcanzaban para pagar el alquiler del piso y la manutención aceptábamos todos los encargos suplementarios que conseguíamos arañar aquí y allá, por peregrinos que fuesen, desde proponer nombres a una agencia de publicidad para que ésta eligiese entre ellos el de una nueva compañía aérea hasta ordenar los archivos del Hospital de la Vall d'Hebron, pasando por escribir letras de canciones, que nunca cobramos, para un músico que boqueaba en dique seco. Por lo demás, cuando no trabajábamos ni escribíamos o pintábamos nos dedicábamos a patearnos la ciudad, a fumar marihuana, a beber cerveza y a hablar de las obras maestras con las que algún día nos vengaríamos de un mundo que, a pesar de que aún no habíamos expuesto un solo cuadro ni publicado un solo cuento, considerábamos que nos estaba ninguneando de forma flagrante. No conocíamos a pintores ni a escritores, no frecuentábamos cócteles ni presentaciones de libros, pero es probable que nos gustara imaginarnos como dos bohemios en una época en la que ya no existían los bohemios o como dos temibles kamikazes dispuestos a estrellarse alegremente contra la realidad; lo cierto es que no éramos más que dos provincianos arrogantes perdidos en la capital, que estábamos solos y furiosos y que el único sacrificio que por nada del mundo nos sentíamos capaces de realizar era el de volver a Gerona, porque eso equivalía a renunciar a los sueños de triunfo que habíamos acariciado desde siempre. Éramos brutalmente ambiciosos. Aspirábamos a fracasar. Pero no a fracasar sin más ni más y de cualquier manera: aspirábamos a fracasar de una forma total, radical y absoluta. Era nuestra forma de aspirar al éxito.

Una noche de la primavera de 1987 ocurrió algo que no tardaría en cambiarlo todo. Marcos y yo acabábamos de salir de casa cuando, justo en el cruce de Muntaner y Arimon, nos topamos con Marcelo Cuartero. Cuartero era un catedrático de literatura en la Universidad Autónoma a cuyas clases deslumbrantes yo había asistido con fervor, pese a haber sido un alumno mediocre. Era un cincuentón grueso, bajo, pelirrojo y descuidado en el vestir, con una cara grande de tortuga triste monopolizada por unas cejas de malvado y unos ojos sarcásticos que amedrentaban un poco; también era uno de los primeros especialistas europeos en la novela decimonónica, había encabezado la agitación universitaria contra el franquismo en los años sesenta y setenta y, según se decía (aunque esto era difícil deducirlo de la orientación de sus clases y la lectura de sus libros, escrupulosamente exentos de cualquier contenido político), continuaba siendo un comunista de corazón, resignado e irredento. Cuartero y yo apenas habíamos intercambiado algún comentario de pasillo durante mis años de estudiante, pero aquella noche se detuvo a hablar conmigo y con Marcos, nos contó que venía de una tertulia literaria que se reunía cada martes y cada viernes en el Oxford, un bar cercano y, como si la tertulia no hubiese satisfecho sus ganas de conversación, me preguntó por lo que estaba leyendo y nos pusimos a hablar de literatura; luego nos invitó a tomar una cerveza en El Yate, un bar de grandes ventanales y maderas bruñidas al que Marcos y yo no solíamos entrar, porque nos parecía demasiado lujoso para nuestro exiguo presupuesto. Acodados a la barra, estuvimos hablando de libros durante un rato, al cabo del cual Cuartero me preguntó de improviso en qué trabajaba; como Marcos estaba delante, no me animé a mentirle, pero hice todo lo posible por adornar la verdad. Él, sin embargo, debió de adivinarla, porque fue entonces cuando me habló de Urbana. Cuartero dijo que tenía un buen amigo allí, en la Universidad de Illinois, y que su amigo le había dicho que el curso siguiente el departamento de español ofrecía varias becas de profesor ayudante a licenciados españoles.

–No tengo ni idea de cómo es la ciudad –reconoció Marcelo–. Lo único que sé de ella lo sé por *Con faldas y a lo loco*.

–¿*Con faldas y a lo loco*? –preguntamos Marcos y yo al unísono.

–La película –contestó Marcelo–. Al principio Jack Lemmon y Tony Curtis tienen que dar un concierto en una ciudad helada del Medio Oeste, cerca de Chicago, pero por un lío con unos gánsters acaban largándose a escape hacia Florida disfrazados de coristas para correrse una juerga monumental. Bueno, pues Urbana es la ciudad helada a la que nunca llegan, de lo cual se deduce que Urbana no debe de ser una maravilla o que por lo menos debe de ser todo lo contrario de Florida, suponiendo que Florida sea una maravilla. En fin, eso es todo lo que sé. Pero la universidad es buena, y creo que el trabajo también. Te pagan un sueldo por dar clases de lengua, lo justo para vivir, y tienes que matricularte en el programa de doctorado. Nada muy exigente. Además, tú querías ser escritor, ¿no?

Sentí que se me incendiaban las mejillas. Sin atreverme a mirar a Marcos balbuceé algo, pero Cuartero me interrumpió:

–Pues un escritor tiene que viajar. Verás cosas distintas, conocerás a otra gente, leerás otros libros. Eso es saludable. En fin –concluyó–, si te interesa me llamas.

Cuartero se marchó poco después, pero Marcos y yo nos quedamos en El Yate, pedimos otra cerveza y estuvimos un rato bebiendo y fumando en silencio; los dos sabíamos lo que el otro estaba pensando, y los dos sabíamos que el otro lo sabía. Pensábamos que Cuartero acababa de formular en cuatro palabras lo que hacía mucho tiempo que pensábamos sin formularlo: pensábamos que, además de leer todos los libros, un escritor debía viajar y ver mundo y vivir con intensidad y acumular experiencias, y que Estados Unidos –cualquier lugar de Estados Unidos– era el lugar ideal para hacer todas esas cosas y convertirse en escritor; pensábamos que un empleo estable y remunerado que dejaba tiempo para escribir era mucho más de lo que en aquel momento yo podía soñar con conseguir en Barcelona; demasiado jóvenes o demasiado ilusos para saber qué significa que una vida se está yendo a la mierda, pensábamos que nuestra vida en Barcelona se estaba yendo a la mierda.

–Bueno –dijo por fin Marcos y, sabiendo que la decisión ya estaba tomada, apuró de un solo trago su vaso–. ¿Otra cerveza?

Así fue como, seis meses después de ese encuentro fortuito con Marcelo Cuartero, tras un viaje interminable en avión con escalas en Londres y Nueva York, fui a parar a Urbana como podía haber ido a parar a cualquier otro sitio. Recuerdo que en lo primero que pensé al llegar allí, mientras el autobús de la Greyhound que me traía de Chicago penetraba por una desierta sucesión de avenidas flanqueadas por casitas con porche, edificios de ladrillo rojizo y parterres meticulosos que reverberaban bajo el cielo candente de agosto, fue en la suerte tremenda que habían tenido Tony Curtis y Jack Lemmon en *Con faldas y a lo loco,* y en que escribiría a Marcos para decirle que había hecho diez mil kilómetros en vano, porque Urbana –apenas un islote de ciento cincuenta mil almas flotando en medio de un mar de maizales que se extendía sin interrupción hasta los suburbios de Chicago– no era mucho más grande ni parecía menos provinciana que Gerona. Por supuesto, no le dije nada de eso: para no desilusionarle con mi desilusión, o para tratar de modificar un poco la verdad, lo que le dije fue que Marcelo Cuartero estaba equivocado y que Urbana era como Florida, o más bien como una mezcla en miniatura de Florida y Nueva York, una ciudad efervescente, soleada y cosmopolita donde prácticamente las novelas me saldrían solas. Pero, como por mucho que nos empeñemos las mentiras no alteran la verdad, no tardé en comprobar que mi primera impresión compungida de la ciudad era exacta, y por eso durante los primeros días que pasé en Urbana me dejé dominar por la tristeza, incapaz como era de emanciparme de la nostalgia de lo que había dejado atrás y de la certidumbre de que, antes que una ciudad, aquel horno sin alivio perdido en medio de ninguna parte era un cementerio en el que a no mucho tardar acabaría convertido en un fantasma o un zombi.

Fue el amigo de Marcelo Cuartero quien me ayudó a vadear esa depresión inicial. Se llamaba John Borgheson y resultó ser un inglés americanizado o un americano que no había sabido dejar de ser inglés (o todo lo contrario); quiero decir que, aunque su cultura y su educación eran americanas y la mayor parte de su vida y toda su carrera académica habían transcurrido en Estados Unidos, aún conservaba casi intacto su acento de Birmingham y no se había contagiado de los modales directos de los norteamericanos, de manera que a su modo seguía siendo un británico de la vieja escuela, o le gustaba imaginar que lo era: un hombre tímido, cortés y reticente, que pugnaba en vano por ocultar al humorista de vocación que llevaba dentro. Borgheson, que rondaba los cuarenta años y hablaba ese castellano un tanto arcaico y pedregoso que hablan a menudo quienes lo han leído mucho y lo han hablado poco, era la única persona que yo conocía en la ciudad, y a mi llegada tuvo la deferencia inusitada de acogerme en su casa; luego me ayudó a alquilar un apartamento cercano al campus y a instalarme en él, me mostró la universidad y me guió por el laberinto de su burocracia. Durante esos primeros días no pude evitar la impresión de que la amabilidad exagerada de Borgheson se debía a que, a causa de algún malentendido, me consideraba un alumno predilecto de Marcelo Cuartero, lo que no dejaba de parecerme irónico, sobre todo porque por entonces yo ya empezaba a tener fundadas sospechas de que si Cuartero no me había enviado a un lugar más remoto e inhóspito que Urbana era porque no conocía un lugar más inhóspito y más remoto que Urbana. Borgheson también se apresuró a presentarme a algunos de mis futuros compañeros, discípulos suyos y profesores ayudantes como yo en el departamento de español, y una noche de sábado, pocos días después de mi llegada, organizó una cena con tres de ellos en el Courier Café, un pequeño restaurante situado en Race, muy cerca de Lincoln Square.

Recuerdo la cena muy bien, entre otras razones porque mucho me temo que algunas de las cosas que allí ocurrieron dan el tono exacto de lo que debieron de ser mis primeras semanas en Urbana. Los tres colegas que asistieron a ella tenían más o menos mi misma edad; eran dos hombres y una mujer. Los dos hombres dirigían una revista semestral titulada *Línea Plural:* uno era un venezolano llamado Felipe Vieri, un tipo muy leído,

irónico, un poco altivo, que vestía con una pulcritud
no exenta de amaneramiento; el otro se llamaba Frank
Solaún y era un norteamericano de origen cubano,
fornido y entusiasta, de sonrisa radiante y pelo alisado
con gomina. En cuanto a la mujer, su nombre era Laura Burns y, según supe más tarde por el propio Borgheson, pertenecía a una opulenta y aristocrática familia de
San Juan de Puerto Rico (su padre era propietario del
primer periódico del país), pero lo que en ella más me
llamó la atención aquella noche, aparte de su físico
inequívoco de gringa –alta, sólida, rubia, muy pálida
de piel–, fue su intimidante propensión al sarcasmo, a
duras penas refrenada por el respeto que le inspiraba
la presencia de Borgheson. Éste, por lo demás, impuso
su jerarquía con suavidad a lo largo de la cena, encau-
zando sin esfuerzo la conversación hacia temas que
pudieran ser de mi interés o de los que, según imaginaba o deseaba él, yo pudiera no sentirme excluido. Así
que hablamos de mi viaje, de Urbana, de la universidad,
del departamento; también hablamos de escritores y
cineastas españoles, y pronto advertí que Borgheson
y sus discípulos estaban más al día que yo de lo que
ocurría en España, porque yo no había leído los libros
ni había visto las películas de muchos de los cineastas
y escritores que ellos mencionaban. Dudo que este hecho me humillara, porque por aquella época mi resentimiento de escritor inédito, ninguneado y prácticamente ágrafo me autorizaba a considerar pura cochambre
todo cuanto se hacía en España –y arte puro todo cuanto no se hacía allí–, pero no descarto que explique en

23

parte lo que ocurrió a la altura de los cafés. Para entonces Vieri y Solaún llevaban ya un rato hablando con devoción irrestricta del cine de Pedro Almodóvar; siempre solícito, Borgheson aprovechó una pausa de aquel dúo entusiasta para preguntarme qué opinión me merecían las películas del director manchego. Como a todo el mundo, creo que por entonces a mí también me gustaban las películas de Almodóvar, pero en aquel momento debí de sentir una necesidad inaplazable de hacerme el interesante o de dejar bien clara mi vocación cosmopolita marcando distancias con aquellas historias de monjas drogadictas, travestis castizos y asesinas de toreros, así que contesté:

–Francamente, me parecen una mariconada.

Una carcajada salvaje de Laura Burns saludó el dictamen, y la satisfacción que me produjo esa acogida de escándalo me impidió advertir el silencio glacial de los demás comensales, que Borgheson se apresuró a romper con un comentario de urgencia. La cena concluyó poco después sin más incidentes y, al salir del Courier Café, Vieri y Solaún propusieron tomar una copa. Borgheson y Laura Burns declinaron la propuesta; yo la acepté.

Mis nuevos amigos me llevaron a una discoteca llamada Chester Street, que se hallaba apropiadamente en Chester Street, junto a la estación del tren. Era un local enorme y oblongo, de paredes desnudas, con una barra a la derecha y frente a ella una pista de baile acribillada de luces estroboscópicas que a esa hora ya estaba atestada de gente. Apenas entramos, a Solaún le faltó tiempo para perderse entre la muchedumbre convulsa que inundaba la pista; por nuestra parte, Vieri y yo nos abrimos paso hasta la barra para pedir cubalibres y, mientras esperábamos que nos los sirvieran, empecé a hacerle a Vieri un comentario entre burlón y perplejo a cuenta del hecho de que en la discoteca sólo se veían hombres, pero antes de que pudiera terminar de hacerlo un muchacho me abordó y me dijo algo que no entendí o no acabé de entender. Inclinándome hacia él, le pedí que lo repitiera; lo repitió: me preguntaba si me apetecía que bailáramos juntos. A punto estuve de pedirle que lo repitiera otra vez, pero en lugar de hacer eso le miré: era muy joven, muy rubio, parecía muy alegre, sonreía; le di las gracias y le dije que no quería bailar. El muchacho se encogió de hombros y, sin más explicaciones, se fue. Ya iba a contarle a Vieri lo que acababa de ocurrir cuando me abordó un tipo alto y fuerte, con bigote y botas camperas, y me hizo la misma o parecida pregunta que el muchacho; incrédulo, le di la misma o parecida respuesta, y sin siquiera volver a mirarme el tipo se rió silenciosamente y también se fue. Justo en aquel momento Vieri me alargó mi cubalibre, pero no le dije nada y ya ni siquiera tuve que leer la sorna resabiada y un poco vengativa que había en sus ojos para sentirme como Jack Lemmon y Tony Curtis llegando a Florida vestidos de coristas y para entender el silencio estupefacto que siguió a mi veredicto sobre las películas de Almodóvar. Mucho tiempo después Vieri me contó que, cuando a la mañana siguiente de aquella noche triunfal Frank Solaún le dijo a Laura Burns que me habían llevado a una fiesta gay en Chester Street, el grito de Laura resonó como un anatema por los pasillos del departamento: «¡Pero si es tan español que debe de tener el cerebro en forma de botijo, con pitorro y todo!».

Me gustaría creer que durante mis primeros días en Urbana este tipo de meteduras de pata no fue tan frecuente como me temo, pero no puedo asegurarlo; lo que sí puedo asegurar es que me habitué a mi nueva vida con mucha más rapidez de lo que auguraban. Es verdad que era una vida cómoda. Mi casa –un apartamento de dos habitaciones, con cocina y baño– se hallaba a cinco minutos a pie del Foreign Languages Building, el edificio que albergaba el departamento de español, en el 703 de West Oregon, entre Busey y Coler, en una zona de callecitas íntimas, estrechas y arboladas. Como me había prometido Marcelo Cuartero, ganaba dinero suficiente para vivir sin estrecheces y mis obligaciones como profesor de español y estudiante de doctorado me dejaban casi todas las tardes y todas las noches libres, además de unos fines de semana larguísimos que incluían los viernes, de manera que disponía de mucho tiempo para leer y escribir, y de una biblioteca inabarcable donde aprovisionarme de libros. Pronto la curiosidad por lo que tenía delante sustituyó a la nostalgia por lo que había dejado atrás. Asiduamente escribía a mi familia y mis amigos –sobre todo a Marcos–, pero ya no me sentía solo; de hecho, muy pronto descubrí que, si uno se lo proponía, nada era más fácil que hacer amigos en Urbana. Como todas las ciudades universitarias, aquélla era un lugar aséptico y falaz, un microclima humano huérfano de pobres y ancianos en el que cada año aterrizaba y del que cada año despegaba hacia el mundo real una población compuesta por jóvenes de paso procedentes de todo el planeta; sumado a la evidencia un tanto angustiante de que ni en la ciudad ni en varios centenares de kilómetros a la redonda había más distracción que la de trabajar, esta circunstancia facilitaba sobremanera la vida social, y es un hecho que, en contraste con la quietud estudiosa del resto de la semana, desde el viernes por la tarde hasta el domingo por la noche Urbana se convertía en un bullicioso hervidero de fiestas privadas que nadie parecía querer perderse y a las que todo el mundo parecía estar invitado.

Pero a Rodney Falk no lo conocí en ninguna de aquellas fiestas particulares y multitudinarias, sino en el despacho que compartimos durante un semestre en la planta cuarta del Foreign Languages Building. Nunca sabré si me asignaron ese despacho por azar o porque nadie quería compartirlo con Rodney (me inclino antes por lo segundo que por lo primero), pero lo que sí sé es que, si no me lo hubiesen asignado, lo más probable es que Rodney y yo nunca hubiésemos trabado amistad y todo hubiese sido distinto y mi vida no sería como es y el recuerdo de Rodney se hubiera borrado de mi memoria como al cabo de los años se ha borrado el de casi toda la gente que conocí en Urbana. O quizá no tanto, quizá exagero. Al fin y al cabo es verdad que, sin que ni mucho menos se lo propusiera, Rodney no pasaba inadvertido en medio de la rigurosa uniformidad que imperaba en el departamento y que todo el mundo acataba sin rechistar, como si se tratase de una norma tácita pero palpable de profilaxis intelectual paradójicamente destinada a instigar la competencia entre los miembros de aquella comunidad orgullosa de su estricta observancia meritocrática. Rodney contravenía esa norma porque era bastante mayor que los demás ayudantes de español, casi ninguno de los cuales superábamos los treinta años, pero también porque jamás asistía a las reuniones, cócteles y encuentros convocados por el departamento, lo que todo el mundo achacaba, según comprobé enseguida, a su índole reservada y excéntrica, por no decir arisca, contribuyendo a aureolarle de una leyenda denigratoria que incluía el privilegio de haber obtenido su empleo de profesor de español gracias a su condición de veterano de la guerra de Vietnam. Recuerdo que en una recepción ofrecida por el departamento a los nuevos ayudantes, la víspera del día en que daban comienzo las clases, alguien comentó su ausencia consabida, lo que provocó de inmediato, entre el conciliábulo de colegas que me rodeaba, una catarata de conjeturas salvajes acerca de qué es lo que Rodney debía de enseñar a sus alumnos, porque nadie le había oído nunca hablar español.

—¡Carajo! —zanjó entonces Laura Burns, que acababa de sumarse al corro—. A mí lo que me preocupa no es que Rodney no sepa una mierda de español, sino que cualquier día de éstos aparezca por aquí con un Kaláshnikov y nos quite a todos de en medio.

Aún no había olvidado este comentario, que fue

acogido con una carcajada unánime, cuando al otro día conocí finalmente a Rodney. Aquella mañana, la primera del curso, llegué muy temprano al departamento, y al abrir la puerta del despacho lo primero que vi fue a Rodney sentado a su mesa, leyendo; lo segundo fue que alzaba la vista del libro, que me miraba, que sin mediar palabra se levantaba. Hubo un instante irracional de pánico provocado por el recuerdo del exabrupto de Laura Burns (que de golpe dejó de parecerme un exabrupto y también de parecerme divertido) y por el tamaño de aquel hombrón con fama de desequilibrado que avanzaba hacia mí; pero no eché a correr: con aprensión estreché la mano que me alargaba, traté de sonreír.

–Me llamo Rodney Falk –dijo, mirándome a los ojos con desconcertante intensidad y haciendo un ruido que sonó como un taconazo marcial–. ¿Y tú?

Le dije mi nombre. Rodney me preguntó si era español. Le dije que sí.

–Nunca he estado en España –declaró–. Pero algún día me gustaría conocerla. ¿Has leído a Hemingway?

Yo apenas había leído a Hemingway, o lo había leído de cualquier manera, y mi concepto del escritor norteamericano cabía en una instantánea lamentable protagonizada por un viejo acabado, chulesco y alcohólico, amigo de bailaoras y de toreros, que divulgaba en sus obras pasadas de moda una imagen de postal turística amasada con los estereotipos más rancios e insoportables de España.

–Sí –contesté, aliviado por aquel atisbo de conversación literaria y, como debí de ver otra magnífica oportunidad de dejar bien clara entre mis compañeros de facultad mi insobornable vocación cosmopolita, que ya había creído pregonar con mi comentario homófobo sobre el cine de Almodóvar, añadí–: Francamente, me parece una mierda.

La reacción de mi flamante compañero de despacho fue más expeditiva que la que noches atrás habían tenido Vieri y Solaún: sin un gesto de desaprobación o aquiescencia, como si yo hubiera desaparecido de pronto de su vista, Rodney dio media vuelta y me dejó con la palabra en la boca; luego volvió a sentarse, volvió a coger su libro, volvió a enfrascarse en él.

Aquella mañana no hubo más y, si descontamos la sorpresa o el pánico inicial y a Ernest Hemingway, el ritual de los días que siguieron vino a ser más o menos idéntico. A pesar de que yo siempre llegaba al despacho apenas abrían el Foreign Languages Building, Rodney siempre se me adelantaba y, después de un saludo de compromiso que en el caso de mi compañero era más bien un mugido, se nos iba la mañana yendo y viniendo de las aulas, y también sentado cada uno ante su escritorio, leyendo o preparando clases (Rodney sobre todo leyendo y yo sobre todo preparando clases), pero siempre encerrados a cal y canto en un mutismo que sólo traté tímidamente de romper en un par de ocasiones, hasta que comprendí que Rodney no tenía el mínimo interés en hablar conmigo. Fue en esos días cuando, espiándolo a hurtadillas desde mi escritorio o por los pasillos del departamento, empecé a familiarizarme con su presencia. A primera vista Rodney tenía el aspecto cándido, pasota y anacrónico de esos hippies de los años sesenta que no habían querido o podido o sabido adaptarse al alegre cinismo de los ochenta, como si de grado o por fuerza hubiesen sido arrinconados en una cuneta para no perturbar el tráfico triunfante de la historia. Sin embargo, su indumentaria no desentonaba con el igualitarismo informal que reinaba en la universidad: siempre vestía zapatillas de deporte, tejanos gastados y holgadas camisas a cuadros, aunque en invierno –en el invierno polar de Urbana– cambiaba las zapatillas por unas botas militares y se abrigaba con gruesos jerséis de lana, un chaquetón de cuero y un gorro de piel. Era alto, corpulento, ligeramente desgarbado; caminaba con la vista siempre fija en el suelo y como a trompicones, escorado a la derecha, con un hombro más elevado que el otro, cosa que dotaba a su paso de una inestabilidad bamboleante de paquidermo a punto de desmoronarse. Tenía el pelo largo, espeso y rubicundo, y una cara recia y ancha, de piel levemente rojiza y facciones como esculpidas en el cráneo: la barbilla dura, los pómulos prominentes, la nariz escarpada y la boca burlona o despectiva, que al abrirse mostraba una doble hilera de dientes desiguales, de color casi ocre, bastante deteriorados. Padecía de fotofobia en uno de sus ojos, lo que le obligaba a protegerlo del contacto con el sol cegándolo con un parche de tela negra sujeto con una cinta a la cabeza, un pegote que le infundía un aire de ex combatiente no desmentido por su andar trompicado ni por su averiada figura.

Sin duda a causa de esa lesión ocular sus ojos no parecían a simple vista del mismo color, aunque si uno se fijaba advertía que simplemente uno era de un marrón más claro, casi meloso, y el otro de un marrón más oscuro, casi negro. Por lo demás, también advertí enseguida que Rodney no tenía amigos en el departamento y que, salvo con Dan Gleylock –un viejo profesor de literatura germánica en cuyo despacho le vi alguna vez conversando con un café en la mano–, con el resto de los miembros de la facultad mantenía una relación que ni siquiera alcanzaba el rango de esa cordialidad superficial que la educación impone.

Nada permitía presagiar que mi caso iba a ser distinto. De hecho, es casi seguro que la relación entre Rodney y yo nunca hubiera superado el estadio de autismo en que mutuamente nos confinamos durante los días iniciales del curso sin la involuntaria colaboración de John Borgheson. El primer viernes tras el inicio de las clases Borgheson me invitó a comer con un profesor italiano, joven y con un aire lánguido de dandi, llamado Giuseppe Rota, quien durante aquel semestre se hallaba de visita en la universidad. La comida tuvo dos partes. Durante la primera Rota habló sin cesar, mientras que Borgheson permaneció sumido en un silencio meditativo o embarazado; durante la segunda cambiaron las tornas –Borgheson habló y Rota permaneció en silencio, como si lo que allí se ventilaba no le concerniese del todo–, y sólo entonces comprendí el propósito de la invitación. Borgheson explicó que Rota había sido contratado por la universidad para impartir un curso de iniciación a la literatura catalana; hasta aquel momento, sin embargo, sólo se habían matriculado en él tres personas, lo que suponía un grave contratiempo ya que las normas de la universidad obligaban al departamento a cancelar aquellos cursos en los que no se hubiese inscrito un mínimo de cuatro alumnos. Llegado a este punto, el tono del discurso de Borgheson dejó de ser expositivo para volverse vehemente, como si tratara de enmascarar con el énfasis que invertía en él la vergüenza que le daba pronunciarlo. Porque lo que Borgheson me rogó con la anuencia silenciosa de Rota –y después de curarse en salud y tratar de halagar de paso mi vanidad con el argumento de que, dado mi conocimiento de la materia y el obligado nivel elemental del curso, éste no podía resultarme demasiado provechoso– fue que me matriculara en él, con el sobreentendido de que consideraría este pequeño sacrificio mío como un favor personal y también de que el curso no me supondría otro esfuerzo que el de asistir a las clases. Por supuesto, accedí de inmediato a la petición de Borgheson, encantado de devolverle parte de los favores que él me había hecho a mí, pero lo que en modo alguno podía prever –ni Borgheson podía adelantarme– era lo que iba a depararme aquella decisión trivial.

Empecé a sospecharlo el martes de la semana siguiente, cuando a última hora de la tarde entré en el aula donde iba a celebrarse la primera clase de literatura catalana y vi sentados en torno a una mesa a mis tres inminentes compañeros de curso. Uno era un tipo de aire patibulario, vestido de negro riguroso, con el pelo teñido de rojo y peinado a lo punk; el otro era un chino pequeño, enjuto y movedizo; el tercero era Rodney. Los tres me miraban sonrientes y en silencio y, después de asegurarme de que no me había equivocado de clase, los saludé y me senté; un momento después apareció Rota y empezó la clase. Lo de empezar es un decir. En realidad, aquella clase no acabó de empezar nunca, sencillamente porque era una clase impracticable. La razón es que, según comprobamos de inmediato con asombro, no había una lengua común a todos los que asistíamos a ella: Rota, que hablaba bien el castellano y el catalán, no hablaba, en cambio, ni una sola palabra de inglés, y el americano patibulario, que se apresuró a informarnos de que quería aprender catalán porque estudiaba filología románica, sólo chapurreaba el francés, igual que Rodney, que además conocía el castellano; en cuanto al chino, que se llamaba Wong y estudiaba dirección en la escuela de arte dramático, además de chino sólo sabía inglés (mucho más tarde supe que su deseo de aprender catalán obedecía al hecho de que tenía un novio catalán). No nos costó mucho tiempo comprender que, dadas las circunstancias, yo era el único instrumento posible de comunicación entre los miembros de aquella improvisada asamblea ecuménica, así que, después de que Rota, sudando y descompuesto, tratara en vano de hacerse entender por todos los medios a su alcance, incluidas las señas, me ofrecí a traducir sus palabras del catalán al inglés, que era la única lengua que todos los interesados entendían, excepto el propio Rota. Además de ridículo, el procedimiento era de una morosidad exasperante, aunque, mal que mal, nos permitió capear no sólo aquella clase introductoria, sino, por increíble que parezca, el semestre entero, es verdad que no sin grandes dosis de generosa hipocresía y de sonrisas por parte de todo el mundo. Pero, como es natural, aquel primer día salimos todos deprimidos y atónitos, de forma que al principio sólo pude interpretar como un sarcasmo el comentario que formuló Rodney cuando, después de abandonar juntos el aula y de recorrer en silencio el hall del Foreign Languages Building, estábamos a punto de separarnos a la puerta del edificio.

–Nunca había aprendido tantas cosas en una sola clase –fue el comentario de Rodney. Ya digo: primero pensé que bromeaba; luego pensé que no se refería a lo que yo creía que se refería y le miré a los ojos y pensé que no bromeaba; luego volví a pensar que bromeaba y luego ya no supe qué pensar. Rodney añadió–: No sabía que hablabas catalán.

–Vivo en Cataluña.

–¿Todo el mundo que vive en Cataluña habla catalán?

–Todo el mundo no.

Rodney se detuvo, me miró con una mezcla de interés y recelo, preguntó:

–¿Has leído a Mercè Rodoreda?

Dije que sí.

–¿Te gusta?

Como ya había aprendido la lección y quería lle-

35

varme bien con mi compañero de despacho, dije que sí. Rodney hizo un gesto extraño, que no supe cómo interpretar, y por un momento pensé en Almodóvar y en Hemingway y pensé que había vuelto a equivocarme, que quizá los admiradores de Hemingway sólo podían detestar a Rodoreda igual que los admiradores de Rodoreda sólo podían detestar a Hemingway. Antes de que yo matizara o retirara la mentira que acababa de infligirle Rodney me tranquilizó.

–A mí me encanta –dijo–. La he leído en traducción castellana, claro, pero quiero aprender catalán para leerla en el original.

–Pues has ido a parar al lugar adecuado –se me escapó.

–¿Cómo dices?

–Nada.

Ya iba a despedirme cuando inesperadamente Rodney dijo:

–¿Te apetece una cocacola?

Fuimos a Treno's, una taberna situada en la esquina de Goodwin y West Oregon, a medio camino entre mi casa y la facultad. Era un local atendido por estudiantes, de mesas de madera y paredes forradas también de madera, con una gran chimenea apagada y un gran ventanal que daba a Goodwin. Nos sentamos junto a la chimenea y pedimos una cocacola para Rodney, una cerveza para mí y un cuenco de palomitas para los dos. Conversamos. Rodney me contó que vivía en Rantoul, una pequeña ciudad próxima a Urbana, y que aquél era el tercer año que daba clase de español en la universidad.

—Me gusta —añadió.

—¿De veras? —pregunté.

—Sí —contestó—. Me gusta dar clase, me gustan los compañeros del departamento, me gusta la universidad.

—Debió de ver algo raro en mi cara, porque inquirió—: ¿Te sorprende?

—No —mentí.

Rodney me dio fuego con un Zippo y mientras encendía el cigarrillo me fijé en el mechero: era viejo y debía de haber sido plateado, pero ahora era de un amarillo herrumbroso; en la parte superior, en letras mayúsculas, figuraba la palabra Vietnam, y debajo unos números (68-69) y dos palabras: Chu Lai; en la parte inferior había un perro sentado y sonriente y debajo de él una frase: «Fuck it. I got my orders». Rodney notó que mi mirada se detenía en el mechero, porque dijo mientras se lo guardaba:

—Es todo lo bueno que me traje de esa guerra de mierda.

Iba a pedirle que me hablara de Vietnam cuando bruscamente me urgió a que le hablara de mí. Lo hice. Le hablé, creo, de Gerona, de Barcelona, de mis primeras impresiones de Urbana, y él me interrumpió para preguntarme cómo es que había ido a parar allí. Esta vez no le mentí, pero tampoco le dije la verdad; no, por lo menos, toda la verdad.

—Urbana es un buen lugar para vivir —sentenció Rodney cuando acabé de hablar; luego, misteriosamente, añadió—: Es como nada.

Le pregunté qué significaba eso.

–Significa que es un buen lugar para trabajar –dijo por toda respuesta.

Mientras yo pensaba en las razones que me había dado Marcelo Cuartero para que me marchase a Urbana, Rodney se puso a hablar de Mercè Rodoreda. Había leído dos de sus novelas *(La plaça del Diamant* y *Mirall trencat); yo* sólo había leído la segunda de ellas, pero le aseguré con aplomo de lector infalible que las dos que él había leído eran las mejores que Rodoreda había escrito. Entonces Rodney me hizo una propuesta: me dijo que cada martes y cada jueves, después de la clase de Rota (o después de la clase de Rota traducida por mí), podíamos acudir a Treno's para que yo le enseñara a hablar catalán; a cambio estaba dispuesto a pagarme lo que conviniéramos. Lo dijo en tono muy serio, pero extrañamente me sentí como si acabara de contarme un chiste un poco macabro que yo no había sabido descifrar o (más extrañamente aún) como si estuviera retándome en duelo. Yo aún no podía saber que ése era el tono habitual de Rodney, de modo que, aunque ni siquiera estaba seguro de poder enseñarle catalán a alguien, menos por orgullo que por curiosidad contesté:

–Me conformo con que me pagues las cervezas.

Fue así como Rodney y yo nos hicimos amigos. Aquel mismo jueves volvimos a Treno's, y a partir de la semana siguiente, tal y como habíamos acordado, nos reunimos allí cada martes y cada jueves, al terminar la clase oficial de catalán. Llegábamos poco después de las seis, nos sentábamos a la mesa junto a la chimenea, pedíamos cocacola (para él), cerveza (para mí) y palomitas (para los dos) y empezábamos a charlar hasta que a eso de las nueve se cerraba el local. Sobre todo durante los primeros días, tratábamos de dedicar el mayor tiempo posible a que Rodney se instruyera en los rudimentos del catalán, pero poco a poco la desidia o el aburrimiento nos fueron venciendo y el deber del aprendizaje cedió el paso al placer de la conversación. No es que no habláramos también en los ratos libres que teníamos en el despacho, pero lo hacíamos de forma discontinua o distraída, entre el trajín de otras ocupaciones, como si aquél fuese un lugar inadecuado para prolongar las conversaciones de Treno's; al menos puede que así lo entendiese Rodney; o puede que por algún motivo quisiera evitar que en el departamento supiesen de nuestra amistad. El caso es que apenas empecé a tratarlo fuera del despacho intuí que, pese a que los dos compartieran el mismo físico maltrecho y el mismo aire de extravío, como si acabaran de despertarse y aún les velara los ojos la telaraña del sueño, había una discrepancia fundamental, aunque para mí indefinible, entre el Rodney que yo conocía y el que conocían mis compañeros del departamento, pero lo que en aquel momento yo no podía intuir de ninguna manera es que esa discrepancia estaba vinculada a la esencia misma de la personalidad de Rodney, a un centro neurálgico que él mantenía oculto y al que por entonces nadie –en cierto sentido ni siquiera él mismo– tenía acceso.

No guardo una memoria fiel de aquellas tardes de

Treno's, pero algunos recuerdos de ellas son sumamente vívidos. Recuerdo, por ejemplo, la atmósfera cada vez más cargada del bar a medida que la noche avanzaba y el local se iba llenando de estudiantes que leían o escribían o conversaban. Recuerdo la cara joven, redonda y sonriente de una camarera que solía atendernos, y una mala copia de un retrato de Modigliani que pendía de una pared, justo a la derecha de la barra. Recuerdo a Rodney alisándose de vez en cuando el pelo en desorden y retrepándose con incomodidad en su silla y estirando hacia la chimenea las piernas que apenas le cabían bajo la mesa. Recuerdo la música que sonaba por los altavoces, muy tenue, casi como un eco distorsionado de otra música, y recuerdo que esa música me hacía sentir como si no estuviese en un bar de una ciudad del Medio Oeste a finales de los años ochenta, sino a finales de los setenta en un bar de Gerona, porque era la música de los bares de mi adolescencia en Gerona (cosas como Led Zeppelin, como ZZ Top, como Frank Zappa). Recuerdo muy bien un detalle curioso: la última canción que ponían cada noche, como un discreto aviso a los habituales de que el bar iba a cerrar, era *It's alright, ma (I'm only bleeding)*, una vieja canción de Bob Dylan que a Rodney le encantaba porque, igual que a mí ZZ Top me devolvía el desconsuelo sin horizonte de mi adolescencia, a él le devolvía el júbilo hippy de su juventud, se lo devolvía aunque fuera una canción tristísima que hablaba de palabras desilusionadas que ladran como balas y de cementerios abarrotados de dioses falsos y de gente solitaria que llora y tiene miedo y vive en un pozo sabiendo que todo es mentira y que ha entendido demasiado pronto que no merece la pena tratar de entender, le devolvía aquel júbilo quizá porque contiene un verso que yo tampoco he sabido olvidar: «Quien no está ocupado en vivir está ocupado en morir». Recuerdo también otras cosas. Recuerdo que Rodney hablaba con una extraña pasión helada, fumando sin tregua y gesticulando mucho y animado por una especie de euforia permanente, y que aunque nunca (o casi nunca) se reía, nunca daba la impresión de hablar del todo en serio. Recuerdo que nunca (o casi nunca) hablábamos de la universidad y que, pese a que Rodney nunca (o casi nunca) hablaba de cosas personales, nunca (o casi nunca) daba la impresión de hablar más que de sí mismo, y estoy seguro de que ni una sola vez le oí mencionar la palabra Vietnam. En más de una ocasión, en cambio, hablamos de política; o, más exactamente, fue Rodney quien habló de política. Pero no fue sino bien entrado el otoño cuando comprendí que, si no hablábamos más a menudo de política, no era porque ésta no le interesase a Rodney, sino porque yo no entendía absolutamente nada de política (y mucho menos de política norteamericana, que para Rodney era la única real, o por lo menos la única relevante), lo cual, dicho sea en honor a la verdad, tampoco parecía importarle demasiado a mi amigo, quien en todas las ocasiones en que abordó el asunto me dio la impresión de hablar más para sí mismo o para un interlocutor abstracto que para mí, diríase que urgido por una especie de impulso furioso de desahogo,

41

por una vehemencia resentida y sin esperanza contra los políticos de su país –a los que consideraba sin excepciones un hatajo de mentirosos y filibusteros–, contra las grandes corporaciones económicas que detentaban el verdadero poder político y contra los medios de comunicación que según él propagaban con impunidad las mentiras de los políticos y las corporaciones.

Pero lo que sobre todo recuerdo de aquellas tardes de Treno's es que casi sólo hablábamos de libros. Naturalmente, puede que exagere, puede que no sea verdad y que el futuro altere el pasado y que los hechos posteriores distorsionen mi memoria y que en Treno's Rodney y yo no hablásemos casi sólo de libros, pero lo que yo recuerdo es que casi sólo hablábamos de libros; de lo que en cualquier caso sí estoy seguro es de que muy pronto comprendí que Rodney era el amigo más culto que había tenido nunca. Aunque por algún motivo tardé todavía algún tiempo en confesarle que quería ser escritor y que allí en Urbana había empezado a escribir una novela, desde el principio le hablé de los narradores norteamericanos que por entonces leía: de Saul Bellow, de Philip Roth, de Bernard Malamud, de John Updike, de Flannery O'Connor. Para mi sorpresa (para mi alegría también), Rodney los había leído a todos; aclaro que no es que él dijera que los había leído, sino que, por los comentarios con que frenaba o alimentaba mi entusiasmo kamikaze (con más frecuencia lo primero que lo segundo), yo notaba que los había leído. Sin duda fue a Rodney a quien por primera vez oí mencionar, en aquellas tardes de Treno's, a algunos de los escritores que luego he asociado siempre a Urbana: a Stanley Elkin, a Donald Barthelme, a Robert Coover, a John Hawkes, a William Gaddis, a Richard Brautigan, a Harry Mathews. También hablamos alguna vez de Rodoreda, que antes de las clases imposibles de Rota era el único autor catalán que mi amigo conocía, así como de ciertos escritores latinoamericanos que apreciaba; y creo que en más de una ocasión Rodney mostró o fingió algún interés por la literatura española, aunque enseguida me di cuenta de que, a diferencia de los discípulos de Borgheson, la conocía poco y le gustaba menos. Lo que de verdad le gustaba a Rodney, lo que le apasionaba, era la vieja literatura norteamericana. Mi ignorancia al respecto era absoluta, de modo que todavía tardé algún tiempo en comprender que, como los de cualquier buen lector, en esta materia los gustos y opiniones de Rodney estaban saturados de prejuicios; el hecho es que eran inequívocos: adoraba a Thoreau, a Emerson, a Hawthorne y a Twain, consideraba a Trollope una estafa, a Poe un autor menor, a Melville un moralista de una solemnidad insoportable y a James un narrador artificioso, esnob y sobrevalorado; respetaba a Faulkner y a Thomas Wolfe, y consideraba que no había en todo el siglo un autor con más talento que Scott Fitzgerald, pero sólo Hemingway, precisamente Hemingway, era objeto de su devoción incondicional. Incondicional, pero no acrítica: yo le oí muchas veces burlarse de los errores, banalidades, cursilerías y limitaciones que aquejaban a las novelas de Hemingway, pero, gracias a un quiebro inesperado de la argumentación que era como un pase de magia, esas torpezas siempre acababan convirtiéndose a ojos de Rodney en condimentos indispensables de su grandeza. «Mucha gente ha escrito mejores novelas que Hemingway», me dijo la primera vez que hablamos de él, como si hubiera olvidado la opinión analfabeta que emití el día en que nos conocimos. «Pero nadie ha escrito mejores cuentos que Hemingway y nadie es capaz de superar una página de Hemingway. Además», concluyó sin una sonrisa, antes de que yo acabara de ruborizarme, «si te fijas bien es muy útil como detector de idiotas: a los idiotas nunca les gusta Hemingway.» Aunque tal vez lo fuera, no me tomé esta última frase como una alusión personal; no me enfadé, aunque hubiera podido hacerlo. Pero, al margen de que tuviera razón o no la tuviera, con el tiempo he acabado pensando que, antes que un escritor admirado, Hemingway fue para Rodney un símbolo oscuro o radiante cuyo alcance ni siquiera él mismo podía precisar del todo.

Antes he dicho que sólo bien avanzado el otoño comprendí que el interés de Rodney por la política no era meramente anecdótico, sino muy serio, aunque también un tanto disparatado o al menos –por decirlo de una forma convencional– poco convencional. En realidad no empecé a intuirlo hasta un domingo de principios de octubre en que un compañero del departamento llamado Rodrigo Ginés me invitó a comer a su casa, junto con otros compañeros del departamento, para hablar del número de *Línea Plural* que debía aparecer el siguiente semestre. Ginés, que había llegado a Urbana al mismo tiempo que yo y que acabaría siendo allí uno de mis mejores amigos, era chileno, era escritor, era violonchelista; también era profesor ayudante de español. Muchos años atrás había sido profesor en la Universidad Austral de Chile, pero a la caída de Salvador Allende la dictadura lo había expulsado y obligado a ganarse la vida con otros empleos, entre ellos el de violonchelista de la Orquesta Sinfónica Nacional. Tenía poco más o menos la misma edad de Rodney, mujer y dos hijos en Santiago y un aire melancólico de indio huérfano, con bigote y perilla, que no traicionaban su humor negro, su sociabilidad compulsiva ni su afición al vino y a la buena mesa. Aquel domingo acudieron a su casa, además de Felipe Vieri y Frank Solaún, los dos directores de la revista e incondicionales de Almodóvar, varios ayudantes del departamento, entre ellos Laura Burns y una austriaca llamada Gudrun con quien por entonces estaba saliendo nuestro anfitrión. Comimos un pollo con mole que cocinó Ginés, y durante la sobremesa discutimos largamente sobre el contenido de la revista. Hablamos de poemas, de relatos, de artículos, de la necesidad de contar con nuevos colaboradores, y cuando estábamos discutiendo este último punto yo saqué a colación el nombre de Rodney, con la sugerencia de que le pidiéramos algo para el próximo número; ya iba a cantar las excelencias intelectuales de mi amigo cuando noté que el resto de los comensales me miraba como si estuviera anunciándoles el inminente aterrizaje en Urbana de una nave espacial tripulada por enanitos con antenas. Me callé; hubo un silencio incómodo. Fue entonces cuando, como si hubiera sorprendido en sus manos el instrumento indicado para asegurar el éxito de la reunión, Ginés intervino para contar la historia. No puedo asegurar que sea cierta en todos sus detalles; a continuación me limito a contarla tal como él la contó. Al parecer, el martes de aquella misma semana, mientras más temprano que de costumbre se dirigía hacia su primera clase del día, mi amigo chileno había visto un Buick polvoriento deteniéndose a la brava en medio de Lincoln Avenue, al lado de un poste de la luz, justo en el cruce de Green Street. Ginés pensó que el coche se había averiado y siguió caminando hacia el cruce, pero admitió su error cuando a medida que se acercaba vio que el conductor se bajaba y que, en vez de ponerse a revisar el motor o a examinar el estado de los neumáticos, abría la puerta trasera, sacaba un cubo con una brocha y un cartel y pegaba el cartel en el poste de la luz. El conductor lucía un parche en el ojo derecho, y enseguida reconoció en él a Rodney. Según contó Ginés, hasta aquel día no había cruzado una sola palabra con él, y quizá por eso se quedó a unos metros del coche, viendo cómo Rodney acababa de pegar el cartel, confuso e intrigado, sin saber si llegarse hasta él o si echar a andar por Green y alejarse como si no hubiera visto nada, y aún estaba dudando cuando Rodney acabó de alisar el cartel sobre el poste, se dio la vuelta y le vio. Entonces a Ginés no le quedó más remedio que acercarse. Se acercó y, aunque sabía que Rodney no tenía ningún problema, le preguntó si tenía algún problema. Rodney le miró con su ojo destapado, sonrió de una forma esquinada y le aseguró que no; luego señaló el cartel recién pegado al poste. Como casi no entendía el inglés, Ginés no entendió nada de lo que había escrito allí, pero Rodney le informó de que el cartel convocaba a un paro general contra la General Electric en nombre del Partido Trotskista o de una facción del Partido Trotskista, Ginés no recordaba bien.

–Contra la General Electric –repitió Ginés, interrumpiendo su relato–. ¡Chucha! ¡Yo ni siquiera sabía que en este país todavía quedaba un Partido Trotskista!

Ginés explicó que en aquel momento se quedó mirando a Rodney sin saber qué decir y que Rodney se quedó mirándole a él sin saber qué decir. Transcurrieron unos segundos eternos, durante los cuales, según dijo, tuvo sucesivamente ganas de reír y ganas de llorar, y luego, mientras el silencio se dilataba y él esperaba que Rodney dijera alguna cosa o que a él se le ocurriera alguna cosa que decir, increíblemente pasó por su cabeza la cara del general Pinochet, inmóvil y con la mirada invisible tras sus perpetuas gafas de sol, sentado en un palco del Teatro de la Escuela Militar de Santiago, mientras él y sus compañeros de la Orquesta Sinfónica tocaban el *Adagio y allegro* de Saint Saëns o el *Rondó caprichoso* de Dvorak, cualquiera de las dos piezas pero ninguna otra, y casi sin proponérselo trató de imaginar qué es lo que en una situación como aquélla hubiera pensado o le hubiera dicho a Rodney el general Pinochet, pensó en el presupuesto del Estado chileno que administraba Pinochet y pensó también, con una satisfacción que aún no conseguía entender del todo, que, comparado con el presidente de la General Electric, Pinochet era igual que el capataz de una fábrica de uralita cuyos obreros no superaran en número a los afiliados que en todo el territorio de la Unión tenía el Partido Trotskista (o la facción del Partido Trotskista) a la que pertenecía o apoyaba Rodney. Finalmente fue éste quien rompió el hechizo. «Bueno», dijo. «Yo ya he acabado. ¿Quieres que te lleve a la facultad?»

–Eso fue todo –concluyó Ginés con su tonito chileno, apurando un vaso de vino y abriendo de par en par los ojos y los brazos en un ademán de perplejidad–. Me llevó a la facultad y allí nos despedimos. Pero me pasé todo el día con una sensación extrañísima en el cuerpo, como si aquella mañana me hubiera colado por error en la representación de una obra dada en la que había acabado haciendo sin querer el papel de protagonista.

Conociendo a Ginés como con el tiempo llegué a conocerle, estoy seguro de que no refirió esta anécdota con el propósito de impedir que Rodney colaborara en la revista, pero el hecho es que ni en aquélla ni en ninguna otra de las reuniones de *Línea Plural* volvió a mencionarse el nombre de Rodney. Por lo demás, añadiré que en compañía de Rodney a mí también me acosó más de una vez la sospecha de estar representando por error un drama o una broma (a veces una broma desasosegante o incluso siniestra) que no pertenecía a ningún género o estética conocidos y que no significaba nada, pero que me atañía de forma tan íntima como

48

si alguien la hubiese escrito ex profeso para mí. Otras veces la impresión era la contraria: la de que no era yo sino Rodney quien interpretaba una obra cuyo significado verdadero –que en ocasiones prometía revelar zonas de la personalidad de mi amigo impermeables al escrutinio casi involuntario al que le sometía en nuestras conversaciones en Treno's– acariciaba y estaba a punto de apresar y al final se me escapaba de las manos como un agua, igual que si la fachada transparente de Rodney no ocultase más que un fondo también transparente. No puedo omitir aquí un episodio ocurrido poco después de que empezáramos a ser amigos, porque a la luz de determinados hechos de los que tuve conocimiento mucho más tarde adquiere una resonancia ambigua pero elocuente.

Algunos viernes por la tarde yo iba a nadar a una piscina cubierta perteneciente a la universidad que se hallaba a unos veinte minutos de mi casa. Nadaba una hora u hora y media, a veces incluso dos, me metía un rato en la sauna, me duchaba y volvía a casa exhausto y feliz y con la sensación de haber eliminado toda la materia superflua acumulada durante la semana. Uno de esos viernes, justo al salir de la piscina, me encontré a Rodney. Estaba al otro lado de la calle, sentado en un banco de piedra, frente a una gran extensión de césped sin árboles de la que sólo le separaba una verja de alambre trenzado, con los brazos cruzados y el parche en el ojo y las piernas también cruzadas, como si estuviera apurando ociosamente el último sol del atardecer. Verlo allí me extrañó y me alegró: me extrañó porque yo sabía que Rodney no tenía clases los viernes por la tarde y además creía saber que mi amigo no permanecía en Urbana más que el tiempo estrictamente indispensable y, salvo los dos días de nuestra tertulia de Treno's, regresaba a Rantoul en cuanto terminaba con sus obligaciones académicas; me alegró porque nada apetece tanto después de hacer ejercicio como beber una cerveza y fumar un cigarrillo y conversar un rato. Pero, al seguir acercándome a Rodney y rebasar el extremo de un seto que vedaba la visión completa del césped, advertí que mi amigo no estaba tomando el sol, sino contemplando a un grupo de niños que jugaba frente a él. Eran cuatro y tenían ocho o nueve años, tal vez diez, vestían vaqueros y camisetas y gorras y jugaban a lanzarse y recoger un disco de plástico que iba y venía entre ellos planeando y girando sobre sí mismo como un platillo volante; imaginé que sus padres no andarían lejos, pero desde donde me hallaba, en la acera de enfrente, no podía distinguirlos. Y entonces, cuando ya iba a cruzar la calle para saludar a Rodney, me detuve. No sé con seguridad por qué lo hice, pero yo creo que fue porque noté algo raro en mi amigo, algo que me pareció disuasorio o quizá amenazante, una rigidez como congelada en su postura, una tensión dolorosa, casi insoportable, en el modo en que estaba sentado y miraba jugar a los niños. Yo me encontraba a unos veinte o treinta metros de él, de modo que no le veía con claridad la cara, o sólo se la veía de perfil. Inmóvil, recuerdo que pensé: tiene tantas ganas de reír que no puede reír. Luego pensé: no, está llorando y seguirá llorando y no va a dejar de llorar, si es que alguna vez deja de llorar, hasta que los niños se marchen. Luego pensé: no, tiene tantas ganas de llorar que no puede llorar. Luego pensé: no, tiene miedo, un miedo afilado como una hoja de afeitar, un miedo que corta y sangra y hiede y que yo no puedo entender. Luego pensé: no, está loco, completamente loco, tan loco que es capaz de engañarnos y fingir que está cuerdo. Aún estaba pensando lo anterior cuando uno de los niños lanzó con demasiada fuerza el disco, que sobrevoló la valla y fue a posarse con suavidad a unos metros de Rodney. Mi amigo no se movió, como si no hubiera reparado en el disco (lo que por supuesto era imposible), el niño se acercó a la valla, lo señaló y le dijo algo a Rodney, quien finalmente se levantó del banco, recogió el disco y, en vez de devolvérselo a sus propietarios, volvió a la valla y se puso en cuclillas para estar a la altura del niño, quien después de alguna vacilación se acercó a él. Ahora los dos estaban frente a frente, mirándose a través de los rombos de alambre de la valla; o mejor dicho: Rodney miraba al niño y el niño miraba alternativamente a Rodney y al suelo. Durante uno o dos minutos, en el curso de los cuales los otros niños permanecieron a distancia, pendientes de su compañero pero sin decidirse a acercarse a él, Rodney y el niño hablaron; o mejor dicho: fue sólo Rodney quien habló. El niño hacía otras cosas: asentía, sonreía, negaba con la cabeza, volvía a asentir; en un determinado momento, después de mirar a los ojos a Rodney, la actitud del niño cambió: pareció incrédulo o asustado o incluso (por un instante fugaz) presa del pánico, pareció querer alejarse de la valla, pero Rodney lo retuvo aferrándole de la muñeca y diciéndole algo que sin duda aspiraba a ser tranquilizador; entonces el niño inició un forcejeo y tuve la impresión de que estaba a punto de gritar o de echarse a llorar, Rodney no lo soltó, siguió hablándole de una forma confidencial y casi perentoria, vehemente, y entonces, en un segundo, yo también tuve miedo, pensé que podía ocurrir algo, no sabía exactamente qué, me pregunté si debía intervenir, dar un grito y pedirle a Rodney que soltara al niño y lo dejase marchar. Al segundo siguiente me tranquilicé: de repente el niño pareció calmarse, volvió a asentir, volvió a sonreír, primero tímidamente y después de forma abierta, momento en el cual Rodney le soltó y el niño dijo varias palabras seguidas, que no entendí aunque podía ver su boca e intenté leerle los labios. Acto seguido Rodney se incorporó sin prisa y lanzó por encima de la valla el disco, que planeó y fue a caer lejos de donde aguardaban los amigos del niño, quien para mi sorpresa no regresó de inmediato con ellos, sino que permaneció todavía un rato frente a la valla, indeciso, hablando tranquilamente con Rodney, y sólo se apartó de allí después de que sus amigos le gritaran varias veces que debían marcharse. Rodney vio cómo los niños se alejaban por el césped, corriendo, y, en vez de darse la vuelta y marcharse él también, volvió a sentarse en el banco, volvió a cruzar las piernas, volvió a cruzar los brazos y a quedarse inmóvil allí, frente al poniente, y yo no me atreví a acercarme a él y fingir que no había visto nada y proponerle una cerveza y un poco de conversación, y no sólo porque no hubiese entendido la escena y me hubiese incomodado o perturbado, sino también porque de pronto tuve la seguridad de que en aquel momento mi amigo deseaba ante todo estar a solas, de que no iba a moverse de aquel banco en mucho tiempo, de que iba a dejar que la luz huyera y cayera la noche y llegara el amanecer sin hacer nada salvo tal vez llorar o reírse en silencio, nada que no fuera mirar aquella extensión de césped como un enorme hangar vacío del que poco a poco se adueñaba la oscuridad y en el que probablemente él veía danzar (pero esto no lo supe o lo imaginé sino mucho más tarde) unas sombras indescifrables que sólo para él tenían algún sentido, aunque fuera un sentido espantoso.

Así era Rodney. O al menos así era Rodney en Urbana hace diecisiete años, durante los meses en que fui su amigo. Así y de otras formas mucho más irritantes, más desconcertantes también. O al menos mucho más desconcertantes e irritantes para mí. Recuerdo por ejemplo el día en que le dije que quería ser escritor. Como a los amigos de *Línea Plural*, en cuyas páginas no publiqué más que reseñas y artículos, yo no se lo había confesado antes a Rodney por cobardía o por pudor (o por una mezcla de ambas cosas), pero para aquella tarde de finales de noviembre ya llevaba mes y medio invirtiendo todo el tiempo que me dejaban libre mis clases en la escritura de una novela, que por otra parte nunca acabé, así que debía de sentirme menos inseguro que de costumbre, y en algún momento le dije que estaba escribiendo una novela. Se lo dije ilusionado, como si le estuviera revelando un gran secreto, pero, contra lo que esperaba, Rodney no reaccionó alegrándose o interesándose por la noticia; al contrario: por un instante su expresión pareció ensombrecerse y, con aire de aburrimiento o de decepción, volvió la vista hacia el ventanal de Treno's, a esa hora manchado de luces nocturnas; segundos después recobró su aire de costumbre, alegre y adormilado, y me miró con curiosidad, pero no dijo nada. Este silencio me avergonzó, me hizo sentir ridículo; enseguida la vergüenza se trocó en rencor. Para salir del paso debí de preguntarle si no le sorprendía lo que acababa de decir, porque Rodney contestó:

–No. ¿Por qué iba a sorprenderme?

–Porque no todo el mundo escribe novelas –dije.

Ahora Rodney sonrió.

–Es verdad –dijo–. Ni siquiera tú.

–¿Qué quieres decir? –pregunté.

–Que tú no escribes novelas, tú estás intentando escribirlas, lo que es muy distinto. Más vale que no te confundas. Además –añadió sin tratar de suavizar la aspereza del comentario anterior–, ninguna persona normal lee tantas novelas como tú si no es para acabar escribiéndolas.

–Tú no has escrito ninguna –objeté.

–Yo no soy una persona normal –contestó.

Quise preguntarle por qué no era una persona normal, pero no pude, porque Rodney cambió rápidamente de tema.

Esta conversación interrumpida me dejó un regusto tan ingrato que suspendí nuestros encuentros en Treno's con la excusa embustera de que estaba desbordado de trabajo, pero a la semana siguiente volvimos a hablar de la novela y nos reconciliamos, o más bien primero nos reconciliamos y luego volvimos a hablar de la novela. No fue en Treno's, ni tampoco en el despacho, sino después de una fiesta en casa del chino Wong. Ocurrió así. Un día, justo al terminar la clase de catalán, Wong pidió la palabra con cierta solemnidad para explicar que su trabajo de fin de semestre en la escuela dramática consistía en la puesta en escena de un drama en un acto y, con ceremoniosa humildad, nos aseguró que sería un honor para él que acudiéramos al ensayo general de la obra, que iba a tener lugar en su casa aquel viernes por la noche, y le dijéramos qué nos parecía. Por supuesto, yo no tenía la menor intención de acudir a la convocatoria, pero al volver de la piscina el viernes por la tarde, con un fin de semana inmenso y desierto de ocupaciones por delante, debí de pensar que cualquier excusa era buena para no trabajar y me fui a casa de Wong. Éste me recibió con grandes muestras de gratitud y sorpresa, y obsequiosamente me condujo a una buhardilla en uno de cuyos extremos se abría un espacio sólo ocupado por una mesa y dos sillas frente a las cuales, en el suelo, se hallaban ya sentados varios espectadores, entre ellos el americano patibulario de la clase de literatura catalana. Un poco avergonzado, como si me hubieran pillado en falta, lo saludé, luego me senté junto a él y estuvimos conversando hasta que

Wong juzgó que ya no iban a llegar más invitados y ordenó dar comienzo a la representación. Lo que vimos fue una obra de Harold Pinter titulada *Traición* e interpretada por estudiantes de la escuela; no recuerdo su argumento, pero sí que en ella sólo aparecían cuatro personajes, que su cronología interna estaba invertida (empezaba por el final y acababa por el principio) y que transcurría a lo largo de varios años y en varios escenarios distintos, incluida una habitación de hotel en Venecia. Ya estaba bien avanzada la obra cuando sonó el timbre de la casa. La representación no se interrumpió, Wong se levantó con sigilo, fue a abrir la puerta y enseguida volvió con Rodney, quien, agachándose mucho para no golpearse la cabeza con el techo inclinado, vino a sentarse junto a mí.

–¿Qué haces aquí? –le dije en un susurro.

–¿Y tú? –contestó, guiñándome un ojo.

Al terminar la obra aplaudimos de forma efusiva y, después de salir al escenario para saludar al público en compañía de sus actores, con varias reverencias preparadas para la ocasión, Wong anunció que en el piso de abajo nos aguardaba un refrigerio. Rodney y yo bajamos las escaleras de la buhardilla en compañía del americano patibulario, que elogiaba la puesta en escena de Wong y la comparaba con otra que había visto años atrás en Chicago. En el salón había una mesa cubierta con un mantel de papel y colmada de bocadillos, canapés y botellas de litro; en torno a ella se arremolinaban con avidez los invitados, que habían empezado a beber y a comer sin aguardar a que el anfitrión y los actores se reunieran con nosotros. Siguiendo su ejemplo me serví un vaso de cerveza; siguiendo mi ejemplo Rodney se sirvió un vaso de cocacola y empezó a comerse un bocadillo. Frugal o desganado, el americano patibulario conversaba, cigarro en mano, con una muchacha muy delgada, muy alta, cuyo aire de estudiante lumpen congeniaba a la perfección con el aire punk de mi compañero. Rodney aprovechó la ausencia de éste para hablar.

–¿Qué te ha parecido? –preguntó.

–¿La obra?

Asintió mientras masticaba. Yo me encogí de hombros.

–Bien –dije–. Bastante bien.

Rodney reclamó una explicación con la mirada.

–Bueno –reconocí–. La verdad es que no estoy muy seguro de haberlo entendido todo.

–En cambio yo estoy seguro de no haber entendido nada –dijo Rodney después de emitir un gruñido y de vaciarse la boca con un trago de cocacola–. Pero me temo que la culpa de eso no es de Wong, sino de Pinter. Ya no me acuerdo dónde leí cómo descubrió su método de escritura. Estaba el tipo con su mujer y le dijo: «Cariño, tengo escritas varias escenas bastante buenas, pero no tienen ninguna relación entre sí. ¿Qué hago?». Y la mujer le contestó: «No te preocupes: tú pégalas todas, que ya se encargarán los críticos de decir lo que significan». La cosa funcionó: la prueba es que no hay ni una sola línea de Pinter que los críticos no entiendan perfectamente.

Me reí, pero no hice ningún comentario al comentario de Rodney, porque en ese momento Wong y los actores aparecieron en el salón. Hubo un conato de aplausos, que no prosperó, y a continuación me acerqué a Wong para felicitarle. Estuvimos charlando un rato de la obra; luego me presentó uno a uno a los actores, y al final a su novio catalán, un estudiante de informática rubio, altanero y mofletudo que, pese a las muestras de afecto que Wong le prodigaba, me dio la impresión de que hacía lo posible por esconder ante mí la relación que los unía. Rodney no se acercó a nosotros; ni siquiera saludó a Wong; tampoco conversaba con nadie. Estaba recostado en el marco de la puerta de la cocina, inmóvil, con una media sonrisa en la boca y su bebida en la mano, igual que si estuviera asistiendo a otra representación. Seguí vigilándole a hurtadillas, evitando que nuestras miradas se cruzaran: allí estaba, solo y como invisible para todos en medio del bullicio de la fiesta. No parecía incómodo; al contrario: parecía estar disfrutando de veras con la música y las risas y las conversaciones que hervían en torno a él, parecía estar juntando coraje para romper su aislamiento autoimpuesto y sumarse a cualquiera de los corros que a cada rato se hacían y se deshacían, pero sobre todo (esto se me ocurrió mientras le miraba mirar a una pareja que improvisaba unos pasos de baile en un extremo despejado del salón) parecía un niño extraviado en una reunión de adultos o un adulto extraviado en una reunión de niños o un animal extraviado en una manada de animales de una especie distinta a la suya. Luego dejé de espiarle y me puse a charlar con una de las actrices, una chica rubia y pecosa y bastante guapa que me habló de la dificultad de interpretar a Pinter; yo le hablé de la dificultad de entender a Pinter, del método de composición de Pinter, de la mujer de Pinter, de los críticos de Pinter; la chica me miraba muy concentrada, incapaz de decidir si debía enfadarse, sentirse halagada o echarse a reír. Cuando volví a buscar a Rodney con la mirada no le encontré; lo busqué por todo el salón: nada. Entonces fui hasta Wong y le pregunté si lo había visto.

–Acaba de marcharse ahora mismo –contestó, señalando la puerta con un gesto ofendido–. Sin decirme nada de la obra. Sin despedirse. Decididamente, ese tipo está como una cabra, si es que no es un cabrón.

Me asomé a una ventana que daba a la calle y le vi. Estaba de pie en las escaleras del porche, alto, voluminoso, desamparado y vacilante, su perfil de ave rapaz recortándose apenas en la luz macilenta de las farolas mientras se subía las solapas del chaquetón de cuero y se ajustaba su gorro de piel y se quedaba muy quieto, mirando la oscuridad de la noche y los grandes copos de nieve que caían frente a él, cubriendo de un resplandor mate el jardín y la calzada. Por un segundo le recordé sentado en el banco y mirando a los niños que jugaban con el disco de plástico y pensé que estaba llorando, mejor dicho, tuve la seguridad de que estaba llorando, pero al segundo siguiente lo que pensé es que en realidad sólo estaba mirando la noche de forma muy rara, como si viera en ella cosas que yo no podía ver, como si estuviese mirando un insecto enorme o un espejo deformante, y después pensé que no, que en realidad miraba la noche como si caminara por un desfiladero junto a un abismo muy negro y no hubiera nadie que tuviera tanto vértigo y tanto miedo como él, y de repente, mientras pensaba eso, noté que todo el resentimiento que había incubado contra Rodney durante aquella semana se había evaporado, quién sabe si porque en aquel momento creí adivinar la causa de que nunca asistiera a las reuniones y fiestas de la facultad y de que, en cambio, hubiera asistido a aquélla.

Cogí mi abrigo, me despedí a toda prisa de Wong y salí en busca de Rodney. Le encontré cuando estaba abriendo la puerta de su coche; no pareció alegrarse especialmente de verme. Le pregunté adónde iba; me contestó que a casa. Pensé en Wong y dije:

–Por lo menos podías despedirte, ¿no?

No dijo nada; señaló su coche y preguntó:

–¿Quieres que te lleve?

Le contesté que mi casa estaba a apenas quince minutos caminando y que prefería caminar; luego le pregunté si quería acompañarme un rato. Rodney se encogió de hombros, cerró la puerta del coche y echó a andar junto a mí, al principio sin decir nada y luego hablando con repentina animación, aunque no recuerdo de qué. Lo que sí recuerdo es que caminábamos por Race y que, a la altura del Silver Creek –un antiguo molino de ladrillo convertido en restaurante chic–, después de un silencio Rodney se detuvo jadeando.

–¿De qué va? –preguntó de improviso.

De inmediato supe a qué se refería. Le miré: el gorro de piel y la solapa alzada del chaquetón casi le ocultaban la cara; en sus ojos no había rastro de lágrimas, pero me pareció que estaba sonriendo.

–¿De qué va el qué? –dije.

–La novela –contestó.

–Ah, eso –dije con un gesto a la vez suficiente y despreocupado, como si la inexplicable displicencia de Rodney respecto a ese asunto no hubiese sido la causa de que yo suspendiera nuestros encuentros en Treno's–. Bueno, en realidad todavía no estoy muy seguro...

–Me gusta –me interrumpió Rodney.

–¿Qué es lo que te gusta? –pregunté, atónito.

–Que aún no sepas de qué va la novela –contestó–. Si lo sabes de antemano, malo: sólo vas a decir lo que ya sabes, que es lo que sabemos todos. En cambio, si aún no sabes lo que quieres decir pero estás tan loco o tan desesperado o tienes el coraje suficiente para seguir escribiendo, a lo mejor acabas diciendo algo que ni siquiera tú sabías que sabías y que sólo tú puedes llegar a saber, y eso a lo mejor tiene algún interés. –Como de costumbre, no supe si Rodney hablaba en serio o en broma, pero en esta ocasión no entendí ni una sola de sus palabras. Rodney debió de notarlo, porque, echando a andar de nuevo, concluyó–: Lo que quiero decir es que quien siempre sabe adónde va nunca llega a ninguna parte, y que sólo se sabe lo que se quiere decir cuando ya se ha dicho.

Aquella noche nos despedimos a la altura del Courier Café, muy cerca ya de mi casa, y a la semana siguiente reanudamos nuestros encuentros en Treno's. A partir de entonces hablamos a menudo de mi novela; de hecho, y aunque es seguro que hablábamos también de otras cosas, ésa es casi la única de la que recuerdo que hablábamos. Eran conversaciones un tanto peculiares, a menudo desorientadoras, en cierto sentido siempre estimulantes, pero sólo en cierto sentido. A Rodney, por ejemplo, no le interesaba discutir el argumento de mi libro, que era en cambio el punto que más me preocupaba a mí, sino quién desarrollaba el argumento. «Las historias no existen», me dijo una vez. «Lo que sí existe es quien las cuenta. Si sabes quién es, hay historia; si no sabes quién es, no hay historia.» «Entonces yo ya tengo la mía», le dije. Le expliqué que lo único que tenía claro en mi novela era precisamente la identidad del narrador: un tipo exactamente igual que yo que se hallaba exactamente en las mismas circunstancias que yo. «¿Entonces el narrador eres tú mismo?», conjeturó Rodney. «Ni hablar», dije, contento de ser ahora yo quien conseguía confundirle. «Se parece en todo a mí, pero no soy yo.» Empachado del objetivismo de Flaubert y de Eliot, argumenté que el narrador de mi novela no podía ser yo porque en ese caso me hubiera visto obligado a hablar de mí mismo, lo que no sólo era una forma de exhibicionismo o impudicia, sino un error literario, porque la auténtica literatura nunca revelaba la personalidad del autor, sino que la ocultaba. «Es verdad», convino Rodney. «Pero hablar mucho de uno mismo es la mejor manera de ocultarse.» A Rodney tampoco parecía interesarle demasiado lo que yo estaba contando o me proponía contar en mi libro; lo que sí le interesaba era lo que no iba a contar. «En una novela lo que no se cuenta siempre es más relevante que lo que se cuenta», me dijo otra vez. «Quiero decir que los silencios son más elocuentes que las palabras, y que todo el arte del narrador consiste en saber callarse a tiempo: por eso en el fondo la mejor manera de contar una historia es no contarla.» Yo escuchaba a Rodney subyugado, casi como si fuese un alquimista y cada frase que pronunciaba el ingrediente necesario de una pócima infalible, pero es probable que estas discusiones sobre mi futura novela frustrada –que a la larga serían decisivas para mí y que, sin que ninguno de los dos hubiera podido preverlo, prácticamente iban a ser también las últimas que Rodney y yo íbamos a mantener– contribuyeran a corto plazo a despistarme, porque lo cierto es que casi cada semana variaba por entero la orientación de mi libro. Ya he dicho que por aquella época yo era muy joven y carecía de experiencia y de juicio, lo que vale tanto para la vida como para la literatura y explica que en aquellas conversaciones sobre literatura prestara una atención desmesurada a observaciones anodinas de Rodney y apenas reparara en otras que tarde o temprano –más temprano que tarde– acabarían por serme de mucha utilidad; puede que me equivoque, pero ahora tiendo a creer que, aunque sea una paradoja –o precisamente por serlo–, lo que me permitió sobrevivir sin padecer daños irreparables al alud de lucidez a menudo delirante de Rodney fue precisamente esa incapacidad para discriminar lo esencial de lo superfluo y lo sensato de lo insensato.

Por fin, una mañana de principios de diciembre le entregué a Rodney las primeras páginas de mi novela, y al otro día, cuando al llegar al despacho le pregunté si las había leído, me emplazó a hablar del asunto en Treno's, después de la clase de Rota. Yo estaba impaciente por conocer la opinión de Rodney, pero aquella tarde la clase fue tan extenuante que al llegar a Treno's se me había pasado la impaciencia o había olvidado la novela, y lo único que quería era tomarme una cerveza y olvidarme de Rota y del americano patibulario, quienes durante una hora inacabable me habían torturado obligándome a traducir del catalán al inglés y del inglés al catalán una discusión esperpéntica acerca de las similitudes que unían un poema de J.V. Foix y otro de Arnaut Daniel. Así que es natural que cuando, después de la segunda cerveza y sin previo aviso, Rodney me preguntó si estaba seguro de que quería ser escritor, yo le contestase:

–Cualquier cosa antes que ser traductor. –Nos reímos, o por lo menos me reí yo, pero mientras lo hacía recordé otra discusión, la que acerca de las páginas primeras de mi novela teníamos pendiente y, como una prolongación despreocupada de la broma anterior, pregunté–: ¿Tan malo te ha parecido lo que te di?

–Malo no –contestó Rodney–. Horroroso.

El comentario fue como una patada en el estómago. Reaccioné con rapidez: traté de explicarle que lo que había leído no era más que un borrador, traté de defender el planteamiento de la novela que anunciaba; en vano: Rodney se sacó del bolsillo del chaquetón las páginas de la novela, las desdobló y procedió a triturar su contenido. Lo hizo sin apasionamiento, como el forense que practica una autopsia, lo que todavía me dolió más; pero lo que más me dolió es que íntimamente yo sabía que mi amigo tenía razón. Hundido y furioso, con todo el rencor acumulado mientras Rodney hablaba, le pregunté si lo que según él debía hacer era dejar de escribir.

—Yo no he dicho eso —me corrigió, impertérrito—. Lo que debas o no debas hacer es cosa tuya. No hay ningún escritor que no haya empezado escribiendo basura como ésta o peor, porque para ser un escritor decente ni siquiera hace falta talento: basta con un poco de empeño. Además, el talento no se tiene, sino que se conquista.

—¿Entonces por qué me preguntas si estoy seguro de que quiero ser escritor? —pregunté.

—Porque puedes acabar consiguiéndolo.

—¿Y dónde está el problema?

—En que es un oficio muy cabrón.

—No más que el de traductor, supongo. No digamos que el de minero.

—No estés tan seguro —dijo con un gesto inseguro—. No sé, a lo mejor sólo debería ser escritor quien no puede ser otra cosa.

Me reí como si tratara de imitar la risa feroz de un kamikaze, o como si estuviera vengándome.

—Vamos, vamos, Rodney: a ver si ahora va a resultar que eres un jodido romántico. O un sentimental. O un cobarde. A mí no me da ningún miedo fracasar.

–Claro –dijo–. Porque no tienes ni idea de lo que es. Pero ¿quién ha hablado del fracaso? Yo hablaba del éxito.

–Acabáramos –dije–. Ahora entiendo. La catástrofe del éxito. Se trataba de eso. Pero eso no es una idea, hombre: es sólo un tópico.

–Puede ser –dijo, y a continuación, como si se estuviera riendo de mí o me estuviera reprendiendo pero no quisiera que yo sospechara ni una cosa ni la otra, añadió–: Pero las ideas no se convierten en tópicos porque sean falsas, sino porque son verdaderas, o al menos porque contienen una parte sustancial de verdad. Y cuando uno se aburre de la verdad y empieza a decir cosas originales tratando de hacerse el interesante, acaba no diciendo más que tonterías. En el mejor de los casos tonterías originales y hasta interesantes, pero tonterías.

No supe qué contestarle y di un trago de cerveza. Notando que el sarcasmo me aliviaba del ultraje de la decepción dije:

–Bueno, por lo menos después de lo que has leído reconocerás que estoy vacunado contra el éxito.

–Tampoco estés tan seguro de eso –replicó Rodney–. A lo mejor nadie está vacunado contra el éxito; a lo mejor basta tener suficiente aguante con el fracaso para que te atrape el éxito. Y entonces ya no hay escapatoria. Se acabó. Finito. Kaputt. Ahí tienes a Scott, a Hemingway: los dos estaban enamorados del éxito, y a los dos los mató, y además mucho antes de que los enterraran. Sobre todo al pobre Scott, que era el más débil y el que más talento tenía y por eso el desastre le pilló antes y no tuvo tiempo de advertir que el éxito es letal, una desvergüenza, un desastre sin paliativos, una humillación para siempre. Le gustaba tanto que cuando le llegó ni siquiera se dio cuenta de que, aunque se engañase con protestas de orgullo y demostraciones de cinismo, en realidad no había hecho otra cosa más que buscarlo, y ahora que lo tenía entre las manos ya no le servía para nada ni podía hacer nada con él excepto dejar que le corrompiera. Y le corrompió. Le corrompió hasta el final. Ya sabes lo que decía Oscar Wilde: «Hay dos tragedias en la vida. Una es no conseguir lo que se desea. La otra es conseguirlo». –Rodney se rió; yo no–. En fin, lo que quiero decir es que nadie muere por haber fracasado, pero es imposible sobrevivir con dignidad al éxito. Esto no lo dice nadie, ni siquiera Oscar Wilde, porque es evidente o porque da mucha vergüenza decirlo, pero así es. De modo que, si te empeñas en ser escritor, aplaza todo lo que puedas el éxito.

Mientras escuchaba a Rodney me acordé inevitablemente de mi amigo Marcos y de nuestros sueños de triunfo y de las obras maestras con las que pensábamos vengarnos del mundo, y sobre todo me acordé de que una vez, algunos años atrás, Marcos me contó que un compañero insufrible de la Facultad de Bellas Artes le había dicho que la condición ideal de un artista es el fracaso, y que él le había contestado con una frase de un escritor francés, tal vez Jules Renard: «Sí, lo sé. Todos los grandes hombres primero fueron ignorados; pero yo no soy un gran hombre, así que preferiría tener éxito inmediatamente». También pensé que Rodney hablaba como si conociera lo que eran el éxito y el fracaso, cuando en realidad no conocía ni una cosa ni la otra (o no las conocía más que a través de los libros ni más que yo, que apenas las conocía), y que en realidad sus palabras sólo eran las palabras de un perdedor empapado de la hipócrita y empalagosa mitología del fracaso que gobernaba un país histéricamente obsesionado por el éxito. Pensé todo esto y a punto estuve de decirlo, pero no dije nada. Lo que hice, después de un silencio, fue burlarme de la jeremiada de Rodney.

–Si fracasas, porque fracasas, y si tienes éxito, porque tienes éxito –dije–. Menudo panorama.

Mi amigo ni siquiera sonrió.

–Un oficio muy jodido –dijo–. Pero no por eso. O no sólo por eso.

–¿Te parece poco?

–Sí –dijo, y luego preguntó–: ¿Qué es un escritor?

–¿Qué va a ser? –me impacienté–. Un tipo que es capaz de poner las palabras unas detrás de otras y que es capaz de hacerlo con gracia.

–Exacto –aprobó Rodney–. Pero también es un tipo que se plantea problemas complejísimos y que, en vez de resolverlos o tratar de resolverlos, como haría cualquier persona sensata, los vuelve más complejos todavía. Es decir: es un chiflado que mira la realidad, y a veces la ve.

–Todo el mundo ve la realidad –objeté–. Aunque no esté chiflado.

—Ahí es donde te equivocas —dijo Rodney—. Todo el mundo mira la realidad, pero poca gente la ve. El artista no es el que vuelve visible lo invisible: eso sí que es romanticismo, aunque no de la peor especie; el artista es el que vuelve visible lo que ya es visible y todo el mundo mira y nadie puede o nadie sabe o nadie quiere ver. Más bien nadie quiere ver. Es demasiado desagradable, a menudo es espantoso, y hay que tener los huevos muy bien puestos para verlo sin cerrar los ojos o sin echar a correr, porque quien lo ve se destruye o se vuelve loco. A menos, claro está, que tenga un escudo con que protegerse o que pueda hacer algo con lo que ve. —Rodney hizo una pausa y prosiguió—: Quiero decir que la gente normal padece o disfruta la realidad, pero no puede hacer nada con ella, mientras que el escritor sí puede, porque su oficio consiste en convertir la realidad en sentido, aunque ese sentido sea ilusorio; es decir, puede convertirla en belleza, y esa belleza o ese sentido son su escudo. Por eso digo que el escritor es un chiflado que tiene la obligación o el privilegio dudoso de ver la realidad, y por eso, cuando un escritor deja de escribir, acaba matándose, porque no ha sabido quitarse el vicio de ver la realidad pero ya no tiene un escudo con que protegerse de ella. Por eso se mató Hemingway. Y por eso cuando uno es escritor ya no puede dejar de serlo, a no ser que decida jugársela. Lo dicho: un oficio muy jodido.

Aquella conversación pudo terminar muy mal —de hecho tenía todos los números para que terminara muy mal—, pero no sé cómo ni por qué terminó mejor que

ninguna otra, mientras Rodney y yo salíamos de Treno's riéndonos a carcajadas y yo me sentía más amigo
que nunca de él y sentía más ganas que nunca de llegar
a ser un escritor de verdad. Poco después empezaron
las vacaciones de invierno y, casi de un día para otro,
Urbana se vació: los estudiantes huyeron en tromba
hacia sus hogares, las calles, edificios y comercios del
campus quedaron desiertos y un extraño silencio side-
ral (o tal vez fuera marítimo) se apoderó de la ciudad,
como si se hubiera convertido de golpe en un planeta
girando lejos de su órbita o en un rutilante transatlán-
tico milagrosamente varado en la nieve sin fin de Illinois. La última vez que estuvimos juntos en Trenos's
Rodney me invitó a pasar el día de Navidad en su
casa de Rantoul. Decliné la invitación: le expliqué que
desde hacía tiempo Rodrigo Ginés y yo habíamos pro-
yectado para esas fechas un viaje en coche por el Medio Oeste, en compañía de Gudrun y de una amiga
americana de Gudrun con la que yo me había acostado un par de veces (Barbara se llamaba); también le
expliqué que, si me daba su teléfono en Rantoul, a mi
vuelta le llamaría para que nos viéramos antes de que
empezaran de nuevo las clases.

–No te preocupes –dijo Rodney–. Te llamaré yo.

Así nos despedimos, y menos de una semana después partía de viaje con Rodrigo, Barbara y Gudrun.
Habíamos previsto que estaríamos fuera de Urbana
quince días, pero la realidad fue que no regresamos hasta al cabo de casi un mes. Viajábamos en el coche de Barbara, al principio siguiendo un plan vagamente prefi-

jado, pero luego dejando que fuera el capricho o el azar quien nos guiara, y de esta forma, a menudo conduciendo todo el día y durmiendo de noche en moteles de carretera y hoteluchos baratos, bajamos primero hacia el sur, por Saint Louis, Memphis y Jackson, hasta llegar a Nueva Orleans; allí permanecimos varios días, después de los cuales iniciamos lentamente el regreso dando un rodeo por el este, subiendo por Meridian, Tuscaloosa y Nashville hasta llegar a Cincinnati y luego hasta Indianapolis, desde donde volvimos a casa empapados de la luz y el frío y las carreteras y el sonido y la inmensidad y la nieve y los bares y la gente y las llanuras y la mugre y los cielos y la tristeza y los pueblos y las ciudades del Medio Oeste. Fue un viaje larguísimo y dichoso, durante el cual tomé la decisión irrevocable de hacerle caso a Rodney, arrojar a la basura la novela en que había estado trabajando durante meses y empezar a escribir otra de inmediato. Así que lo primero que hice al llegar a Urbana fue buscar a Rodney. En la guía de teléfonos sólo había un Falk –Robert Falk, médico– avecindado en Rantoul y, como sabía que Rodney vivía con su padre, supuse que era el padre de Rodney. Marqué varias veces el número que figuraba en la guía, pero nadie contestó. Por su parte, y contra lo que había prometido, durante el resto de las vacaciones Rodney tampoco se puso en contacto conmigo.

A finales de enero se reanudaron las clases, y el primer día, al abrir la puerta de mi despacho, seguro de que iba a reencontrarme por fin con Rodney, a punto estuve de darme de bruces con un gordito casi albino a quien no había visto nunca. Naturalmente, creí que me había equivocado de despacho y me apresuré a disculparme, pero antes de que pudiera cerrar la puerta el tipo me alargó una mano y me dijo en un español trabajoso que no me había equivocado; a continuación pronunció su nombre y me anunció que era el nuevo profesor ayudante de español. Perplejo, le estreché la mano, balbuceé algo, me presenté; luego conversamos un momento, ignoro acerca de qué, y sólo al final me resolví a preguntarle por Rodney. Me dijo que no sabía nada, salvo que él había sido contratado para sustituirlo. Antes de la primera clase de la mañana indagué en las oficinas: allí tampoco sabían nada. Finalmente fue la secretaria del jefe del departamento quien, al día siguiente, me dio noticias de mi amigo. Al parecer, apenas unos días antes del final de las vacaciones un familiar había llamado para anunciar que Rodney no iba a reincorporarse a su puesto de trabajo, razón por la cual el jefe se había visto obligado a buscar, furioso y a toda prisa, quien lo sustituyese. Le pregunté a la secretaria si sabía lo que le había ocurrido a Rodney; me dijo que no. Le pregunté si sabía si el jefe lo sabía; me dijo que no y me aconsejó que no se me ocurriera preguntárselo. Le pregunté si tenía el teléfono de Rodney; me dijo que no.

–Ni yo ni nadie en el departamento –me dijo, y entonces supe que estaba tan furiosa con Rodney como su jefe; sin embargo, antes de que me marchara se rindió a mi insistencia y añadió a regañadientes–: Pero tengo sus señas.

Algunos días después le pedí prestado el coche a Barbara y me fui a Rantoul. Era una tarde luminosa de principios de febrero. Salí de Urbana por Broadway y Cunningham Avenue, conduje hacia el norte por una autopista que avanzaba entre campos de maíz enterrados en la nieve, brillantes de sol y salpicados de pinos, arces, silos de metal y casitas aisladas, y al cabo de veinticinco minutos, después de dejar de lado una base aérea del ejército, llegué a Rantoul, una pequeña ciudad de trabajadores (en realidad poco más que un pueblo grande) comparada con la cual Urbana tenía cierto aire de metrópolis. A la entrada, en el cruce entre dos calles –Liberty Avenue y Century Boulevard–, había una gasolinera. Me detuve y pregunté a un hombre vestido con un mono por Belle Avenue, que era la calle donde, según la secretaria del departamento, vivía Rodney; me dio algunas indicaciones y continué hacia el centro. Al rato estaba perdido. Había empezado a anochecer; la ciudad parecía desierta. Paré el coche en una esquina, justo donde un letrero proclamaba: Sangamon Avenue. Frente a mí cruzaba una vía de tren y más allá la ciudad se disolvía en una oscuridad boscosa; a mi izquierda la calle no tardaba en cortarse; a mi derecha, a unos trescientos metros, parpadeaba un anuncio luminoso. Torcí a la derecha y fui hasta el anuncio: Bud's Bar, rezaba. Aparqué el coche en medio de una hilera de coches y entré.

En el bar reinaba una atmósfera de noche de sábado, humosa y jovial. Había bastante gente: muchachos jugando al billar, mujeres metiendo monedas en las máquinas tragaperras, hombres bebiendo cerveza y viendo un partido de béisbol en una pantalla gigante de televisión; un juke-box difundía música country por todo el local. Me acerqué a la barra, detrás de la cual deambulaban tres camareros –dos muy jóvenes y el otro algo mayor– en torno a una mesa baja y erizada de botellas y, mientras aguardaba que alguien me atendiera, me quedé mirando las fotos de estrellas de béisbol y el gran retrato de John Wayne vestido de vaquero, con un pañuelo granate anudado al cuello, que pendían de la pared del fondo. Por fin uno de los camareros, el mayor de los tres, se me acercó con cierto aire de urgencia, pero antes de que pudiera preguntarme qué deseaba tomar le dije que estaba buscando Belle Avenue, el 25 de Belle Avenue. Como si se estuviera burlando, el camarero preguntó:

–¿Quiere ver al médico?

–Quiero ver a Rodney Falk –contesté.

Debí de decirlo en voz demasiado alta, porque dos hombres que estaban acodados a la barra junto a mí se volvieron para mirarme. La expresión del camarero había cambiado: ahora la burla se había convertido en una mezcla de extrañeza e interés; él también se acodó a la barra, como si mi respuesta hubiera disipado su prisa. Era un hombre de unos cuarenta años, compacto y oscuro, de cara rocosa, ojos achinados y nariz de boxeador; llevaba puesta una gorra sudada con la insignia de los Red Socks, que dejaba escapar por la nuca y las sienes mechones de pelo grasiento.

–¿Conoce a Rodney? –preguntó.

–Claro –contesté–. Trabajamos juntos en Urbana.

–¿En la universidad?

–En la universidad.

–Entiendo –asintió con la cabeza, pensativo. Luego añadió–: Rodney no está en su casa.

–Ah –dije, y a punto estuve de indagar dónde estaba o cómo sabía él que no estaba en casa, pero para entonces ya debía de sentirme inquieto, porque no lo hice–. Bueno, da igual. –Repetí–: ¿Podría decirme dónde queda el 25 de Belle Avenue?

–Claro –sonrió–. Pero ¿no le apetece tomarse antes una cerveza?

En aquel momento noté que los hombres sentados a la barra seguían escudriñándome, y absurdamente imaginé que toda la clientela del bar estaba pendiente de mi respuesta; una espuma fría se me acumuló de golpe en el estómago, igual que si acabara de ingresar en un sueño o en una zona de riesgo de la que debía escapar cuanto antes. En eso es en lo que pensé en aquel momento: en salir cuanto antes de aquel bar. Por eso dije:

–No, gracias.

Tal y como me había indicado el camarero, la casa de Rodney quedaba a apenas quinientos metros del Bud's Bar, justo al doblar la esquina de Belle Avenue. Era una casa más antigua, más amplia y más sólida que las que se alineaban junto a ella; salvo el tejado a dos aguas, de un gris pizarra, el resto del edificio estaba pintado de blanco: además de una estrecha buhardilla, tenía dos plantas, un porche al que se accedía por una escalera de peldaños marrones y un jardín delantero de césped quemado por la nieve, en el que se erguían dos arces copudos y un mástil con la bandera americana ondeando suavemente en la brisa del anochecer. Aparqué el coche frente a la fachada, subí las escaleras del porche y llamé al timbre. No contestaron y volví a llamar. Ya estaba a punto de atisbar el interior de la casa por una de las ventanas de la planta baja cuando se abrió la puerta y en el vano apareció un hombre de pelo completamente blanco, de unos setenta años, vestido con un batín azul muy grueso y con unas zapatillas del mismo color, sosteniendo con una mano el pomo de la puerta y un libro con la otra; en la penumbra del vestíbulo, tras él, entreví un perchero, un espejo con molduras de madera, el arranque de una escalera alfombrada que ascendía hacia la oscuridad del segundo piso. Salvo por la corpulencia y por el color de los ojos, el hombre apenas se asemejaba a Rodney, pero de inmediato adiviné en él a su padre. Sonreí y, embarulladamente, le saludé y le pregunté por Rodney. De pronto adoptó una actitud defensiva y, con intemperante severidad, me preguntó quién era. Se lo expliqué. Sólo entonces pareció relajarse un poco.

—Rodney me habló de usted —dijo, sin que se hubiera apagado la lucecita de desconfianza que destellaba en sus ojos—. El escritor, ¿no?

Lo dijo sin atisbo de ironía y, como me había ocurrido casi un año atrás con Marcelo Cuartero en El Yate, sentí que se me incendiaban las mejillas: era la segunda vez en mi vida que alguien me llamaba escritor, y me abrumó una mezcla inextricable de vergüenza y de orgullo, y también una oleada de afecto por Rodney. No dije nada, pero, como el hombre no parecía dispuesto a invitarme a entrar, ni a deshacer el silencio, por decir algo le pregunté si era el padre de Rodney. Me dijo que sí. Luego volví a preguntarle por Rodney y me respondió que no sabía dónde estaba.

—Se fue hace un par de semanas y no ha vuelto —dijo.

—¿Le ha pasado algo? —pregunté.

—¿Por qué iba a pasarle algo? —contestó.

Entonces le conté lo que me habían contado en el departamento.

—Es verdad —dijo el hombre—. Fui yo quien les avisó de que Rodney no volvería a dar clase. Espero que eso no les haya causado ningún trastorno.

—En absoluto —mentí, pensando en el jefe del departamento y en su secretaria.

—Me alegro —dijo el padre de Rodney—. Bueno —añadió luego, iniciando el gesto de cerrar la puerta—. Discúlpeme, pero tengo cosas que hacer y...

—Espere un momento —le interrumpí sin saber cómo iba a continuar; continué—: Me gustaría que le dijera a Rodney que he estado aquí.

—No se preocupe. Se lo diré.

—¿Sabe cuándo volverá?

En vez de contestar, el padre de Rodney suspiró, y enseguida, como si la vista no le alcanzara para distinguirme con nitidez en la oscuridad creciente del anochecer, soltó el pomo de la puerta y accionó un interruptor: una luz blanca barrió de golpe el crepúsculo del porche.

—Dígame una cosa —dijo entonces, parpadeando—. ¿Para qué ha venido aquí?

—Ya se lo he dicho —contesté—. Soy amigo de Rodney. Quería saber por qué no había vuelto a Urbana. Quería saber si le había pasado algo. Quería verle.

Ahora el hombre me escrutó con fijeza, como si hasta entonces no me hubiera visto de veras o como si mi respuesta le hubiera decepcionado, tal vez sorprendido; inesperadamente, un instante después sonrió, una sonrisa al tiempo dura y casi afectuosa, que sembró de arrugas su cara, y en la que sin embargo reconocí por vez primera un eco distante de las facciones de Rodney.

—¿De verdad cree que Rodney y usted eran amigos? —preguntó.

—No le entiendo —contesté.

Suspiró de nuevo y quiso saber cuántos años tenía. Se lo dije.

—Es usted muy joven —dijo—. Dígame otra cosa: ¿Rodney le habló alguna vez de Vietnam? —Él mismo contestó su pregunta—: No, por supuesto que no. ¿Cómo iba a hablarle a usted de Vietnam? No entendería nada. Ni siquiera a mí me hablaba de eso, o sólo al principio. A su madre sí, hasta que murió. Y a su mujer, hasta que no aguantó más. ¿Sabía que Rodney estuvo casado? No, tampoco lo sabía. Usted no sabe nada de Rodney. Nada. ¿Cómo iba a ser amigo suyo? Rodney no tiene amigos. No puede tenerlos. Lo entiende, ¿verdad?

A medida que hablaba, el padre de Rodney había ido levantando la voz, cargándose de razón, enfureciéndose, las palabras convertidas en el carburante de su ira, y por un momento temí que fuera a cerrarme la puerta en la cara o a echarse a llorar. No me cerró la puerta en la cara, no se echó a llorar. Quedó en silencio, bruscamente decrépito, un poco acezante, mirando con el libro en las manos a la noche que caía sobre Belle Avenue, mal iluminada por globos de luz amarillenta que despedían una luz escasa. Yo también quedé en silencio, sintiéndome muy pequeño y muy frágil frente a aquel anciano encolerizado, y sintiendo sobre todo que nunca debería haber ido a Rantoul en busca de Rodney. Entonces fue como si el hombre me hubiese leído el pensamiento, porque dijo en tono afligido:

–Discúlpeme. No debería haberle hablado así.

–No se preocupe –lo tranquilicé.

–Rodney volverá –declaró sin mirarme a los ojos–. No sé cuándo volverá, pero volverá. O eso creo. –Dudó un momento y luego prosiguió–: Durante años no paró mucho tiempo en casa, anduvo de aquí para allá, no se encontraba bien. Pero últimamente todo había cambiado, y en la universidad estaba muy a gusto. ¿Sabía que estaba muy a gusto en la universidad? –Asentí–. Estaba muy a gusto, sí, pero no podía durar: demasiado bueno para ser cierto. Así que pasó lo que tenía que pasar. –Volvió a coger el pomo de la puerta con la mano libre; volvió a mirarme: no sé lo que había en sus ojos, no sé lo que vi en ellos (ya no era recelo, tampoco gratitud), ni siquiera sabría definir lo que sentí al verlo, pero lo que sí sé es que se parecía mucho al miedo–. Y eso es todo –acabó–. Créame que le agradezco mucho que se haya molestado en venir hasta aquí, y disculpe mi descortesía. Usted es una buena persona y sabrá entenderlo; además, Rodney le apreciaba. Pero hágame caso: vuélvase a Urbana, trabaje mucho, pórtese lo mejor que pueda y olvídese de Rodney. Ése es mi consejo. De todos modos, si no puede o no quiere olvidarse de Rodney, lo mejor que puede hacer es rezar por él.

Esa noche volví a Urbana confuso y tal vez un poco asustado, como si acabara de cometer un error de consecuencias imprevisibles, sintiéndome más solo que nunca en Urbana y sintiendo también, por vez primera desde mi llegada allí, que no debía permanecer mucho más tiempo en aquel país que no era el mío y cuya idiosincrasia imposible nunca alcanzaría a descifrar, dispuesto en cualquier caso a olvidar para siempre mi equivocada visita a Rantoul y a seguir al pie de la letra los consejos del padre de Rodney. Esto último no lo conseguí, desde luego, o por lo menos no lo conseguí del todo, y no sólo porque hacía ya mucho tiempo que se me había olvidado rezar, sino también porque muy pronto descubrí que Rodney había sido demasiado importante para mí como para eliminarlo de golpe, y porque todo en Urbana conspiraba para mantener vivo su recuerdo. Es verdad que, ni en las semanas que siguieron ni en todo el tiempo que todavía permanecí en Urbana, apenas nadie en el departamento volvió a mencionar su nombre, y que ni siquiera cuando alguna vez me crucé por los pasillos de la facultad con Dan

Gleylock me decidí a preguntarle si tenía alguna noticia de él. Pero también es verdad que cada vez que pasaba por delante de Treno's, y pasaba por allí a diario, me acordaba de Rodney, y que precisamente por aquella época yo empecé a leer a algunos de sus autores favoritos y no podía abrir una página de Emerson o de Hawthorne o de Twain –no digamos de Hemingway– sin pensar de inmediato en él, como no podía escribir una línea de la novela que había empezado a escribir sin sentir a mi espalda su aliento vigilante. Así que, aunque Rodney se había volatilizado por completo, la realidad es que estaba más presente que nunca en mi vida, exactamente igual que si se hubiera convertido en un fantasma o un zombi. Sea como sea, lo cierto es que no pasó mucho tiempo antes de que me convenciera de que nunca volvería a oír hablar de Rodney.

Por supuesto, me equivoqué. Una noche de principios de abril o finales de marzo, justo después de Spring Break –el equivalente norteamericano de las vacaciones de Semana Santa–, llamaron a mi casa. Recuerdo que estaba terminando de leer un cuento de Hemingway titulado «Un lugar limpio y bien iluminado» cuando sonó el teléfono; también recuerdo que lo cogí pensando en aquel cuento tristísimo y sobre todo en la oración tristísima que contenía –«Nada nuestro que estás en la nada, nada es tu nombre, tu reino nada, tú serás nada en la nada como en la nada»–: era el padre de Rodney. Aún no me había repuesto de la sorpresa cuando, después de confesarme que había conseguido mi número de teléfono en el departamento, empezó a disculparse por el modo en que me había tratado en mi visita a Rantoul. Lo interrumpí; le dije que no tenía por qué disculparse, le pregunté si sabía algo de Rodney. Me contestó que unos días atrás le había llamado desde algún lugar de Nuevo México, que habían hablado un rato y que se encontraba bien, aunque de momento no era probable que volviera a casa.

—Pero no le llamo por eso —aclaró enseguida—. Le llamo porque me gustaría hablar con usted. ¿Tendría unos minutos para mí?

—Claro —dije—. ¿De qué se trata?

El padre de Rodney pareció dudar un momento y luego dijo:

—La verdad es que preferiría hablarlo personalmente. Cara a cara. Si no tiene inconveniente.

Le dije que no tenía inconveniente.

—¿Le importaría venir a mi casa? —preguntó.

—No —dije y, aunque pensaba ir de todos modos, porque para entonces ya había olvidado la sensación de zozobra que se apoderó de mí tras mi primera visita a Rantoul, añadí—: Pero al menos podría anunciarme de qué quiere hablar.

—No es nada importante —dijo—. Sólo me gustaría contarle una historia. Creo que puede interesarle. ¿Le parece bien el sábado por la tarde?

Barras y estrellas

Han transcurrido ya dieciséis años desde aquella tarde de primavera que pasé en Rantoul, pero, quizá porque durante todo este tiempo he sabido que tarde o temprano tendría que contarla, que no podría dejar de contarla, todavía recuerdo con exactitud la historia que a lo largo de aquellas horas me contó el padre de Rodney. Guardo un recuerdo mucho más impreciso, en cambio, de las circunstancias que las rodearon.

Llegué a Rantoul poco después del mediodía y encontré sin dificultad la casa. En cuanto llamé al timbre, el padre de Rodney me abrió y me hizo pasar al salón, una estancia amplia, acogedora y bien iluminada, con una chimenea y un sofá de cuero y dos sillones de orejas en un extremo, y en el otro, junto a la ventana que daba a Belle Avenue, una mesa de roble rodeada de sillas, con las paredes forradas hasta el techo de libros perfectamente alineados y el suelo cubierto por gruesas alfombras de colores vinosos que silenciaban los pasos. La verdad es que, después de nuestra inesperada conversación telefónica, yo casi había previsto que desde el principio el padre de Rodney haría gala de una cordialidad que no auguraba nuestro primer encuentro, pero lo que de ningún modo podía haber previsto es que el hombre menoscabado e intimidante que, en bata y zapatillas, me había despachado sin muchas contemplaciones apenas unos meses atrás me recibiera ahora vestido con una elegante sobriedad más propia de un maduro patricio de Boston que de un médico rural jubilado del Medio Oeste, convertido en apariencia en uno de esos falsos ancianos que pugnan por exhibir, bajo la certidumbre ingrata de sus muchos años, la vitalidad y la prestancia de quien no se ha resignado aún a gozar tan sólo de las migajas de la vejez. Sin embargo, a medida que fue desgranando la historia que yo había ido a escuchar, esa fachada mentirosa empezó a desmoronarse y a mostrar desperfectos, manchas de humedad y grietas sin fondo, y hacia la mitad de su relato el padre de Rodney ya había dejado de hablar con la energía exuberante del inicio –cuando lo hacía como poseído por una urgencia largamente aplazada, o más bien como si en el hecho de hablar y de que yo le escuchara le fuese la vida, mirándome con insistencia a los ojos igual que si buscase en ellos una imposible confirmación a su relato–, porque para aquel momento ya no vibraba en sus palabras ni el más mínimo ímpetu vital, sino tan sólo la memoria ponzoñosa e inflexible de un hombre carcomido por los remordimientos y devastado por la desdicha, y la luz de ceniza que entraba por la ventana envolviendo el salón en sombras le había borrado del rostro toda huella de su juventud remota, dejando apenas un anticipo de calavera. Recuerdo que en algún momento empecé a escuchar un repiqueteo de lluvia sobre el tejado del porche, un repiqueteo que casi enseguida se trocó en un alborozado chaparrón de primavera que nos obligó a encender una lámpara de pie porque para entonces ya era casi de noche y llevábamos muchas horas sentados frente a frente, hundidos en los dos sillones de orejas, él hablando y yo escuchando, con el cenicero rebosante de colillas y en la mesa una cafetera y dos tazas de café vacías y un montón de cartas manoseadas que llevaban matasellos del ejército norteamericano, cartas procedentes de Saigón y de Danang y de Xuan Loc y de Quang Nai, de lugares diversos de la península de Batagan, cartas que abarcaban un periodo de más de dos años y llevaban la firma de sus dos hijos, de Rodney y también de Bob, pero sobre todo de Rodney. Eran muy numerosas, y estaban ordenadas cronológicamente y guardadas en tres portafolios de cartón negro con cierre de goma, cada uno de los cuales llevaba pegada una etiqueta donde se leían, escritos a mano, el nombre de Rodney y el de Bob, la palabra Vietnam y la fecha de la primera y la última carta contenidas en él. El padre de Rodney parecía sabérselas de memoria, o por lo menos haberlas leído decenas de veces, y durante aquella tarde me leyó algunos fragmentos. El hecho no me sorprendió; lo que sí me sorprendió –lo que me dejó literalmente boquiabierto– fue que al final de mi visita me obligara a quedarme con ellas. «Yo ya no las quiero para nada», me dijo antes de despedirnos, entregándome los tres portafolios. «Por favor, quédeselas usted y haga con ellas lo que le parezca.» Era a todas luces un ruego absurdo, pero precisamente porque era absurdo no pude o no supe negarme a él. O quizá, después de todo, no era tan absurdo. Lo cierto es que durante estos dieciséis años no he dejado de intentar explicármelo: he pensado que me confió las cartas de sus hijos porque era consciente de que no le quedaba mucho tiempo de vida y no deseaba que fueran a parar a manos de alguien que desconociera su significado y pudiera acabar deshaciéndose de ellas sin más; he pensado que me confió las cartas porque hacerlo equivalía a un intento simbólico y sin esperanza de emanciparse para siempre de la historia de desastre que encerraban y de la que al traspasármelas me hacía depositario o incluso responsable, o porque al hacerlo quería obligarme a compartir con él el fardo de su culpa. He pensado todas esas cosas y también muchas otras, pero por supuesto aún no sé con certeza por qué me confió esas cartas y ya no lo sabré nunca; quizá ni él mismo lo supiera. Da igual: el hecho es que me las confió y que ahora las tengo ante mí, mientras escribo. Durante estos dieciséis años las he leído muchas veces. Las de Bob son escasas y concisas, distraídamente amables, como si la guerra absorbiera por entero su energía y su inteligencia y convirtiera en banal o ilusorio cuanto era ajeno a ella; las de Rodney, en cambio, son frecuentes y caudalosas, y en su hechura se advierte una evolución que es sin duda un espejo de la evolución que experimentó el propio Rodney durante los años que pasó en Vietnam: al principio cuidadosas y matizadas, atentas a no permitir que la realidad se transparente en ellas más que a través de una sofisticada retórica de la reti-

cencia, hecha de silencios, alusiones, metáforas y so-
brentendidos, y al final torrenciales y desaforadas, a
menudo lindantes con el delirio, igual que si el torbellino incontenible de la guerra hubiera roto un dique de
contención por cuyas grietas se hubiese desbordado
una avalancha insensata de clarividencia.

Lo que sigue a continuación es la historia de Rodney, o al menos su historia tal como me la contó aquella tarde su padre y yo la recuerdo, y tal como aparece
también en sus cartas y en las cartas de Bob. No hay
discrepancias fundamentales entre esas dos fuentes, y
aunque he verificado algunos nombres, algunos lugares y algunas fechas, ignoro qué partes de esta historia
responden a la verdad de la historia y qué partes hay
que atribuir a la imaginación, a la mala memoria o a
la mala conciencia de los narradores: lo que cuento es
sólo lo que ellos contaron (y lo que yo deduje o imaginé a partir de lo que ellos contaron), no lo que ocurrió
realmente. Importa añadir que a mis veinticinco años,
cuando aquella tarde escuché de labios de su padre la
historia de Rodney, yo lo ignoraba todo o casi todo de
la guerra de Vietnam, que por entonces no era para mí
(lo sospecho) más que un confuso rumor de fondo en
los telediarios de mi adolescencia y una fastidiosa obse-
sión de ciertos cineastas de Hollywood, y también que,
por más que llevara ya casi un año viviendo en Estados
Unidos, yo ni siquiera podía imaginar que, aunque
oficialmente hubiera terminado hacía más de una década, en el ánimo de muchos norteamericanos estaba
todavía tan viva como el 29 de mayo de 1973, día en

que, después de la muerte de casi sesenta mil compatriotas –muchachos que rondaban los veinte años en su inmensa mayoría– y de haber arrasado por completo el país invadido, lanzando sobre él diez veces más bombas que sobre toda Europa a lo largo de la segunda guerra mundial, el ejército estadounidense salió por fin de Vietnam.

Rodney había nacido hacía cuarenta y un años en Rantoul. Su padre procedía de Houlton, en el estado de Maine, al noreste del país, muy cerca de la frontera canadiense. Había estudiado en Augusta, adonde su familia se había trasladado a raíz de que su abuelo se arruinara en la crisis económica del 29, y luego en Nueva York. Después de licenciarse en la Facultad de Medicina de Columbia, en el año 43 se alistó como soldado raso en el ejército, y durante los dos años siguientes peleó en el norte de África, en Francia y Alemania. No era un hombre religioso (o no lo fue hasta muy avanzada su vida), pero había sido educado en ese estricto sentido de la justicia y la probidad ética que parece patrimonio de las familias protestantes, y sentía una íntima satisfacción por haber tomado parte en la guerra, porque estaba convencido de haber luchado por el triunfo de la libertad y de que, gracias a su sacrificio y al de muchos otros jóvenes norteamericanos como él, Estados Unidos había salvado al mundo de la inicua abyección del fascismo; también estaba convencido de que, al haberse erigido por la fuerza de las armas en garante de la libertad, su país no podía rehuir, por molicie o por cobardía, el compromiso moral que había contraído con el resto del mundo, abandonando en manos del terror, la injusticia o la esclavitud a quienes solicitaran su ayuda para librarse de la opresión. Regresó de Europa en el 45. Ese mismo año empezó a ejercer la medicina en hospitales públicos del Medio Oeste, primero en Saint Paul, Minnesota, y luego en Oak Park, un suburbio de Chicago, hasta que, por razones que él no quiso explicarme y yo no quise indagar (pero que, según insinuó o deduje, sin duda guardaban alguna relación con su idealismo o su candidez y con su absoluta decepción del funcionamiento de la medicina pública), arraigó definitivamente en Rantoul, lo que no deja de ser curioso y hasta enigmático, porque es imposible imaginar un destino menos brillante para un médico joven, cosmopolita y ambicioso como él. Allí, en Rantoul, se casó con una muchacha de familia muy humilde a quien había conocido en Chicago; allí, aquel mismo año, nació Rodney; Bob lo hizo al año siguiente.

Desde el principio Rodney y Bob fueron dos niños minuciosamente opuestos; el paso del tiempo no hizo sino acentuar esa oposición. Los dos habían heredado la fortaleza física y la energía de hierro del padre, pero sólo Bob se sentía a gusto con ellas y era capaz de sacarles partido, mientras que para Rodney parecían constituir poco menos que un desdichado accidente de su naturaleza, una circunstancia personal con la que era preciso lidiar con la misma naturalidad o resignación con que se lidia con una enfermedad congénita. De niño Rodney era extrovertido hasta la ingenuidad, vehemente, espontáneo y afectuoso, y este carácter sin recovecos, sumado a su afición a la lectura y a su brillantez en los estudios, lo convirtió en el favorito indisimulado de su padre. Por el contrario –y acaso para rentabilizar la mala conciencia que la abierta predilección por Rodney le causaba a su progenitor–, Bob desarrolló en sus relaciones con la familia un talante reservado y defensivo, a menudo tiránico, pródigo en cálculos, salvedades y cautelas, que al principio tal vez fuera únicamente una forma de reclamar la atención que le era negada, pero que de manera insidiosa derivó en una estrategia destinada a ocultar las deficiencias personales e intelectuales que, con razón o sin ella, hacían que se sintiese inferior a su hermano, lo que con el tiempo acabó convirtiéndole en uno de esos benjamines de libro que, porque hacen constante acopio de las triquiñuelas familiares que dilapida el primogénito, siempre parecen mucho más maduros que éste, y a menudo lo son. No obstante, estas descompensaciones y disimilitudes nunca se tradujeron en hostilidad entre los dos hermanos, porque Bob estaba demasiado ocupado acumulando rencor contra su padre como para sentirlo además contra Rodney, y porque Rodney, que no tenía el menor motivo de animadversión contra Bob y que era consciente de necesitar la habilidad física y la sagacidad vital de su hermano mucho más de lo que su hermano necesitaba su afecto o su inteligencia, sabía proporcionarle constantes motivos de desagravio en sus juegos compartidos, en su compartida afición a la caza, a la pesca y al béisbol, en sus salidas y amistades compartidas. De tal modo que, por uno de esos equilibrios inestables sobre los que se fundan las amistades más sólidas y duraderas, la disparidad entre Rodney y Bob acabó constituyendo la mejor garantía de una complicidad fraternal que nada parecía capaz de quebrantar. Ni siquiera lo hizo la guerra. A mediados de 1967 Bob se alistó como voluntario en el cuerpo de Marines, y algunos meses más tarde llegó a Saigón integrado en la Primera División de Infantería. La decisión de enrolarse fue inesperada para todos, y el padre de Rodney no descartaba que se explicase por dos razones distintas pero complementarias: su incapacidad de afrontar con éxito las exigencias de la carrera de medicina que, menos por vocación que por orgullo –para demostrarse a sí mismo que podía estar a la altura de su padre–, había empezado a estudiar el año anterior, y el afán insaciable de recabar la admiración de su familia mediante aquel inopinado acto de arrojo. De ser así –y a juicio del padre de Rodney nada autorizaba a pensar que no lo fuera–, la decisión de Bob había sido acertada, porque, apenas tuvo noticia de ella, su padre no pudo evitar sentirse secretamente orgulloso de él: como tantos otros norteamericanos, por entonces el padre de Rodney consideraba que la de Vietnam era una guerra justa, y que con aquella impetuosa decisión su hijo no estaba haciendo otra cosa que continuar en el sudeste asiático el trabajo que él había iniciado en Europa veinticuatro años atrás, librando a un país lejano e indefenso de la ignominia del comunismo. Quizá porque lo conocía mejor que sus padres, la decisión de Bob no sorprendió a Rodney, pero le horrorizó y, dado que fue el único miembro de la familia en conocerla antes de que la hubiera tomado, hizo todo cuanto estuvo en su mano para disuadirle de su propósito y, cuando ya lo hubo llevado a cabo, para que la revocara. No lo consiguió. Por aquella época Rodney cursaba en Chicago, con la velada pero firme oposición inicial de su padre, estudios de filosofía y literatura, y su opinión acerca de la guerra difería por completo de la de su hermano y su padre, quien atribuía la postura de su primogénito a la influencia de la atmósfera disoluta y antibelicista que, como en tantos otros campus universitarios a lo largo y ancho de Estados Unidos, se respiraba en el de la Northwestern University. Lo cierto, sin embargo, es que, para cuando Bob se incorporó al ejército, Rodney ya tenía una idea bastante clara de lo que ocurría tanto en Vietnam del Sur como en Vietnam del Norte: no sólo seguía puntualmente las vicisitudes de la guerra a través de la prensa norteamericana y francesa, sino que, además de una historia completa de Vietnam, había leído todo cuanto al respecto había caído en sus manos, incluidos los análisis de Mary McCarthy, Philippe Devillers y Jean Laucouture y los libros de Morrison Salisbury y Staughton Lynd y Tom Hayden, y había llegado a la conclusión, mucho menos impulsiva o más razonada que la de muchos de sus compañeros de aulas, de que las motivaciones declaradas de la intervención de su país en Vietnam eran falsas o espurias, su finalidad confusa y a fin de cuentas injusta, y sus métodos de una brutalidad atrozmente desproporcionada. Así que Rodney empezó a participar muy pronto en todo tipo de actividades contra la guerra, durante una de las cuales conoció a Julia Flores, una mexicana de Oaxaca, estudiante de matemáticas en Northwestern, alegre y desinhibida, que lo integró de lleno en el movimiento pacifista y lo inició en el amor, en la marihuana y en su rudimentario español empedrado de tacos.

Una tarde del verano en que se graduó en la universidad, mientras pasaba unos días con su familia en Rantoul, Rodney recibió una notificación del ejército con la orden de alistamiento. Sin duda la esperaba, pero no por ello debió de alarmarle menos. No les dijo nada a sus padres; tampoco buscó el refugio de Julia ni el consejo de ninguno de sus compañeros de protestas. Rodney sabía que no podía alegar ninguna excusa real para esquivar esa orden, así que es posible que, durante los días que siguieron, viviera dividido entre el temor a desertar, tomando el camino del exilio a Canadá que tantos jóvenes de su edad ya habían tomado por aquella época, y el temor a ir a una guerra remota y odiosa contra un país martirizado, una guerra a la que sabía con certeza que –a diferencia de su hermano Bob, a quien consideraba con fundamento un hombre de acción y de astucias innumerables– no podría sobrevivir. Uno de aquellos días de dudas apremiantes llegó a la casa una carta de Bob y, como siempre hacía, el padre la leyó en voz alta mientras cenaban, salpicando la lectura de exégesis orgullosas que eran como un reproche, o que el nerviosismo atemorizado de su hijo interpretó como un reproche. El caso es que, en medio de uno de los comentarios de su padre, Rodney lo interrumpió, la interrupción degeneró en disputa y la disputa en una de esas reyertas en que los dos contendientes, porque se conocen mejor que nadie, saben mejor que nadie dónde herir para hacer la mayor sangre posible. En ésta no hubo sangre –no, por lo menos, sangre física, sangre no meramente metafórica–, pero sí acusaciones, insultos y portazos, y a la mañana siguiente, antes de que nadie se hubiera despertado, Rodney cogió el coche de su padre y desapareció y, cuando al cabo de tres días sin dar señales de vida regresó a casa, reunió a su padre y a su madre y les anunció sin solemnidad y sin darles opción de réplica que en el plazo de dos meses se alistaba en el ejército. Casi veinte años después de ese día aciago de agosto, sentado frente a mí en el mismo sillón de orejas donde había escuchado las palabras sin retorno de Rodney, mientras sostenía una taza de café enfriado y buscaba en mis ojos el alivio de un destello exculpatorio, el padre de Rodney aún seguía preguntándose dónde había estado y qué había hecho su hijo durante aquellos tres días de fuga, y seguía preguntándose también, como lo había hecho una y otra vez durante los últimos veinte años, por qué Rodney no había desertado y había acabado acatando la orden de ir a Vietnam. En todo aquel tiempo había sido incapaz de hallar una respuesta satisfactoria a la primera pregunta; no así a la segunda. «La gente tiende a creer que muchas explicaciones convencen menos que una sola», me dijo el padre de Rodney. «Pero la verdad es que para casi todo hay más de una razón.» Según el padre de Rodney, éste no hubiera ingresado en el ejército si se hubiera podido librar legalmente de ello, pero no se sentía capaz de vulnerar a conciencia la ley –aunque la considerara injusta– y mucho menos de humillarse pidiéndole a él que moviese los hilos de su profesión para que alguno de sus colegas aceptase incurrir en el fraude de inventarle una eximente médica. Por otra parte, negarse a ir a la guerra en nombre de sus convicciones pacifistas le hubiera acarreado a Rodney dos años de cárcel, y la opción del exilio en Canadá tampoco estaba exenta de riesgos, entre ellos el de no poder regresar a su país en muchos años. «Además», continuó el padre de Rodney, «en el fondo todavía era un chico con la cabeza llena de novelas de aventuras y de películas de John Wayne: sabía que su padre había hecho la guerra, que su abuelo había hecho la guerra, que la guerra es lo que hacen los hombres, que sólo en la guerra un hombre prueba que es un hombre.» Por eso el padre de Rodney intuía que en algún rincón escondido de la mente de su hijo, alimentada por las nociones de coraje, hombría y rectitud que él le había inculcado, y en lucha con sus propias ideas germinales de chaval recién salido de la adolescencia, alentaba aún, secreto pero poderoso, un concepto heroico y romántico de la guerra como hecho esencial en la vida de un hombre, lo cual explicaba su convicción madurada durante veinte años de que si su hijo había traicionado su antibelicismo, se había tragado su miedo y había obedecido la orden de ir a Vietnam había sido en el fondo por vergüenza, porque sabía que, de no haberlo hecho, nunca hubiera podido volver a mirarle a la cara a la gente sencilla de su país, porque nunca hubiera podido volver a mirarle a la cara a su hermano ni a su madre, pero sobre todo –por encima de todo– porque nunca hubiera podido volver a mirarle a la cara a él. «Así que fui yo quien mandé a Rodney a Vietnam», dijo el padre de Rodney. «Igual que antes lo había hecho con Bob.»

Antes de ir a Vietnam Rodney pasó un primer periodo de adiestramiento («adiestramiento básico», lo llamaban) en Fort Jackson, Carolina del Sur, y un segundo periodo («adiestramiento avanzado», lo llamaban) en Fort Polk, Louisiana. De aquella época datan sus primeras cartas. «Lo primero que notas al llegar aquí», escribe Rodney desde Fort Jackson, «es que la realidad ha retrocedido hasta un estadio primitivo, porque en este lugar sólo rigen la jerarquía y la violencia: los fuertes salen adelante, los débiles no. En cuanto entré por la puerta me insultaron, me raparon al cero, me pusieron ropa nueva, me despojaron de mi identidad, así que no hizo falta que nadie me dijera que, si quería salir de aquí con vida, tenía que procurar mimetizarme con el entorno, disolviéndome en la masa, y tenía también que ser más brutal que el resto de mis compañeros. Lo segundo que notas es algo todavía más elemental. Antes de conocer esto yo ya sabía que la felicidad perfecta no existe, pero aquí he aprendido que tampoco existe la infelicidad perfecta, porque cualquier mínimo respiro es una fuente infinita de felicidad.» Rodney perdió diez kilos de peso en sus primeros veinte días en Fort Jackson. Allí y en Fort Polt, dos eran las sensaciones dominantes en el ánimo de Rodney: la extrañeza y el miedo. La mayoría de sus compañeros, muchachos de entre dieciocho y diecinueve años, eran más jóvenes que él: algunos eran delincuentes a quienes el juez había dado a elegir entre la cárcel y el ejército; otros eran desdichados que, porque no sabían qué hacer con su vida, habían imaginado con razón que el ejército iba a dotarla de un propósito y un sentido; la inmensa mayoría eran trabajadores sin estudios que se adaptaban a los rigores de la milicia con menos dificultades que él, quien, pese a estar habituado a la vida de intemperie y a su antigua familiaridad con las armas de fuego, había llevado hasta entonces una existencia demasiado regalada como para sobrevivir sin estragos a la aspereza del ejército. Pero también estaba el miedo: no el miedo como estado de ánimo, sino como una sensación física, fría, humillante y pegajosa, que apenas guardaba una lejana semejanza con lo que hasta entonces había llamado miedo; no el miedo a un enemigo lejano, todavía invisible o abstracto, sino el miedo a sus mandos, a sus compañeros, a la soledad, a sí mismo: un miedo que, acaso contradictoriamente, no le impidió empezar a amar todas esas cosas. Hay una carta fechada en Xuan Loc el 30 de enero de 1969, cuando Rodney ya llevaba casi un año en Vietnam, en la que narra con detalle una anécdota de esos meses de instrucción, como si hubiera necesitado todo un año para poder digerirla, o para resolverse a narrarla. Pocos días antes de su partida hacia Vietnam lo reunieron junto a sus compañeros en la sala de actos de Fort Polk a fin de que un capitán y un sargento recién llegados

99

del frente impartieran una charla de última hora sobre técnicas de evasión y supervivencia en la jungla. Mientras hablaba el capitán –un hombre de sonrisa impasible y ademanes cultivados–, el sargento sostenía un conejo blanquísimo, mullido e inquieto, con unos ojos atónitos de niño, que terminó por acaparar con su presencia intempestiva la atención de los soldados. En un determinado momento, el conejo escapó de las manos del suboficial y echó a correr; el capitán dejó de hablar, y una algarabía de patio de colegio se apoderó de la sala mientras el conejo se escurría entre los pupitres, hasta que alguien por fin atrapó al animal y se lo entregó al sargento. Entonces el capitán lo cogió y, antes de que cesara del todo el guirigay y se hiciera en la sala un silencio brutal, en unos segundos, sin que se borrara la sonrisa de sus labios y sin apenas mancharse de sangre, le partió el cuello, lo desolló, le arrancó de cuajo las vísceras y se las arrojó a los soldados.

Pocos días después de asistir a esa escena diseñada como una premonición o una advertencia, Rodney aterrizó en el aeropuerto militar de Ton Son Nhut, en Saigón, tras un vuelo en Braniff Airlines que duró casi treinta horas, durante las cuales unas azafatas uniformadas los cebaron a él y a sus compañeros a base de perritos calientes. Esto ocurrió a principios de 1968, justo cuando se iniciaba la ofensiva del Tet y en la ciudad –convertida por entonces en un basural de flores muertas, papeles arrastrados por un viento húmedo y pestilente de urinario, excrementos humanos y armazones de fuegos artificiales quemados durante las fiestas recién concluidas– el miedo se palpaba por todas partes, igual que una epidemia. Eso fue lo primero que Rodney notó al llegar a Vietnam: el miedo; de nuevo el miedo. Lo segundo que notó fue de nuevo la extrañeza. Pero en este caso la razón de la extrañeza era otra, era que el Vietnam que se había forjado en su imaginación no guardaba el menor parecido con el Vietnam real; de hecho, diríase que se trataba de dos países distintos, y lo sorprendente era que parecía mucho más verdadero el Vietnam imaginado desde Estados Unidos que el Vietnam de la realidad y que, en consecuencia, se sentía mucho menos ajeno a aquél que a éste. El resultado de esta paradoja era otra paradoja, y es que, pese a que seguía despreciando lo que Estados Unidos le estaba haciendo a Vietnam (lo que él estaba contribuyendo a que Estados Unidos le hiciera a Vietnam), en Vietnam se sentía mucho más norteamericano que en Norteamérica, y que, pese al respeto y la admiración que enseguida le inspiraron los vietnamitas, allí se sentía mucho más lejano a ellos de lo que se sentía en su propio país. Rodney suponía que la causa de esta incoherencia era su absoluta incapacidad para comunicarse con los pocos vietnamitas con que se relacionaba, y no sólo porque algunos ignorasen su idioma, sino porque, incluso los que no lo ignoraban, lo abrumaban con su exotismo, con su falta de ironía, con su increíble capacidad de abnegación y su pasmosa y permanente serenidad, con su cortesía exagerada (que no era difícil confundir con el servilismo que infunde el temor) y con su credulidad insulsa, hasta el punto de que, al menos durante los primeros días de su estancia en Saigón, a menudo no podía ahuyentar la sospecha de que aquellos hombrecitos de rasgos orientales que parecían tener sin excepción diez años menos de los que en realidad tenían y que, por viejos que fueran, no encanecían ni se quedaban calvos eran, también sin excepción, más sucintos o menos complejos que él, una sospecha que, pese a ser genuina, le llenaba de una culpa inconcreta. Estas impresiones iniciales sin duda variaron con el tiempo (aunque las cartas apenas registran el cambio, seguramente porque, para cuando llegó el momento de hacerlo, las preocupaciones de Rodney ya eran otras), pero Rodney tampoco tardó en advertir que la acción combinada de Vietnam y el ejército también le había robado complejidad a él, y esto, que reconocía como una mutilación de su personalidad, secretamente le procuraba una especie de alivio: su condición de soldado casi anulaba su margen de autonomía personal, pero esa prohibición de decidir por sí mismo, ese sometimiento a la estricta jerarquía militar, humillante y embrutecedor como era, operaba al mismo tiempo como un anestésico que le granjeaba una desconocida y abyecta felicidad que no por abyecta era menos real, porque en aquel momento descubrió en carne propia que la libertad es más rica que la esclavitud, pero también mucho más dolorosa, y que por lo menos allí, en Vietnam, lo que menos deseaba era sufrir.

Así que los primeros meses de Rodney en Vietnam no fueron duros. A ello contribuyó la suerte. A diferencia de su hermano, encuadrado desde su llegada en un batallón de combate, por un azar que nunca acabó de entender (y que con el tiempo acabó atribuyendo a un error burocrático) Rodney fue destinado a un cargo subalterno en un organismo encargado de proveer de entretenimiento a la tropa, con sede en la capital. La guerra, desde allí, quedaba tranquilizadoramente lejos; además, el trabajo no era ingrato: se pasaba la mayor parte del tiempo en una oficina con aire acondicionado, y cuando se veía obligado a salir de ella era sólo para acompañar desde el aeropuerto hasta el hotel a cantantes, estrellas de cine y humoristas, para asegurarse de que no les faltaba de nada o para conducirlos hasta el lugar donde debían realizar su actuación. Era un empleo privilegiado de retaguardia, sin más riesgo que el de vivir en Saigón; el problema es que por entonces incluso vivir en Saigón constituía un riesgo considerable. Rodney tuvo ocasión de comprobarlo apenas un mes después de su llegada a la ciudad. A continuación refiero el suceso tal como él lo refiere en una de sus cartas.

Una tarde, al salir de su trabajo, Rodney entró en un bar cercano a la parada del autobús que lo conducía a diario a la base militar donde pernoctaba. En el bar sólo había dos grupos de soldados sentados a las mesas y un suboficial de los Boinas Verdes bebiendo a solas en un extremo de la barra; Rodney se acodó en el otro extremo, pidió una cerveza y se la bebió. Cuando preguntó lo que debía, la camarera –una vietnamita joven, de rasgos delicados y ojos huidizos– le dijo que ya estaba pagado y señaló al suboficial, que sin volverse hacia él levantó una mano desganada en señal de saludo; Rodney le dio las gracias desde lejos y se marchó. A partir de entonces adoptó la costumbre de tomarse una cerveza cada tarde en aquel bar. Al principio el ritual era siempre el mismo: entraba, se sentaba a la barra, se bebía una cerveza intercambiando sonrisas y palabras sueltas en vietnamita con la camarera, luego pagaba y se iba; pero al cabo de cuatro o cinco visitas consiguió vencer la desconfianza de la camarera, quien resultó que hablaba un inglés elemental pero suficiente y quien a partir de entonces empezó a pasar los ratos libres que le dejaba el trabajo conversando con él. Hasta que un buen día todo eso acabó. Fue un viernes por la tarde, cuando igual que cada viernes por la tarde los soldados abarrotaban el bar celebrando el inicio del fin de semana con su primera borrachera y las camareras no daban abasto para servirlos. Rodney se disponía a pagar su consumición y marcharse cuando sintió una palmada en el hombro. Era el suboficial de los Boinas Verdes. Le saludó con una efusión exagerada y le invitó a una copa, que Rodney se sintió obligado a aceptar; pidió a gritos una cerveza para Rodney y un whisky doble para él. Conversaron. Mientras lo hacían, Rodney se fijó en el suboficial: era bajo, macizo y fibroso, con la cara torturada de arrugas; tenía los ojos violentos y como desorientados, y apestaba a alcohol. No era fácil entender sus palabras, pero Rodney dedujo de ellas que era de un pueblecito de Arizona, que hacía más de un año que estaba en Vietnam y que le quedaban pocos días para volver a casa; por su parte él le contó que apenas llevaba unas semanas en Saigón y le habló del trabajo que realizaba. Después del primer whisky vino el segundo, y después el tercero. Cuando el suboficial iba a pedir el cuarto Rodney anunció que se marchaba: era la tercera vez que lo hacía, pero en esta ocasión sintió que una mano como una garra le atenazaba el brazo. «Tranquilo, recluta», dijo el suboficial, y Rodney notó debajo de ese tratamiento vagamente amistoso una vibración como de hoja de cuchillo recién afilado. «Es el último.» Y pidió el whisky. Mientras esperaba que se lo sirvieran le hizo una pregunta a Rodney que éste no entendió. «He dicho que qué crees que hemos venido a hacer aquí», repitió el suboficial con su voz cada vez más pastosa. «¿A este bar?», preguntó Rodney. «A este país», aclaró el suboficial. No era la primera vez que le hacían esa pregunta desde que estaba en Saigón y ya conocía la respuesta reglamentaria, sobre todo la respuesta reglamentaria para un suboficial. Se la dio. El suboficial se rió como si eructase, y antes de volver a hablar pidió otra vez su whisky, que no llegaba. «Eso no te lo crees ni tú. ¿O acaso te imaginas que vamos a salvar a esta gente del comunismo con esta pandilla de borrachos?», preguntó, abarcando con un gesto afectado y burlón el local repleto de soldados. «Te voy a decir una cosa: esta gente no quiere que la salvemos. Te voy a decir otra: aquí a lo único que hemos venido es a matar amarillos. ¿Ves a esa chica?», dijo a continuación, señalando a una camarera que se dirigía hacia ellos cargada con una bandeja de bebidas y sorteando a duras penas la plétora de clientes. «Hace media hora que le pido un whisky, pero no me lo trae. ¿Sabes por qué?

No, claro que no lo sabes... Pero yo te lo voy a decir. No me lo trae porque me odia. Así de fácil. Me odia. A ti también te odia. Si pudiera te mataría, igual que a mí. Y ahora voy a darte un consejo. Un consejo de amigo. Mi consejo es que la mates tú a ella antes de que ella pueda matarte a ti.» Rodney no pudo decir nada, porque en aquel momento la camarera pasó frente a ellos y el suboficial le hizo una zancadilla que acabó con su cuerpo y con la bandeja de bebidas en el suelo, entre un estrépito de cristales rotos. Rodney se agachó instintivamente para ayudar a levantarse a la camarera y para recoger el estropicio. «¿Qué demonios estás haciendo?», oyó que decía el suboficial. «Maldita sea, deja que lo arregle ella.» Rodney no le hizo caso, y a continuación sintió una patada leve en las costillas, casi un empujón. «¡Te he dicho que lo dejes, recluta!», repitió el suboficial, esta vez a gritos. Rodney se incorporó y dijo sin pensar, como si hablara para sí mismo: «No debería haber hecho eso». Inmediatamente se arrepintió de sus palabras. Durante dos segundos el suboficial lo miró con curiosidad; luego soltó una carcajada. «¿Qué has dicho?» Rodney notó que el bar había quedado en silencio y que él era el blanco de todas las miradas; la camarera de ojos huidizos lo observaba sin pestañear desde detrás de la barra. Rodney se oyó decir: «He dicho que no debería haber tirado a la chica». El bofetón le alcanzó en la sien; luego sintió cómo el suboficial le increpaba, le insultaba, se burlaba de él, volvía a pegarle. Rodney soportó la humillación sin moverse. «¿No vas a defenderte, recluta?», gritó el suboficial. «No», contestó Rodney, sintiendo que la furia se le acumulaba en la garganta. «¿Por qué no?», volvió a gritarle el suboficial. «¿Qué eres? ¿Un maricón o un puto pacifista?» «Soy un recluta», contestó Rodney. «Y usted un suboficial, y además está borracho.» Entonces el suboficial se desprendió lentamente los galones sin quitarle los ojos de encima, y luego dijo como si su voz surgiera del corazón de una caverna: «Defiéndete ahora, cobarde de mierda». La pelea apenas duró unos segundos, porque enseguida un enjambre de soldados se interpuso entre los dos contendientes. Por lo demás, Rodney no salió malparado de la refriega, y durante los días que siguieron esperó con resignación una denuncia por pegar a un suboficial, pero para su sorpresa no llegó. Tardó cierto tiempo en volver al bar, y cuando lo hizo la encargada le dijo que su amiga ya no trabajaba allí y que tenía entendido que se había marchado de Saigón. Olvidó el episodio. Trató de olvidar a la camarera. Pero algunas semanas después de su visita al bar volvió a verla. Aquella tarde Rodney estaba esperando en la parada del autobús, rodeado de soldados que se aprestaban como él a regresar a la base, cuando uno de los adolescentes mendicantes que a menudo pululaban por las inmediaciones insistió tanto en limpiarle las botas que al final le permitió que lo hiciera. Así estaba, con un pie encima de la caja del limpiabotas, cuando al levantar la vista reconoció con alegría a la chica: estaba al otro lado de la calle, mirándole. Al pronto creyó que ella también se alegraba de verle, porque le sonreía o le pareció que le sonreía, pero enseguida notó que era una sonrisa rara, y la alegría se convirtió en alarma cuando comprobó que en realidad la chica le estaba pidiendo con ademanes de urgencia que se reuniera con ella. Rodney abandonó al limpiabotas y echó a andar rápidamente hacia donde estaba la chica, pero mientras cruzaba la calle vio que el limpiabotas pasaba a su lado corriendo, y en ese instante sonó la explosión. Rodney cayó al suelo en medio del estruendo, quedó unos instantes aturdido o inconsciente, y cuando volvió en sí, en la calle reinaba un caos de catástrofe y la parada del autobús se había convertido en un amasijo de hierro y de muerte. Sólo horas más tarde supo Rodney que en el atentado habían perdido la vida cinco soldados norteamericanos, y que la carga explosiva que acabó con ellos se hallaba instalada en la caja del limpiabotas en la que instantes antes de la deflagración tenía apoyado su pie. En cuanto al limpiabotas y a la camarera, nunca más volvió a saberse de ellos, y Rodney llegó a la conclusión inevitable de que la camarera que le había salvado la vida y el limpiabotas que a punto había estado de arrebatársela habían sido dos de los ejecutores de la masacre.

Durante todo el tiempo que pasó en Saigón ésa fue acaso la única oportunidad en que sintió la cercanía de la muerte, y el hecho de haber escapado a ella de forma providencial no hizo sino reforzar su convicción sin razones de que mientras permaneciese allí no corría peligro, de que iba a sobrevivir, de que pronto estaría de vuelta en casa y de que para entonces sería como si nunca hubiera estado en aquella guerra.

Quien sí estaba en la guerra era Bob. Desde su llegada a Vietnam recibía frecuentes noticias suyas y, cada vez que estando de permiso visitaba Saigón, Rodney se esmeraba en acogerlo por todo lo alto: lo agasajaba con regalos comprados en el mercado negro, le llevaba a beber a la terraza del Continental, a cenar al Givral, un pequeño restaurante con aire acondicionado, en la esquina de Le Toi y Tu Do, y luego a locales exclusivos del centro –incluido, como incomprensiblemente se encarga de puntualizar Bob en varias de sus cartas, el Hung Dao Hotel, un célebre y concurrido prostíbulo de tres pisos ubicado en la calle Tu Do, no lejos del Givral–, locales en los que la bebida y la conversación se prolongaban a menudo hasta los amaneceres ardientes de la plaza Lam Son. Rodney se consagraba por entero a su hermano durante esas visitas, pero cuando los dos se despedían después de una semana de farras diarias nunca se quedaba con la satisfacción de haber contribuido a que Bob olvidara por un tiempo la inclemencia de la guerra, sino que siempre le embargaba una desazón difusa que le dejaba en el estómago un rescoldo de pesadumbre, como si se hubiera pasado aquellas jornadas fraternales de risas, confidencias, alcohol y noches en vela tratando de purgar un pecado que no había cometido o no recordaba haber cometido, pero que le escocía como si fuera real. A finales de mayo los dos hermanos se vieron en Hue, adonde Rodney había acudido en calidad de asesor para todo de un renombrado cantante country y su tribu de go-go girls. Por entonces a Bob le faltaba un mes para licenciarse; ya hacía tiempo que había descartado la idea, que acarició durante algún tiempo y que llegó a anunciarles por carta a sus padres, de reengancharse en el ejército, y en aquel momento estaba exultante, deseoso de volver a casa. De regreso en Saigón, Rodney escribió a Rantoul una carta en la que contaba su encuentro con Bob y describía el optimismo que desbordaba su hermano, pero dos semanas más tarde, al llegar una mañana a la oficina, el capitán de quien dependía directamente le hizo llamar a su despacho y, después de un prolegómeno tan solemne como confuso, le comunicó que durante una rutinaria misión de reconocimiento, en un sendero que emergía de la jungla y desembocaba en una aldea cercana a la frontera de Laos, Bob o alguien que caminaba junto a Bob había pisado una mina de setenta kilos de explosivos, y que lo único que quedaba del cuerpo de su hermano y de los de los otros cuatro compañeros que para su desgracia se hallaban en aquel momento junto a él eran los harapos ensangrentados que pudieron recogerse en los alrededores del cráter de diez metros de diámetro que había dejado la explosión.

La muerte de Bob lo cambió todo. O eso es al menos lo que pensaba el padre de Rodney; también lo que avalan los hechos. Porque, poco después de que su hermano falleciese, Rodney rechazó por escrito la posibilidad de dar por terminado su servicio en el ejército y regresar a casa –una posibilidad de la que se había hecho legalmente acreedor gracias a la muerte de Bob– y presentó una solicitud para integrarse en un batallón

110

de combate. Ninguna de sus cartas razona esta decisión, y su padre ignoraba los motivos reales que le indujeron a tomarla; sin duda estaban vinculados con la muerte de su hermano, pero también puede que fuera una decisión impremeditada o instintiva, y que el propio Rodney los ignorase. En cualquier caso lo cierto es que las cartas de éste se hicieron a partir de aquel momento más frecuentes, más prolijas, más oscuras. Gracias a ellas el padre de Rodney empezó a entender o imaginar (como acaso hubiera empezado a hacerlo cualquiera que las hubiese recibido) que aquélla era una guerra distinta de la que él había librado, y tal vez de todas las demás guerras: entendió o imaginó que en aquella guerra había una falta absoluta de orden o sentido o estructura, que quienes luchaban carecían de un propósito o dirección definidos y que por tanto nunca se conseguían objetivos, ni se ganaba o perdía nada, ni había un progreso que pudiera medirse, ni siquiera la menor posibilidad, no ya de gloria, sino de dignidad para quien peleaba en ella. «Una guerra en la que reinaba todo el dolor de todas las guerras, pero en la que no cabía ni la más mínima posibilidad de redención o grandeza o decencia que cabe en todas las guerras», me dijo el padre de Rodney. Su hijo hubiera aprobado la frase. En una carta de inicios de octubre de 1968, en la que ya se aprecia algo del tono obsesivo y alucinatorio que teñirá muchas de sus misivas posteriores, escribe: «Lo atroz de esta guerra es que no es una guerra. Aquí el enemigo no es nadie, porque puede serlo cualquiera, y no está en ninguna parte, porque está en todas: está dentro y fuera, arriba y abajo, delante y detrás. No es nadie, pero existe. En otras guerras se trataba de vencerlo; en ésta no: en ésta se trata de matarlo, pese a que todos sabemos que matándolo no lo vamos a vencer. No merece la pena engañarse: esto es una guerra de exterminio, así que cuantas más cosas matemos –gente o animales o plantas, da lo mismo– tanto mejor. Arrasaremos el país: no dejaremos nada. Aun así, no ganaremos la guerra, sencillamente porque esta guerra no se puede ganar o no puede ganarla más que Charlie: él está dispuesto a matar y a morir, mientras que lo único que nosotros queremos es que pasen cuanto antes los doce meses que hay que pasar aquí y podamos volver a casa. Entre tanto matamos y morimos, pero nadie sabe por qué matamos y morimos. Claro que todos nos esforzamos por fingir que entendemos alguna cosa, que sabemos por qué estamos aquí y matamos y podemos morir, pero lo hacemos para no volvernos locos del todo. Porque aquí estamos todos locos, locos y solos y sin posibilidad de avance o retroceso, sin posibilidad de pérdida o ganancia, igual que si diéramos vueltas sin parar alrededor de un círculo invisible trazado en el fondo de un pozo vacío, donde nunca da el sol. Escribo a oscuras. No tengo miedo. Pero a veces me asusta pensar que estoy a punto de saber quién soy, que detrás de cualquier recodo de cualquier camino voy a ver aparecer a un soldado que soy yo».

En las cartas de aquellos primeros meses que vivió alejado de las engañosas seguridades de Saigón Rodney nunca menciona a Bob, pero sí registra con detalle las novedades en que abunda su nueva vida. Su batallón se hallaba instalado en una base cercana a Da Nang, pero ése era sólo el lugar de descanso, porque la mayor parte del tiempo lo pasaban operando por la región, de día chapoteando en los arrozales y recorriendo palmo a palmo la jungla, asfixiados de calor y humedad y mosquitos, soportando aguaceros bíblicos, embarrados hasta las cejas y comidos por las sanguijuelas, alimentándose con latas de conservas, sudando siempre, exhaustos y con todo el cuerpo dolorido, apestando después de semanas enteras sin lavarse, ajenos a cualquier empeño que no fuera el de seguir vivos, mientras más de una vez –después de caminar durante horas y horas armados hasta los dientes, cargando con mochilas montañosas y cerciorándose a conciencia de dónde ponían los pies para evitar la fatalidad de las minas de las que estaban sembrados los caminos de la jungla– se sorprendían deseando que empezasen de una vez los disparos, aunque sólo fuese para romper la monotonía agotadora de aquellas jornadas interminables en las que el aburrimiento resultaba a menudo más enervante que la proximidad del peligro. Esto ocurría durante el día. Durante la noche –después de que cada uno hubiera cavado su pozo de tirador en los atardeceres rojos de los arrozales, mientras la luna se levantaba majestuosa en el horizonte– la rutina cambiaba, pero no siempre para bien: a veces no les quedaba más remedio que tratar de conciliar el sueño acunados por el cañoneo de la artillería, por el estruendo de los helicópteros aterrizando o por el de los disparos de los M-16; otras veces había que salir de patrulla, y lo hacían cogidos de la mano, o agarrados al uniforme del compañero que los precedía, como niños aterrados por el miedo de perderse en la oscuridad, y también estaban las guardias, guardias eternas en las que cada rumor de la jungla era una amenaza y durante las cuales había que luchar a brazo partido contra el sueño y contra el fantasma desvelado de los compañeros muertos. Porque fue en aquellos días cuando Rodney conoció el aliento cotidiano de la muerte. «Una vez leí una frase de Pascal donde se dice que nadie se entristece del todo con la desgracia de un amigo», escribe Rodney dos meses después de su llegada a Da Nang. «Cuando la leí me pareció una frase mezquina y falsa; ahora sé que lo que dice es cierto. Lo que la hace verdadera es ese "del todo". Desde que estoy aquí he visto morir a varios compañeros: su muerte me ha horrorizado, me ha enfurecido, me ha hecho llorar; pero mentiría si dijera que no he sentido un alivio obsceno ante ella, por la sencilla razón de que el muerto no era yo. O dicho de otra manera: el espanto está en la guerra, pero mucho antes estaba en nosotros.» Estas palabras tal vez expliquen en parte que en las cartas de esta época Rodney sólo hable de sus compañeros vivos –nunca de los muertos– y de sus mandos vivos –nunca de los muertos–; me he preguntado a menudo si también explican el hecho de que estén plagadas de historias, como si por algún motivo Rodney no quisiera decir de forma directa aquello que las historias saben decir a su modo lateral o elíptico. Son historias que le habían ocurrido a él, o a alguien cercano a él, o que simplemente le habían contado; descarto la hipótesis de que alguna de ellas sea inventada. Sólo referiré la del capitán Vinh, porque por alguna razón puede que fuera la que más afectó a Rodney.

El capitán Vinh era un oficial del ejército survietnamita que estaba asignado en calidad de guía e intérprete a la unidad con la que operaba mi amigo. Era un treintañero enteco y cordial con quien, según afirma Rodney en una de las cartas en que narra su historia, había conversado más de una vez mientras los dos reponían fuerzas engullendo sus raciones de campaña o fumaban un cigarrillo en las pausas de las marchas. «No te acerques a él», le dijo un veterano de su compañía después de que una tarde le viera charlar amistosamente con el capitán. «Ese tipo es un jodido traidor.» Y le contó la siguiente anécdota. En una ocasión capturaron a tres guerrilleros del Vietcong, y un oficial de inteligencia los montó en un helicóptero y pidió al capitán y a cuatro soldados, entre ellos el veterano, que lo acompañaran. El helicóptero se elevó y, cuando estuvo a una altura respetable, el oficial empezó a interrogar a los prisioneros. El primero de ellos se negó a hablar, y sin la menor vacilación el oficial ordenó a los soldados que lo arrojasen al vacío; obedecieron. Lo mismo ocurrió con el segundo prisionero. Al tercero no hubo necesidad de interrogarle: llorando y pidiendo clemencia, empezó a hablar de forma tan incontenible que el capitán Vinh apenas tenía tiempo de traducir sus palabras; pero cuando terminó su confesión corrió la misma suerte que sus compañeros. «Subimos al helicóptero con tres tipos y bajamos sin ninguno», dijo el veterano. «Pero nadie hizo preguntas. En cuanto al capitán, es basura. Ha visto lo que le estamos haciendo a su gente y continúa ayudándonos. No sé cómo permiten que siga con nosotros», se quejó. «Tarde o temprano nos traicionará.» No mucho tiempo después Rodney habría de recordar a menudo el vaticinio del veterano. Todo empezó la mañana en que su compañía acudió a una aldea cercana que había sido ocupada la noche anterior por el Vietcong. El propósito de la incursión del Vietcong había sido reclutar soldados, y a tal fin los guerrilleros solicitaron la ayuda del jefe del pueblo, que se mostró renuente a colaborar con ellos. La respuesta de los guerrilleros fue tan fulminante que cuando el hombre quiso rectificar ya era tarde: cogieron a sus dos hijas, de seis y ocho años, las violaron, las torturaron, les cortaron el cuello y arrojaron sus cadáveres mutilados al pozo que abastecía al pueblo de agua potable, para contaminarla. Toda la compañía de Rodney encajó la historia en silencio, salvo el capitán Vinh, que se puso literalmente enfermo. «Mis hijas», gemía una y otra vez para quien quisiera escucharle, para nadie. «Tienen la misma edad, esas niñas tenían la misma edad que mis hijas.» Dos meses más tarde, el mismo día en que llegaba a Da Nang después de pasar una semana de permiso en Tokio, Rodney tuvo que ayudar en la evacuación de los trece muertos y los cincuenta y nueve heridos de una compañía de combate que aquella misma mañana había sido víctima de una emboscada en la jungla. El hecho lo impresionó, pero la impresión se convirtió en una furia helada en el momento en que supo que la rápida investigación subsiguiente a los hechos había concluido que la carnicería sólo podía haber sido el resultado de un chivatazo, y que el autor de aquel chivatazo sólo podía haber sido el capitán Vinh. En una carta posterior Rodney afirma que, cuando tuvo conocimiento de la traición del oficial, de haber podido hubiera matado sin dudarlo «a aquella rata asesina con quien había compartido comida, tabaco y conversación», pero que ahora ya no hacía falta, porque el intérprete había sido entregado al ejército survietnamita, que lo había ejecutado sin dilación; Rodney añadía que se alegraba de la noticia. La siguiente carta que recibieron los padres de Rodney era sólo una nota: en ella su hijo consigna escuetamente que los mismos servicios de inteligencia que habían demostrado la traición del capitán Vinh acababan de llegar a la conclusión de que el oficial había dado el chivatazo a los comunistas del Vietcong porque éstos habían raptado a sus dos hijas y habían amenazado con matarlas a menos que colaborase con ellos.

Después de recibir esa nota sumarísima sus padres tardaron casi un mes en tener noticias de Rodney y, cuando la correspondencia se reanudó, poco a poco y de forma insidiosa les venció la impresión de que no era su hijo quien les escribía, sino alguien distinto que usurpaba su nombre y su letra. Era una sensación extraña, me dijo el padre de Rodney, como si quien escribiera fuese Rodney y no lo fuese al mismo tiempo o, lo que todavía era más extraño, como si quien escribiera fuese demasiado Rodney (Rodney en estado químicamente puro, extracto de Rodney) para ser verdaderamente Rodney. He leído y releído esas cartas y, por ambigua o confusa que sea, la observación me parece exacta, porque en esas páginas sin duda escritas a chorro es evidente que la escritura de Rodney ha ingresado en un dudoso territorio espejeante en el que, si bien es difícil no identificar a lo lejos la voz de mi amigo, resulta imposible no percibir un potente diapasón de desvarío que, sin hacerla del todo irreconocible, la vuelve por lo menos inquietantemente ajena a Rodney, entre otras cosas porque no siempre elude las tentaciones de la truculencia, la solemnidad o la simple cursilería. Añadiré que, a mi juicio, el hecho de que Rodney escribiera esas cartas desde el hospital en el que estaba recuperándose de los estragos del incidente sólo da cuenta en parte de su carácter anómalo, pero no basta para anular la perturbadora sensación que su lectura produce. «El incidente»: así es como lo llamó el padre de Rodney durante la tarde en que estuve en su casa, porque así es como al parecer lo llamó Rodney la única vez que su padre le interrogó en vano acerca de él. El incidente. Había ocurrido durante el mes en que estuvo sin noticias de su hijo y, a través de fuentes diversas y a lo largo de los años, todo lo que el padre de Rodney había logrado averiguar era que la compañía de Rodney había tomado parte en una imprecisa incursión en la aldea de My Khe, en la provincia de Quang Nai, que se había saldado con más de medio centenar de víctimas; también había conseguido averiguar que, a raíz del incidente o a consecuencia de él, y a pesar de que no había sufrido ninguna herida física, Rodney había permanecido internado durante tres semanas en un hospital de Saigón, y que mucho tiempo después, cuando ya estaba de vuelta en casa, tuvo que declarar en el juicio que se le instruyó al teniente que se hallaba al mando de su compañía, quien finalmente fue absuelto de los cargos que se le imputaban. Eso era todo lo que en todos aquellos años había averiguado por su cuenta el padre de Rodney acerca del incidente. En cuanto a su hijo, nunca aludió al asunto más que de pasada y de la forma más superficial posible y cuando no le quedó más remedio que hacerlo, y ni en sus cartas posteriores a su temporada en el hospital ni en las que escribió estando ingresado todavía en él lo llega a mencionar siquiera.

La verdad es que tanto unas como otras eran cartas completamente distintas de las que había escrito hasta entonces, y con el tiempo su padre acabó atribuyendo este cambio –tal vez porque necesitaba atribuirlo a alguna razón tangible– al hábito inmoderado de la marihuana y el alcohol que Rodney contrajo durante sus primeros meses en el frente. En las cartas anteriores Rodney tiende a anotar sobre todo hechos y por lo general rehúye las reflexiones abstractas; ahora, en cambio, los hechos y las personas se han volatilizado y apenas queda otra cosa que pensamientos, singulares pensamientos de una vehemencia que horrorizaba a su padre, y que a no mucho tardar le llevarían a la ingrata conclusión de que su hijo estaba perdiendo el juicio sin remedio. «Ahora conozco la verdad de la guerra», escribe por ejemplo Rodney en una de esas cartas.

«La verdad de esta guerra y de cualquier otra guerra, la verdad de todas las guerras, la verdad que tú conoces como la conozco yo y la conoce cualquiera que haya estado en una guerra, porque en el fondo del fondo esta guerra no es distinta sino igual que todas las guerras y en el fondo del fondo la verdad de la guerra es siempre la misma. Todo el mundo conoce aquí esa verdad, sólo que nadie tiene el valor de admitirla. Todos mienten. Yo también. Quiero decir que yo también mentía hasta que he dejado de hacerlo, hasta que me he asqueado de mentir, hasta que la mentira me ha asqueado más que la muerte: la mentira es sucia, la muerte es limpia. Y ésa es precisamente la verdad que todo el mundo aquí conoce (que conoce cualquiera que haya estado en una guerra) y nadie quiere admitir. Que todo esto es hermoso: que la guerra es hermosa, que el combate es hermoso, que es hermosa la muerte. No me refiero a la belleza de la luna elevándose como una moneda plateada en la noche sofocante de los arrozales, ni a las cintas de sangre que dibujan en la oscuridad las balas trazadoras, ni al instante milagroso de silencio que algunos atardeceres abren en el bullicio sin pausa de la jungla, ni a esos momentos extremos en que uno parece anularse y con él se anulan su miedo y su angustia y su soledad y su vergüenza y se funden con la vergüenza y la soledad y la angustia y el miedo de quienes están a su lado, y entonces la identidad gozosamente se evapora y uno ya no es nadie. No, no es sólo eso. Es sobre todo la alegría de matar, no sólo porque mientras son los otros los que mueren uno sigue vivo, sino también porque no hay placer comparable al placer de matar, no hay sensación comparable a la sensación portentosa de matar, de arrebatarle absolutamente todo lo que tiene y es a otro ser humano absolutamente idéntico a uno mismo, uno siente entonces algo que ni siquiera podía imaginar que es posible sentir, una sensación semejante a la que debimos de sentir al nacer y hemos olvidado, o a la que sintió Dios al crearnos o a la que debe de sentirse pariendo, sí, eso es exactamente lo que uno siente cuando mata, ¿no, papá?, la sensación de que uno está haciendo algo por fin importante, algo verdaderamente esencial, algo para lo que había venido preparándose sin saberlo durante toda la vida y que, de no haber podido hacerlo, le hubiera convertido sin remedio en un desecho, en un hombre sin verdad, sin cohesión y sin sustancia, porque matar es tan hermoso que nos completa, le obliga a uno a llegar a zonas de sí mismo que ni siquiera atisbaba, es como estar descubriéndose, descubriendo inmensos continentes de fauna y flora desconocidas allí donde uno imaginaba que no había más que tierra colonizada, y por eso ahora, después de haber conocido la belleza transparente de la muerte, la belleza ilimitada y centelleante de la muerte, siento como si fuera más grande, como si me hubiera ensanchado y alargado y prolongado más allá de mis límites anteriores, tan mezquinos, y por eso pienso también que todo el mundo debería tener derecho a matar, para ensancharse y alargarse y prolongarse cuanto pueda, para alcanzar esas caras de éxtasis o beatitud que yo he visto en la gente que mata, para conocerse a fondo o ir tan lejos como la guerra le permita, y la guerra permite ir muy lejos y muy deprisa, más lejos y más deprisa todavía, más deprisa, más deprisa, más deprisa, hay momentos en que de repente todo se acelera y hay una fulguración, un vértigo y una pérdida, la certeza devastadora de que si consiguiéramos viajar más deprisa que la luz veríamos el futuro. Eso es lo que he descubierto. Eso es lo que ahora sé. Lo que sabemos todos los que estamos aquí, y lo que sabían los que estaban y ya no están, y también los alucinados o los valientes que nunca estuvieron pero es como si hubieran estado, porque vieron todo esto mucho antes de que existiera. Lo saben todos, todo el mundo. Pero lo que me asquea no es que eso sea verdad, sino que nadie diga la verdad, y estoy a punto de preguntarme por qué nadie lo hace y se me ocurre algo que nunca se me había ocurrido, y es que quizá nadie lo diga no por cobardía, sino simplemente porque suena falso o absurdo o monstruoso, porque nadie que no sepa de antemano la verdad está capacitado para aceptarla, porque nadie que no haya estado aquí va a aceptar lo que aquí sabe cualquier soldado raso, y es que las cosas que tienen sentido no son verdad. Son sólo verdades recortadas, espejismos: la verdad es siempre absurda. Y lo peor de todo es que sólo cuando uno sabe esto, cuando uno aprende lo que sólo puede aprenderse aquí, cuando uno finalmente acepta la verdad, sólo entonces puede ser feliz. Te lo diré de otro modo: antes odiaba la guerra y odiaba la vida y sobre todo me odiaba a mí; ahora amo la vida y la guerra y sobre todo me amo a mí. Ahora soy feliz.»

Podría espigar un puñado de pasajes análogos entresacados de las cartas que Rodney escribió en esta época: todas de tono similar, todas igualmente oscuras, inmorales o abstrusas. Es verdad que a uno le asalta la tentación de reconocer en esas palabras desquiciadas algo así como el negativo de una radiografía de la mente de Rodney en aquel momento de su vida, y hasta de leer muchas más cosas de las que tal vez Rodney quiso encerrar en ellas. Resistiré la tentación, evitaré interpretaciones.

Apenas le dieron de alta en el hospital, Rodney se reintegró a su compañía, y dos meses más tarde, cuando faltaban pocos días para que concluyese su estancia obligatoria en Vietnam, gracias a un conocido que le franqueó la entrada a la embajada norteamericana en Saigón telefoneó por vez primera a sus padres y les comunicó que no iba a volver a casa. Había resuelto reengancharse en el ejército. Tal vez porque comprendieron de inmediato que la decisión era irrevocable, los padres de Rodney ni siquiera trataron de que la reconsiderara, sino sólo de entenderla. No lo consiguieron. Sin embargo, después de una conversación tan larga como entrecortada de súplicas y de sollozos, acabaron aferrándose a la precaria esperanza de que su hijo no había perdido la razón, sino que simplemente la guerra lo había convertido en otro, ya no era el mismo muchacho que ellos habían engendrado y criado y por eso ya no podía imaginarse a sí mismo de vuelta en casa como si nada hubiera ocurrido, porque la sola perspectiva de reintegrarse a su vida de estudiante (prolongándola en un doctorado, como en un principio había previsto) o la de buscar un trabajo en una escuela secundaria, o, más aún, la de recuperar durante una larga temporada de reposo la placidez provinciana de Rantoul, ahora le parecía ridícula o imposible, y lo abrumaba con un pánico que no alcanzaban a entender. Así que Rodney permaneció otros seis meses en Vietnam. Su padre ignoraba casi todo lo ocurrido a su hijo en esa época, durante la cual cesó por completo la correspondencia de Rodney con la familia, que no tuvo noticias de él más que por unos pocos telegramas en los que, con laconismo militar, les informaba de que se encontraba bien. Lo único que el padre de Rodney consiguió averiguar más tarde fue que en aquel tiempo su hijo estuvo peleando en una unidad de élite de lucha antiguerrillera conocida como Tiger Force, integrada en el primer batallón de la 101 División Aerotransportada, y es indudable que durante esos seis meses Rodney entró en combate mucho más a menudo de lo que lo había hecho hasta entonces, porque cuando a finales del verano de 1969 tomó el avión de vuelta a casa lo hizo con el pecho blindado de medallas –la Estrella de Plata al valor y el Corazón de Púrpura figuraban entre ellas– y una lesión de cadera que lo iba a acompañar de por vida, condenándolo a caminar para siempre con su paso trompicado e inestable de perdedor.

El retorno fue catastrófico. El padre de Rodney recordaba muy bien la llegada de su hijo a Chicago. Desde hacía dos semanas Julia Flores y él, que apenas se conocían personalmente, se llamaban por teléfono a menudo para ultimar los preparativos, pero cuando llegó el gran día todo salió desde el principio al revés: el autobús de la Greyhound en el que su mujer y él hicieron el viaje desde Rantoul llegó a Chicago con casi dos horas de retraso a causa de un accidente de tráfico; allí los aguardaba Julia, que los montó en su coche y los condujo a toda prisa al aeropuerto de O'Hare, pero en el acceso a éste los retuvo un atasco, de forma que para cuando los tres entraron en la terminal ya hacía más de una hora que el avión de Rodney había aterrizado. Preguntaron aquí y allá, y finalmente, después de dar muchas vueltas y hacer muchas averiguaciones, tuvieron que ir en busca de Rodney a una comisaría. Lo encontraron solo y desencajado, pero no quiso darles ninguna explicación, ni aquel día ni nunca y, para no arruinar aún más el reencuentro, ellos prefirieron no pedírsela a la policía. Sólo varios meses más tarde tuvo el padre de Rodney una idea precisa de lo ocurrido aquella mañana en el aeropuerto. Fue después del juicio que se le instruyó a Rodney –y a raíz del cual éste fue condenado al pago de una multa cuyo monto abonó su familia–, un juicio al que Rodney prohibió asistir a su padre y a su madre y cuyo desarrollo y contenido no conoció aquél sino luego de entrevistarse a escondidas con el abogado defensor de su hijo. El abogado, un izquierdista de prestigio llamado Donald Pludovsky, que había aceptado llevar el caso porque era amigo de un amigo del padre de Rodney y que desde el principio de la conversación se esforzó por tranquilizarlo tratando de restarle importancia al episodio, le recibió en su despacho de la calle Wabash y empezó contándole que Rodney había hecho con un soldado negro los tres días del viaje de vuelta desde Vietnam (primero desde Saigón hasta Tokio en un C-41 de la fuerza aérea, después desde las Filipinas hasta San Francisco en un reactor de la World Airways, y por fin desde allí hasta Chicago) y que, al bajar en O'Hare y advertir que nadie estaba esperándoles, los dos decidieron ir a desayunar a una cafetería. La terminal estaba inusualmente concurrida y reinaba en ella una atmósfera de fiesta, o ésa fue al menos la primera, aturdida y feliz impresión que tuvieron los dos recién llegados, hasta que en un determinado momento, mientras arrastraban sus macutos por un pasillo abarrotado de gente, una chica se desgajó de un grupo de estudiantes, abordó a Rodney, que de los dos veteranos era el único que aún vestía de uniforme, y le preguntó si venía de Vietnam. Extrañado por la ausencia de sus padres y de Julia, que habían prometido estar esperándole en el aeropuerto, Rodney tal vez imaginó que la chica había sido enviada por ellos, así que se detuvo y sonrió, alegremente le dijo que sí. Entonces la chica le escupió en la cara. Mirándola sin entender, Rodney le preguntó a la chica por qué había hecho aquello, pero, como no contestó, tras un instante de vacilación se limpió la saliva y echó a andar de nuevo. Los estudiantes los siguieron: coreaban lemas contra la guerra, se reían, les gritaban cosas que no entendían, los insultaban. Hasta que Rodney no aguantó más, se dio media vuelta y los enfrentó; el soldado negro le agarró de un brazo y le pidió que no les hiciera caso, pero Rodney se zafó y, mientras los estudiantes seguían con sus cánticos y sus gritos, trató en vano de hablar con ellos, trató de razonar, pero al final desistió, les dijo que ellos no les habían hecho nada y les pidió que los dejaran en paz. Ya iban a seguir su camino cuando un comentario injurioso o retador, proferido por un muchacho de pelo muy largo, se abrió paso entre el alboroto de los estudiantes, y al momento Rodney se abalanzó sobre el muchacho y empezó a pegarle una paliza que lo hubiera matado de no ser por la intervención in extremis de la policía del aeropuerto. «Y no hubo nada más», le dijo Pludovsky al padre de Rodney, recostándose en su butaca con un cigarrillo en la mano y un aire indisimulable de satisfacción, impostando el tono intrascendente de quien acaba de contar una travesura no exenta de gracia. El padre de Rodney no sonrió, no dijo nada, se limitó a permanecer unos instantes en silencio y luego, sin mirarle, le pidió al abogado que le contara qué era lo que le había dicho el muchacho a Rodney. «Ah, eso», trató de sonreír Pludovsky. «Bueno, la verdad es que no lo recuerdo exactamente.» «Claro que lo recuerda», dijo sin dudar el padre de Rodney. «Y quiero que me lo diga.» Bruscamente incómodo, Pludovsky suspiró, apagó el cigarrillo, entrelazó las manos encima de su gran mesa de roble. «Como quiera», dijo con fastidio, como si acabara de escapársele un caso en el último momento y de la forma más estúpida. «Lo que el muchacho dijo fue: "Mirad qué cobardes son estos asesinos de niños".»

Cuando el padre de Rodney salió del despacho del

abogado ya había comprendido que el altercado de O'Hare había sido sólo un reflejo de lo ocurrido en los últimos meses y una prefiguración de lo que iba a ocurrir en el futuro. No se equivocó. Porque la vida de Rodney nunca volvió a parecerse a la que un año y medio atrás había abandonado a la fuerza para irse a Vietnam. El mismo día de su llegada a Rantoul los amigos de siempre le tenían preparada una fiesta de bienvenida; su madre lo convenció para que asistiera a ella, pero, aunque salió de casa arreglado para la ocasión y con las llaves del coche en la mano y regresó cuando ya era de madrugada, a la mañana siguiente sus padres se enteraron de que ni siquiera había aparecido por la fiesta, y en días posteriores supieron por vecinos y amigos que Rodney se había pasado aquella noche hablando por teléfono desde una cabina cercana a la estación del tren y dando vueltas alrededor de la ciudad en el Ford de su padre. Unos pocos meses después Julia y él se casaron y se fueron a vivir a un suburbio de Minneapolis donde ella enseñaba en una escuela secundaria. La unión duró apenas dos años, pero fue sólo gracias a la tenacidad de Julia; de hecho, bastó mucho menos tiempo para que ella advirtiera que aquél era un matrimonio imposible, como cualquier otro que por entonces hubiera intentado Rodney. Éste, en apariencia, había regresado de Vietnam, pero en realidad era como si todavía estuviera allí, o como si se hubiera traído consigo a casa el Vietnam. Peor aún: mientras estaba en Vietnam Rodney no cesaba de hablar de Vietnam en las cartas que escribía a sus padres, a Julia, a sus amigos; ahora, en cambio, dejó por completo de hacerlo, y no quizá porque no lo deseara –la verdad era más bien la contraria: probablemente no había nada en el mundo que desease tanto–, sino porque no podía, quién sabe si porque abrigaba la certeza de que nadie se hallaba en condiciones de entender lo que tenía que contar, o porque pensaba que no debía hacerlo, igual que si hubiera visto y vivido algo que cuantos le conocían debían seguir ignorando. Lo cierto es que saltaba a la vista que, si mientras estaba en Vietnam no pensaba más que en Estados Unidos, ahora que estaba en Estados Unidos no pensaba más que en Vietnam. Es posible que en muchos momentos sintiese nostalgia de la guerra, que pensase que nunca debía haber regresado a casa y que debía haber muerto allí, peleando hombro con hombro junto a sus compañeros. Es posible que en muchos momentos sintiese que, comparada con la vida de alimaña acorralada que ahora llevaba en Estados Unidos, la vida en Vietnam era más seria, más verdadera, más digna de ser vivida. Es posible que comprendiera que nunca podría volver al país que había abandonado para irse a Vietnam, y no sólo porque ya no existía y era otro, sino porque tampoco él era ya el mismo que lo abandonó. Es posible que muy pronto aceptara que nadie vuelve de Vietnam: que, una vez se ha estado allí, el regreso es imposible. Y es casi seguro que, como tantos otros veteranos de Vietnam, se sintió burlado, porque apenas pisó tierra americana supo que todo el país lo despreciaba o, en el mejor de los casos, que deseaba esconderlo como si su mera presencia fuera una vergüenza, un insulto o una acusación. Rodney no podía esperar que lo recibieran como a un héroe (porque no lo era y porque no ignoraba que a los derrotados nadie los recibe como a héroes, aunque lo sean), pero tampoco que el mismo país que le había exigido dimitir de su conciencia y cumplir con su deber de americano no desertando al Canadá y acudiendo a una guerra infame y ajena, ahora rehuyese su presencia igual que si se tratara de un criminal o un apestado. La suya y la de tantos veteranos como él, quienes, si eran culpables de algo, lo eran porque los habían empujado a serlo las circunstancias brutales de la guerra y el país que les había obligado a hacerla. O eso es al menos lo que por entonces debió de pensar Rodney, igual que lo pensaron tantos otros veteranos de Vietnam a su vuelta a casa. En cuanto a su antigua militancia antibelicista, es indudable que ahora Rodney tenía muchos más argumentos que en sus años de estudiante para considerar aquella guerra una estafa orquestada por el fanatismo y la irresponsabilidad de la clase política y alimentada por el uso fraudulento que ésta había hecho de la retórica de los viejos valores norteamericanos, pero también es indudable –o al menos lo era para el padre de Rodney– que el hecho de estar o no contra la guerra había quedado reducido a sus ojos al rango de una cuestión casi banal, desplazada a un segundo plano por la lancinante ignominia de que Estados Unidos hubiera enviado a miles y miles de muchachos al matadero y luego los hubiera abandonado a su suerte en un lugar perdido en el mapa, enfermos, exhaustos y enloquecidos, ebrios de deseos y de impotencia, peleando a muerte contra su propia sombra en las ciénagas de un país calcinado.

Pero todo esto no son al fin y al cabo más que conjeturas: es razonable imaginar que, durante mucho tiempo tras su vuelta de Vietnam, Rodney pensara o sintiera lo anterior; no es imposible imaginar que pensara o sintiera todo lo contrario. Los hechos, sin embargo, son los hechos; me ciño a ellos. En los primeros meses que pasó en Estados Unidos Rodney apenas salió de su casa (ni de la casa familiar de Rantoul ni de la que compartió con Julia en Minneapolis), y cuando empezó a hacerlo fue sólo para enzarzarse en discusiones que más de una vez degeneraron en peleas casi siempre provocadas por su irreprimible tendencia a interpretar cualquier comentario sobre Vietnam o sobre su estancia en Vietnam, por intrascendente o anodino que fuese, como una agresión personal. Perdió a sus amigos de Chicago y también a los de Rantoul, y cortó cualquier vínculo con los antiguos compañeros de Vietnam, tal vez porque, de forma voluntaria o involuntaria, deseaba ocultar su condición de ex combatiente, lo cual explicaría el hecho de que durante mucho tiempo se negara en redondo a acudir en busca de ayuda o compañía a los locales de la Asociación de Veteranos. Pese al empeño sin descanso de Julia, a poco de casados su matrimonio ya se había degradado de forma irreversible. En cuanto a su familia, sólo se relacionaba con su madre, mientras que durante muchos años evitó la compañía y la conversación de su padre.

Bebía y fumaba mucho, whisky, cerveza, tabaco y marihuana, y a menudo caía en depresiones que lo sumían en una postración de semanas o meses y le obligaban a atiborrarse de pastillas. Nunca volvió a salir a cazar o a pescar. Nunca volvió a hablar de su hermano Bob. Vivía en un estado de desasosiego continuo. Durante casi año y medio padeció un insomnio de hierro, y sólo conseguía vencerlo cuando iba al cine con Julia, que le cogía de la mano y lo sentía poco a poco abandonarse en la oscuridad rumorosa de la sala y finalmente sumergirse en el sueño como en las profundidades de un lago. De día no se sentaba nunca dando la espalda a una ventana, y le obsesionaba que todas las persianas de la casa permaneciesen cerradas. Se pasaba las noches desahogando su inquietud por los pasillos y, antes de meterse por fin en la cama para nada, iniciaba un ritual infalible que consistía en inspeccionar todas y cada una de las puertas y ventanas de la casa, en verificar que no había obstáculo alguno que entorpeciera su huida y que cuanto necesitaba para defenderse estuviera a mano, así como en ensayar mentalmente el modus operandi adecuado para el caso inverosímil de que se produjese una emergencia. Con el tiempo consiguió conciliar el sueño en su propia cama, pero las pesadillas lo sobresaltaban a menudo, y un crujido inofensivo en el jardín bastaba para despertarlo y para que saliera de estampida a averiguar lo que lo había provocado. Al divorciarse de Julia volvió a casa de sus padres, y en los años que siguieron cruzó varias veces el país de punta a punta: de repente un día hacía las maletas, cargaba el coche y se marchaba sin previo aviso y sin un destino concreto, y al cabo de uno o dos o tres o cuatro meses volvía a la casa familiar sin dar la menor explicación, como si hubiera salido de paseo por el barrio. Sobrevivió a dos intentos de suicidio, a raíz del segundo de los cuales acabó aceptando que lo ingresaran en los servicios médicos de la Asociación de Veteranos de Chicago. No tardó mucho tiempo en ponerse a buscar un trabajo, pero sí en encontrarlo, porque, aunque en su condición de ex combatiente gozaba de ciertas prerrogativas, durante mucho tiempo consideró humillante acogerse a ellas, y cada vez que acudía a una entrevista laboral regresaba a casa presa de una furia incontrolable, convencido de que sus empleadores pasaban a mirarlo como a un monstruo de dos cabezas en cuanto descubrían que era un veterano de guerra. El primero de los empleos que consiguió fue un trabajo cómodo y no mal remunerado en la administración de una fábrica de conservas, pero apenas le duró unos meses, más o menos como los que le siguieron. Más tarde intentó dar clases de lengua en colegios de Rantoul o de los alrededores de Rantoul, e intentó también reanudar sus estudios matriculándose en un máster de filosofía en la Nortwestern University. Todo fue inútil. Cuando Rodney regresó de Vietnam convertido en una sombra derribada del muchacho brillante, trabajador y juicioso que había sido, su padre confió en que el tiempo acabaría devolviéndole su naturaleza perdida, pero desde su retorno habían transcurrido ocho años y Rodney seguía sumergido en una

133

bruma impenetrable, convertido en un fantasma ambulante o un zombi: en Rantoul se pasaba los días enteros tumbado en la cama, leyendo novelas y fumando marihuana y viendo viejas películas en la televisión, y cuando salía de casa era sólo para conducir durante horas por carreteras que no llevaban a ninguna parte o para beber a solas en los bares de la ciudad. Era como si viviese herméticamente encerrado en una burbuja de acero, pero lo extraño (o lo que su padre juzgaba extraño) es que no parecía vivir esa situación de desamparo y de absoluta soledad como una condena, sino como el fruto jubiloso de un cálculo preciso, como el antídoto ideal contra su desorbitada desconfianza en los demás y su no menos desorbitada desconfianza en sí mismo. Así que en algún momento los padres de Rodney acabaron aceptando, con una resignación no desprovista de alivio, que Vietnam había transformado para siempre a su hijo y que éste nunca volvería a ser el que había sido.

De repente todo cambió. Año y medio antes de que Rodney empezara a dar clases en Urbana, su madre murió de un cáncer de estómago. La agonía fue larga, pero no penosa, y Rodney la sobrellevó sin sobresaltos ni dramatismo, renunciando de un día para otro a sus hábitos de ocio indefinido para atender a la moribunda, quien durante todos aquellos años de convalecencia de la guerra había sido su único y silencioso asidero moral; por lo demás, la tarde en que la enterraron nadie le vio derramar una sola lágrima por ella. No obstante, días más tarde, de regreso de una visita de traba-

jo, el padre de Rodney se encontró con su hijo acodado a la mesa de la cocina, iluminado por el sol brillante del mediodía que entraba por la ventana y llorando a lágrima viva. No recordaba haber visto llorar a
Rodney desde que era un niño, pero no dijo nada: dejó
sus cosas en el vestíbulo, volvió a la cocina, preparó dos
infusiones de manzanilla, le sirvió una a su hijo y se
sirvió la otra, se sentó a la mesa, le cogió una mano,
grande, áspera y venosa, y permaneció largo rato junto
a él, en silencio, tomándose su manzanilla y también la
de Rodney, sin dejar de sujetarle la mano, oyéndole llorar como si durante todos aquellos años hubiera acumulado una reserva inagotable de lágrimas y su llanto
no fuera a extinguirse nunca. Hacía mucho tiempo que
padre e hijo convivían en la misma casa sin apenas dirigirse la palabra, pero al atardecer Rodney empezó a
hablar, y fue sólo entonces cuando su padre tuvo un
atisbo deslumbrante del vértigo de remordimientos en
el que había vivido su hijo durante todos aquellos años,
porque comprendió que Rodney no sólo se sentía culpable de la muerte de su hermano y de su madre y de
la de un número indefinido de personas, sino también
de no haber tenido el coraje de obedecer a su conciencia y haberse plegado a la orden de ir a la guerra, de haber abandonado allí a sus compañeros, de haber pre-
senciado el horror sin atenuantes de Vietnam y haber
sobrevivido a él. La conversación terminó de madrugada, y al otro día, cuando despertaron, Rodney le pidió el coche a su padre y se fue a Chicago. El viaje se
repitió la semana siguiente y también la otra, y pronto

las visitas de Rodney a la capital se convirtieron en una rutina semanal. Al principio iba y venía en la misma jornada, saliendo muy de mañana y volviendo por la noche, pero con el tiempo empezó a ausentarse de Rantoul dos y hasta tres días. Para no malograr la mejora que en la relación con su hijo había introducido la muerte de su mujer, el padre de Rodney no hacía averiguaciones, limitándose a prestarle el coche y a preguntarle cuándo tenía previsto volver. Pero una tarde, de regreso de uno de esos viajes, Rodney se lo contó: le contó que iba cada semana a Chicago a la sede de la Asociación de Veteranos de Vietnam –la misma en la que tiempo atrás había sido ingresado en dos ocasiones y tratado a base de inyecciones de Largactil–, donde recibía la ayuda de un psiquiatra especializado en trastornos provocados por la guerra y donde se reunía con otros veteranos con quienes colaboraba en la organización de actos públicos, manifestaciones y conferencias, así como en la confección de una revista en la que durante varios años publicó artículos sobre cine y literatura y furibundos alegatos contra la frivolidad culpable de la clase política de su país y su sometimiento servil a los dictados de las grandes corporaciones económicas. La noticia no sorprendió al padre de Rodney, quien para entonces ya hacía tiempo que había advertido el cambio que en pocos meses había experimentado su hijo; y no sólo en relación a él: Rodney había abandonado el consumo de alcohol y marihuana, había empezado a compartir el gobierno de la casa, a desterrar sus hábitos de excéntrico y a recuperar a algunos de sus amigos de siempre. Poco a poco esa transformación se volvió más sólida y más visible, porque Rodney no tardó en aceptar un trabajo como contable en un restaurante de Urbana, en empezar a colaborar como voluntario con un pequeño sindicato independiente y en frecuentar el local que los Veteranos de las Guerras Extranjeras tenían en la ciudad. Era como si con la muerte de su madre la vida entera de Rodney hubiera hecho crisis: como si, gracias a sus viajes a Chicago y a la ayuda de la Asociación de Veteranos, hubiera empezado a resquebrajarse la burbuja en la que llevaba más de quince años asfixiándose y estuviera venciendo la vergüenza de ser un antiguo combatiente de Vietnam o encontrando alguna forma de orgullo en el hecho de ser un superviviente de aquella guerra fantasmagórica. De manera que, para cuando consiguió su empleo de profesor de español en Urbana, Rodney llevaba una vida tan ordenada y laboriosa que nada autorizaba a sospechar que no hubiera dejado definitivamente atrás las secuelas interminables de su paso por Vietnam.

Pero no las había dejado atrás. El padre de Rodney lo supo una noche de las navidades de 1988, pocos meses antes de que me contara la historia de su hijo en su casa de Rantoul, apenas unos días después de que Rodney y yo nos despidiéramos a la puerta de Treno's con la promesa finalmente frustrada de que volveríamos a vernos en cuanto yo regresara de mi viaje por el Medio Oeste en compañía de Barbara, Gudrun y Rodrigo Ginés. Aquella tarde un hombre había llamado por teléfono a su casa preguntando por su hijo. Rodney estaba fuera, así que su padre quiso saber quién le llamaba. «Tommy Birban», dijo el hombre. El padre de Rodney no había oído nunca ese apellido, pero el hecho no le extrañó, porque desde que Rodney había roto el encierro de su burbuja no era infrecuente que llamaran desconocidos a su casa. El hombre dijo que era amigo de Rodney, prometió que volvería a llamarlo al cabo de un rato y dejó un número de teléfono por si Rodney quería adelantarse y llamarlo antes a él. Cuando Rodney llegó a casa esa noche, su padre le dio el recado y le tendió un papel con el número de teléfono de su amigo; la reacción de su hijo le extrañó: un poco pálido, cogiendo el papel que le tendía le preguntó si estaba seguro de que ése era el nombre del desconocido y, aunque él le aseguró que sí, se lo hizo repetir varias veces, para cerciorarse de que no se había equivocado. «¿Pasa algo?», preguntó el padre de Rodney. Rodney no contestó o contestó con un gesto entre disuasorio y despectivo. Pero más tarde, mientras cenaban, volvió a sonar el teléfono, y antes de que su padre pudiera levantarse para cogerlo Rodney lo atajó en seco con un grito. Los dos hombres se quedaron mirándose: fue entonces cuando el padre de Rodney supo que algo andaba mal. El teléfono siguió sonando, hasta que por fin se calló. «A lo mejor era otra persona», dijo el padre de Rodney. Rodney no dijo nada. «Va a volver a llamar, ¿verdad?», preguntó el padre de Rodney tras un silencio. Ahora Rodney asintió. «No quiero hablar con él», dijo. «Dile que no estoy. O mejor dile que estoy de viaje y que no sabes cuándo voy a volver. Sí: dile eso.» Aquella noche el padre de Rodney no arriesgó ninguna otra pregunta, porque sabía que su hijo no la iba a contestar, y se pasó todo el día siguiente aguardando la llamada de Tommy Birban. Por supuesto, la llamada llegó, y el padre de Rodney descolgó enseguida el teléfono e hizo lo que su hijo le había pedido que hiciese. «Ayer no me dijo que Rodney estaba fuera», alegó Tommy Birban, suspicaz. «Ya no me acuerdo de lo que le dije ayer», contestó él. Luego improvisó: «Pero es mejor que no vuelva a llamar. Rodney se ha marchado y no sé dónde está ni cuándo va a volver». Ya estaba a punto de colgar cuando al otro lado del teléfono la voz de Tommy Birban dejó de sonar amenazadora y sonó implorante, como un sollozo perfectamente articulado: «Es usted el padre de Rodney, ¿verdad?». No tuvo tiempo de contestar. «Sé que Rodney está viviendo con usted, me lo dijeron en la Asociación de Veteranos de Chicago, ellos me dieron su teléfono. Quiero pedirle un favor. Si me lo concede le prometo que no volveré a llamar, pero tiene que concedérmelo. Hágame el favor de decirle a Rodney que no voy a pedirle nada, ni siquiera que nos veamos. Lo único que quiero es hablar un rato con él, dígale que quiero hablar un rato con él, dígale que necesito hablar con él. Eso es todo. Pero dígaselo, por favor. ¿Se lo dirá?» El padre de Rodney no supo negarse a cumplir el encargo, pero el hecho de que su hijo lo recibiera sin inmutarse ni hacer el menor comentario le permitió engañarse con la ilusión de que aquel episodio que ni podía ni quería entender había concluido sin mayores consecuencias. Previsiblemente, algunos días después Tommy Birban volvió a llamar. Para entonces Rodney ya no contestaba nunca el teléfono, así que fue su padre quien se puso. Tommy Birban y él discutieron unos segundos, violentamente, y ya estaba a punto de colgar cuando su hijo le pidió que le entregara el teléfono; no sin alguna vacilación, ni sin advertirle con la mirada que aún estaba a tiempo de evitar el error, se lo entregó. Los dos antiguos amigos hablaron durante largo rato, pero él se prohibió escuchar la conversación, de la que apenas cazó algunos retazos inconexos. Esa noche Rodney no pudo conciliar el sueño, y al día siguiente Tommy Birban volvió a llamar y los dos volvieron a conversar por espacio de varias horas. Este ritual ominoso se repitió durante más de una semana, y al amanecer del día de Año Nuevo el padre de Rodney oyó ruido en la planta baja, se levantó, salió al porche y vio a su hijo cargando el último bulto en el maletero del Buick. La escena no le sorprendió; en realidad, casi la esperaba. Rodney cerró el maletero y subió las escaleras del porche. «Me voy», dijo. «Iba a subir a despedirme.» Su padre supo que mentía, pero asintió. Miró la calle nevada, el cielo casi blanco, la luz gris; miró a su hijo, alto y destruido frente a él, y sintió que el mundo era un lugar vacío, sólo habitado por ellos dos. A punto estuvo de decírselo. «¿Adónde vas?», estuvo a punto de decirle. «¿No sabes que el mundo es un lugar vacío?» Pero no se lo dijo. Lo que le dijo fue: «¿No es hora ya de que olvides todo eso?». «Yo ya lo he olvidado, papá», contestó Rodney. «Es todo eso lo que no me ha olvidado a mí.» «Y eso fue lo último que le oí decir», concluyó el padre de Rodney, hundido en su sillón de orejas, tan exhausto como si no hubiera dedicado aquella tarde interminable en su casa de Rantoul a reconstruir para mí la historia de su hijo, sino a tratar en vano de escalar una montaña impracticable cargado con un equipaje inútil. «Luego nos dimos un abrazo y se marchó. El resto ya lo sabe usted.»

Así terminó de contar su historia el padre de Rodney. Ninguno de los dos tenía nada más que añadir, pero todavía me quedé un rato con él, y durante un tiempo indefinido, que no sabría si computar en minutos o en horas, permanecimos sentados frente a frente, manteniendo un simulacro desmayado de conversación, como si ambos compartiéramos un secreto infamante o la autoría de un delito, o como si buscáramos excusas para que yo no tuviera que enfrentarme a solas al camino de vuelta a Urbana y él a la soledad primaveral de aquel caserón sin nadie, y cuando por fin me decidí a marcharme, ya de madrugada, tuve la certeza de que siempre recordaría la historia que me había contado el padre de Rodney y de que yo ya no era el mismo que aquella tarde, muchas horas atrás, había llegado a Rantoul. «Es usted demasiado joven para pensar en tener hijos», me dijo el padre de Rodney cuando nos despedíamos, y no lo he olvidado. «No los tenga, porque se arrepentirá; aunque si no los tiene también se arrepentirá. Así es la vida: haga lo que haga, se arrepentirá. Pero déjeme que le diga una cosa: todas las historias de amor son insensatas, porque el amor es una enfermedad; pero tener un hijo es arriesgarse a una historia de amor tan insensata que sólo la muerte es capaz de interrumpirla.»

Eso me dijo el padre de Rodney, y no lo he olvidado.

Por lo demás, nunca volví a verle.

Puerta de piedra

Regresé a España poco más de un año después de aquella tarde de primavera en que el padre de Rodney me contó la historia de su hijo. Durante el tiempo que todavía pasé en Urbana ocurrieron muchas cosas. No voy a tratar de contarlas aquí, y no sólo porque sería tedioso, sino sobre todo porque la mayoría de ellas no pertenece a esta historia. O quizá sí le pertenece y yo todavía no he sabido advertirlo. Da igual. Sólo diré que en verano pasé un mes de vacaciones en España; que al curso siguiente, de vuelta en Urbana, seguí con mis clases y mis cosas, y que por entonces empecé una tesis doctoral (que nunca acabé) dirigida por John Borgheson; que tuve amigos y amantes y que me hice más amigo de los amigos que ya tenía, sobre todo de Rodrigo Ginés, de Laura Burns, de Felipe Vieri; que estuve ocupado viviendo y no estuve ocupado muriendo; que durante todo aquel tiempo trabajé con ahínco en mi novela. Tanto, que en la primavera del año siguiente ya la había terminado. No estoy seguro de que fuera una buena novela, pero era mi primera novela, y escribirla me hizo sumamente feliz, por la simple razón de que me demostró a mí mismo que era capaz de escribir novelas. Por si acaso añadiré que no trataba de Rodney, aunque en ella aparecía un personaje secundario cuyo aspecto físico estaba en deuda con el aspecto físico de Rodney; sí era, en cambio, una novela de fantasmas o zombis ambientada en Urbana y protagonizada por un personaje exactamente igual que yo que se hallaba exactamente en las mismas circunstancias que yo... De manera que cuando me marché de Urbana yo iba cargado con mi primera novela, sintiéndome muy afortunado y sintiendo también que, aunque no había viajado mucho, ni había visto demasiado mundo, ni había vivido con demasiada intensidad ni acumulado demasiadas experiencias, aquella larga temporada en Estados Unidos había sido mi verdadero doctorado, convencido de que ya no tenía nada más que aprender allí y de que, si quería convertirme en un escritor de verdad y no en un fantasma o un zombi –como Rodney y como los personajes de mi novela y como algunos habitantes de Urbana–, entonces debía regresar de inmediato a casa.

Así lo hice. Aunque estaba dispuesto a volver a cualquier precio, la verdad es que el retorno resultó menos incierto de lo previsto, porque en el mes de mayo, justo cuando ya estaba a punto de hacer las maletas, Marcelo Cuartero me telefoneó desde Barcelona para ofrecerme un puesto de profesor asociado en la Autónoma. El sueldo era escaso, pero, sumado a los ingresos que me proporcionaban algunos encargos circunstanciales, me bastó para alquilar un estudio en el barrio de Sant Antoni y para sobrevivir sin demasiados apuros a la espera de la publicación de la novela. Fue así como empecé a recuperar con avidez mi vida de Barcelona; también, naturalmente, recuperé a Marcos Luna. Para entonces Marcos ya vivía con Patricia, una fotógrafa que trabajaba para una revista de moda, se ganaba la vida dibujando en un periódico y había empezado a exponer con cierta regularidad y a hacerse un nombre entre los pintores de su generación. Fue precisamente Marcos quien a finales de aquel mismo año, después de que mi novela se hubiera publicado en una editorial minoritaria en medio de un silencio apenas roto por una reseña inútil y delirantemente elogiosa de un discípulo de Marcelo Cuartero (o del propio Marcelo Cuartero bajo seudónimo), me consiguió una entrevista con un subdirector de su periódico, quien a su vez me invitó a escribir crónicas y reseñas para el suplemento cultural. De modo que, mal que bien, con la ayuda de Marcos y de Marcelo Cuartero empecé a salir adelante en Barcelona mientras ponía manos a la obra en mi segunda novela. Mucho antes de que consiguiera terminarla, sin embargo, apareció Paula, lo que acabó trastocándolo todo, incluida la propia novela. Paula era rubia, tímida, espigada y diáfana, una de esas treintañeras disciplinadas y esquivas cuya altivez de apariencia es una máscara transparente de su imperiosa necesidad de afecto. Por entonces acababa de separarse de su primer marido y trabajaba en la sección de cultura del periódico; como yo apenas acudía por la redacción, tardé bastante en conocerla, pero cuando por fin lo hice comprendí que el padre de Rodney tenía razón y que enamorarse es dejarse derrotar al mismo tiempo por la insensatez y por una enfermedad que sólo cura el tiempo. Lo que quiero decir es que me enamoré de tal manera de Paula que, en cuanto la conocí, tuve la seguridad que tienen todos los enamorados: la de que hasta entonces nunca me había enamorado de nadie. El idilio fue maravilloso y extenuante, pero sobre todo fue una insensatez y, como una insensatez lleva a la otra, al cabo de unos meses me fui a vivir con Paula, luego nos casamos y luego tuvimos un hijo, Gabriel. Todas estas cosas ocurrieron en un lapso muy breve de tiempo (o en lo que a mí me pareció un lapso muy breve de tiempo), y cuando quise darme cuenta ya estaba viviendo en una casita adosada, con jardín y mucho sol, en un barrio residencial de las afueras de Gerona, convertido de pronto en protagonista casi involuntario de una insulsa estampa de bienestar provinciano que ni en la peor de mis pesadillas de joven aspirante a escritor saturado de sueños de triunfo hubiese imaginado.

Pero, para mi sorpresa, la decisión de cambiar de ciudad y de vida resultó ser un acierto. En teoría la habíamos tomado porque Gerona era un lugar más barato y más tranquilo que Barcelona, desde el que uno se podía plantar en el centro de la capital en una hora, pero en la práctica y con el tiempo descubrí que las ventajas no acababan ahí: como en Gerona el sueldo de Paula en el periódico casi alcanzaba para satisfacer las necesidades de la familia, pronto pude abandonar el trabajo en la universidad y los artículos del periódico para dedicarme de lleno a escribir mis libros; a ello hay que sumar el hecho de que en Gerona contábamos con la ayuda para todo de familiares y amigos con hijos, y de que apenas había distracciones, de manera que nuestra vida social era nula. Por lo demás, Paula iba y venía a diario a Barcelona, mientras que yo me ocupaba de la casa y de Gabriel, lo que me dejaba mucho tiempo libre para mi trabajo. El resultado de este entramado favorable de circunstancias fueron los años más felices de mi vida y cuatro libros, dos novelas, una recopilación de crónicas y un ensayo. Es verdad que todos ellos pasaron tan inadvertidos como el primero, pero también es verdad que yo no vivía esa invisibilidad como una frustración, y mucho menos como un fracaso. En primer lugar, por una mezcla defensiva de humildad, soberbia y cobardía: no me desazonaba que mis libros no merecieran más atención de la que recibían porque no creía que la merecieran y, al mismo tiempo, porque pensaba que muy pocos lectores se hallaban en condiciones de apreciarlos, pero también porque temía en secreto que, si merecían más atención de la que recibían, acabarían fatalmente revelando su flagrante indigencia. Y, en segundo lugar, porque para entonces ya había comprendido que, si yo era escritor, lo era porque me había convertido en un chiflado que tiene la obligación de mirar la realidad y que a veces la ve y que, si había elegido aquel oficio cabrón, quizá era porque yo no podía ser otra cosa más que escritor: porque en cierto modo no había sido yo quien había elegido mi oficio, sino que había sido mi oficio quien me había elegido a mí.

Pasó el tiempo. Empecé a olvidar Urbana. No supe olvidar, en cambio (o no por completo), a los amigos de Urbana, sobre todo porque de forma ocasional y sin que yo me lo propusiera seguían llegándome noticias suyas. El único que aún permanecía allí era John Borgheson, a quien volví a ver varias veces, cada vez más catedrático venerable y cada vez más británico, en sus visitas ocasionales a Barcelona. Felipe Vieri había terminado sus estudios en Nueva York, había conseguido un empleo de profesor en la Universidad de Nueva York y desde entonces vivía en Greenwich Village, convertido en lo que siempre había deseado ser: un neoyorquino de pies a cabeza. La vida de Laura Burns era más turbulenta y más variada: había terminado su doctorado en Urbana, se había casado con un ingeniero informático de Hawai, se había divorciado y, después de haber peregrinado por varias universidades de la Costa Oeste, había aterrizado en Oklahoma City, donde había vuelto a casarse, ahora con un hombre de negocios que la había retirado de su trabajo en la universidad y la obligaba a vivir a caballo entre Oklahoma y Ciudad de México. En cuanto a Rodrigo Ginés, también él había terminado su doctorado en Urbana y, tras enseñar durante un par de años en la Purdue University, había regresado a Chile, pero no a Santiago, sino a Coyhiaque, al sur del país, donde se había casado de nuevo y dictaba sus clases en la Universidad de Los Lagos.

Del único que no supe nada en mucho tiempo fue de Rodney, y ello a pesar de que, cada vez que entraba en contacto con alguien que había estado en Urbana en mi época (o inmediatamente antes, o inmediatamente después), acababa preguntando por él. Pero que no supiera nada de Rodney tampoco significa que lo hubiera olvidado. De hecho, ahora sería fácil imaginar que nunca dejé de pensar en él durante todos aquellos años; la realidad es que tal cosa sólo es en parte cierta. Es verdad que de vez en cuando me preguntaba qué habría sido de Rodney y de su padre, cuánto tiempo habría tardado mi amigo en volver a su casa tras su huida y cuánto tiempo habría tardado en volverse a marchar tras su retorno. También es verdad que por lo menos en un par de ocasiones me atacó seriamente el deseo o la urgencia de contar su historia y que, cada vez que eso ocurrió, desempolvé los tres portafolios de cartón negro con cierre de goma que me había entregado su padre y releí las cartas que contenían y las notas que yo había tomado, nada más regresar a Urbana, del relato que él me había hecho aquella tarde en Rantoul, igual que es verdad que me documenté a fondo leyendo cuanto cayó en mis manos acerca de la guerra de Vietnam, y que tomé páginas y páginas de notas, hice esquemas, definí personajes y planeé escenas y diálogos, pero lo cierto es que siempre quedaban piezas sueltas que no encajaban, puntos ciegos imposibles de clarificar (sobre todo dos: qué había ocurrido en My Khe, quién era Tommy Birban), y que tal vez por ello cada vez que me resolvía a empezar a escribir

acababa abandonándolo al poco tiempo, embarranca-
do en mi impotencia para dotar de sentido a aquella
historia que en el fondo (o eso es al menos lo que sos-
pechaba por entonces) tal vez carecía de él. Era una
sensación extraña, como si, aunque el padre de Rodney me hubiera hecho de algún modo responsable de
la historia de desastre de su hijo, esa historia no acabara de pertenecerme del todo y no fuese yo quien debía contarla y por tanto me faltasen el coraje, la locu-
ra y la desesperación que requería contarla, o quizá
como si todavía fuese una historia inacabada, que aún
no había alcanzado el punto de cocción o madurez
o coherencia que hace que una historia ya no se resis-
ta con obstinación a ser escrita. Y es verdad también
que, como me había ocurrido en Urbana con mi primera novela frustrada, durante años yo fui casi incapaz de ponerme a escribir sin sentir el aliento de Rodney a mi espalda, sin pensar qué hubiese opinado él de
esta frase o aquélla, de este adjetivo o aquél –como si
la sombra de Rodney fuese al mismo tiempo un juez
furibundo y un ángel tutelar–, y por supuesto aún era
más incapaz de leer a los autores favoritos de Rodney
–y los leía mucho– sin discutir mentalmente los gustos
y las opiniones de mi amigo. Todo eso es verdad, pero
asimismo lo es que, a medida que pasaba el tiempo y
el recuerdo de Urbana iba disolviéndose en la distancia
como la estela espumeante de un avión que se aleja en
el cielo purísimo, también el recuerdo de Rodney se
disolvía con él, así que para cuando mi amigo reapareció de forma inesperada yo no sólo estaba ya conven-

cido de que nunca escribiría su historia, sino también de que, a menos que un azar improbable lo impidiese, nunca volvería a verle de nuevo.

Ocurrió hace tres años, pero no ocurrió por azar. Unos meses atrás yo había publicado una novela que giraba en torno a un episodio minúsculo ocurrido en la guerra civil española; salvo por su temática, no era una novela muy distinta de mis novelas anteriores –aunque sí más compleja y más intempestiva, acaso más estrafalaria–, pero, para sorpresa de todos y salvo escasas excepciones, la crítica la acogió con cierto entusiasmo, y en el poco tiempo transcurrido desde su aparición había vendido más ejemplares que todos mis libros anteriores juntos, lo que a decir verdad tampoco bastaba para convertirla en un best-seller: a lo sumo se trataba de un ruidoso *succès d'estime,* aunque en todo caso más que suficiente para hacer feliz o incluso provocar la euforia de quien, como yo, a aquellas alturas ya había empezado a incurrir en el escepticismo resabiado de esos plumíferos cuarentones que hace tiempo arrumbaron en silencio las furiosas aspiraciones de gloria que alimentaron en su juventud y se han resignado a la dorada medianía que les reserva el futuro sin apenas tristeza ni más cinismo que el indispensable para sobrevivir con alguna dignidad.

Fue en ese momento de alegría inesperada cuando reapareció Rodney. Un sábado por la noche, de regreso de una gira de promoción por varias ciudades andaluzas, Paula me recibió en casa con la noticia de que aquel mismo día Rodney había estado en Gerona.

–¿Quién? –pregunté sin salir de la incredulidad.

–Rodney –repitió Paula–. Rodney Falk. Tu amigo de Urbana.

Por supuesto, yo había hablado muchas veces de Rodney con Paula, pero el hecho no aminoró la extrañeza que me produjo escuchar de labios de mi mujer ese nombre familiar y extranjero. A continuación Paula pasó a relatar la visita de Rodney. Al parecer, a media mañana había sonado el timbre de la casa; como no esperaba a nadie, antes de abrir miró por la mirilla, y la alarmó tanto ver al otro lado de la puerta a un desconocido corpulento con el ojo derecho cegado por un aguerrido parche de tela que a punto estuvo de permanecer en silencio y no abrir. La curiosidad, sin embargo, pudo más que la inquietud, y acabó preguntando quién era. Rodney se identificó, preguntó por mí, volvió a identificarse, y al final Paula cayó en la cuenta, le abrió, le dijo que yo estaba de viaje, le invitó a pasar, le invitó a tomar café. Mientras lo tomaban, observados por Gabriel a una distancia recelosa, Rodney contó que llevaba una semana viajando por España, y que tres días atrás había llegado a Barcelona, había visto mi último libro en una librería, lo había comprado, lo había leído, había llamado a la editorial y, después de mucho insistir y de engañar a una de las chicas de prensa, había conseguido que le dieran mis señas. No transcurrió mucho tiempo antes de que Gabriel abandonara su desconfianza inicial y –según Paula porque tal vez le hizo gracia el castellano ortopédico de Rodney, o su imposible catalán aprendido

154

conmigo en Urbana, o porque Rodney tuvo la astucia o el instinto de tratarle como a un adulto, que es la mejor forma de ganarse a los niños– congeniara de inmediato con mi amigo, así que cuando Paula quiso darse cuenta ya estaban Gabriel y Rodney jugando al ping-pong en el jardín. Los tres pasaron el día juntos: comieron en casa, pasearon por el casco antiguo de la ciudad y en un bar de la plaza de Sant Domènec estuvieron mucho rato jugando al futbolín, un juego que apasionaba a Gabriel y que Rodney desconocía por completo, lo que no impidió, siempre según Paula, que jugara con la pasión del neófito ni que celebrara a gritos cada gol, abrazando y levantando en vilo y besando a Gabriel. Así que cuando al atardecer Rodney les anunció que tenía que marcharse, Gabriel y Paula trataron de hacerle cambiar de opinión con el argumento de que yo llegaría al cabo de sólo unas horas; no lo consiguieron: Rodney alegó que aquella misma noche debía tomar un tren desde Barcelona hasta Pamplona, donde tenía previsto pasar las fiestas de San Fermín.

–Está alojado aquí –dijo Paula al concluir su relato, alargándome una hoja cuadriculada con un nombre y un número de teléfono garabateados en ella con la letra picuda e inconfundible de Rodney–. Hotel Albret.

Aquella noche me desveló una doble inquietud, que sólo a medias guardaba relación con la visita de Rodney. Por un lado, hacía apenas veinticuatro horas que me había acostado con la escritora local encargada de presentar mi libro en Málaga; no era la primera vez en los últimos meses que engañaba a Paula, pero después de cada infidelidad los remordimientos me torturaban con saña durante días. Pero por otro lado también me desasosegaba la inopinada reaparición de Rodney, su reaparición precisamente en el momento de mi consagración como escritor, quizá como si temiera que mi amigo no hubiese acudido a mí para celebrar el éxito, sino para desvelar lo que éste tenía de farsa, humillándome con el recuerdo de mis ridículos inicios de aspirante a escritor en Urbana. Creo que aquella noche me dormí sin haber apaciguado el remordimiento, pero habiendo decidido que no llamaría a Rodney y que trataría de olvidar su visita cuanto antes.

Al día siguiente, sin embargo, no parecía haber en mi casa más tema de conversación que Rodney. Entre otras cosas Paula y Gabriel me contaron que mi amigo residía en Burlington, una ciudad del estado de Vermont, que tenía una mujer y acababa de tener un hijo, y que trabajaba en una inmobiliaria. No sé qué me sorprendió más: el hecho de que Rodney, siempre tan reacio a hablar conmigo de su vida privada, hubiera hablado de ella con Paula y Gabriel, o el hecho no menos insólito de que, a juzgar por lo que les había contado a mi mujer y mi hijo, Rodney llevara ahora una tranquila existencia de padre de familia incompatible con el hombre corroído en secreto por su pasado que, sin que nadie pudiera sospecharlo, todavía era en Urbana, igual que si el tiempo transcurrido desde entonces hubiera acabado curando sus heridas de guerra y le hubiera permitido salir del interminable túnel de desdicha por el que había caminado solo y a oscuras durante treinta años. El lunes Paula reveló las fotografías que ella y Gabriel se habían tomado con Rodney; eran fotografías felices: la mayoría mostraban sólo a Gabriel y a Rodney (en una se les veía jugando al futbolín; en otra se les veía sentados en las escaleras de la catedral; en otra se les veía caminando por la Rambla, cogidos de la mano); pero en dos de ellas aparecía también Paula: una estaba tomada en el puente de Les Peixeteries Velles, la otra a la puerta de la estación, justo antes de que Rodney tomara el tren. Por fin, el martes por la mañana, después de haberle dado muchas vueltas al asunto, decidí llamar a Rodney. No lo hice porque durante aquellos tres días Gabriel y Paula me hubieran preguntado una y otra vez si ya había hablado con él, sino por tres razones distintas pero complementarias: la primera es que descubrí que deseaba hablar con Rodney; la segunda es que acabé comprendiendo que el temor a que Rodney hubiera venido a aguar la fiesta de mi éxito era absurdo y mezquino; la tercera –aunque no la menos importante– es que por entonces ya llevaba más de medio año sin escribir ni una sola línea, y en algún momento se me ocurrió que, si conseguía hablar con Rodney de su estancia en Vietnam e iluminar los puntos ciegos de aquella historia tal y como yo la conocía a través de los testimonios de su padre y de las cartas que Rodney y Bob le habían enviado desde el frente, entonces tal vez conseguiría entenderla del todo y podría acometer con garantías la tarea siempre postergada de contarla.

Así que el martes por la mañana llamé al hotel Albret de Pamplona y pregunté por Rodney. Para mi sorpresa, el conserje me contestó que no se alojaba allí. Porque pensé que había un error, insistí y, pasados unos segundos, el conserje me dijo que en efecto Rodney había dormido el domingo en el hotel, pero que el lunes por la mañana había cancelado de improviso la reserva por cinco días que había hecho con antelación y había partido hacia Madrid. «Dejó dicho que si alguien preguntaba por él le dijéramos que estaba en el hotel San Antonio de La Florida», añadió el conserje. Le pregunté si tenía el número de teléfono del hotel; me dijo que no. Colgué. Descolgué. En el servicio de información de Telefónica conseguí el número de teléfono del hotel San Antonio de La Florida; llamé y pregunté por Rodney. «Un momento, por favor», me rogaron. Esperé un momento, al cabo del cual volvió a sonar la voz del conserje. «Lo siento», dijo. «El señor Falk no se encuentra en su habitación.» A la mañana siguiente volví a llamar al hotel, volví a preguntar por Rodney. «Acaba de marcharse», me dijo el mismo conserje (o tal vez fuera otro). Furioso, a punto estuve de colgar de golpe, pero me frené a tiempo de preguntar hasta qué día había reservado habitación Rodney. «Hoy aún dormirá aquí», contestó el conserje. «Pero mañana no.» Di las gracias y colgué el teléfono. Media hora más tarde, una vez llegué a la conclusión de que si perdía el rastro de Rodney no volvería a recuperarlo, llamé de nuevo al hotel y reservé una habitación para aquella misma noche. Luego llamé a Paula al periódico, le anuncié que me marchaba a Madrid para ver a Rodney, metí en una bolsa una muda, un libro y los tres portafolios que contenían las cartas de Rodney y de su hermano y partí hacia el aeropuerto de Barcelona.

Aterricé en Madrid a las seis, y cuarenta minutos más tarde, después de bordear la ciudad por la M-30, un taxi me dejó en el hotel San Antonio de La Florida, en el barrio de La Florida, justo enfrente de la estación de tren de Príncipe Pío. Era un hotel modesto, cuya fachada daba a una acera bulliciosa de terrazas y mesones típicos. Crucé un hall y subí unas escaleras alfombradas que daban a un salón espacioso; en un extremo se hallaba la conserjería, flanqueada por dos locutorios telefónicos y una pirámide de plástico con postales turísticas. Me inscribí en el hotel, me dieron la llave de mi habitación, pregunté por Rodney. El conserje –un hombre repeinado, cetrino, con gafas– consultó el libro de registro y a continuación un casillero.

–Habitación 334 –fue su respuesta–. Pero ahora no está allí. ¿Quiere que le dé algún recado cuando vuelva?

–Dígale que me alojo en el hotel –contesté–. Y que le estoy esperando.

El conserje anotó el recado en un papel y un mozo me condujo a una habitación minúscula, un poco sórdida, con las paredes color crema y las puertas y marcos pintados de un rojo sangre. Me desnudé, me duché, volví a vestirme. Tumbado en un camastro cubierto por una colcha de un estampado de flores idéntico al que lucían las cortinas corridas, que liberaban la visión de un nudo de autopistas y una esquina profusamente arbolada de la Casa de Campo, al otro lado de la cual proseguían los penúltimos arrabales de la ciudad, esperando que en cualquier momento Rodney llamara a la puerta, me entretuve anticipando con la imaginación nuestro encuentro. Me preguntaba cómo habría cambiado Rodney desde la última vez que lo había visto, una noche de invierno de catorce años atrás, en la acera nevada de Treno's; me preguntaba si su padre le habría hablado de mi visita a Rantoul y de lo que me había contado acerca de él; me preguntaba si accedería a hablar conmigo de sus años de Vietnam, a explicarme qué había ocurrido en My Khe, quién era Tommy Birban; me preguntaba por qué se había molestado en ir a verme a Gerona y qué opinaría de mi novela. Hasta que, comido por la impaciencia o harto de hacerme preguntas, hacia las nueve bajé a recepción y le encargué al conserje que, cuando Rodney llegara, le dijese que estaba esperándole en la cafetería.

La cafetería estaba llena de gente. Me senté a la única mesa libre, pedí una cerveza y me enfrasqué en la novela que me había traído de casa. Varias cervezas después pedí un bocadillo, y luego un café y un whisky dobles. Pasó el tiempo; la gente entraba y salía del local, pero Rodney seguía sin aparecer. Ya debía de ser muy tarde, porque se había desvanecido el efecto euforizante del whisky y el café, cuando pedí un segundo café. «Lo siento», contestó el camarero. «Vamos a cerrar.» Le convencí de que me sirviera el café en un vaso de plástico y, cargado con él, subí al salón, donde en aquel momento el conserje atendía a una pareja de turistas rezagados. Horas atrás, cuando había bajado a cenar, el salón estaba bien iluminado por una hilera de focos encastados en el techo, pero ahora se había adueñado de él una oscuridad sólo atenuada por la luz de la conserjería y la de un par de lámparas de pie cuyo cerco de luz apenas alcanzaba a arrancar de la sombra los grabados del viejo Madrid, las litografías goyescas y los bodegones sin gracia que decoraban las paredes. Me senté a la luz de una de las lámparas, de espaldas al ventanal que recorría el salón de un extremo al otro y casi frente a la escalera que subía desde el hall, junto a la cual había un reloj de pared que marcaba las dos; más allá, bajo otra lámpara, un hombre veía a solas en la tele una película en blanco y negro. El hombre no tardó mucho tiempo en apagar la tele y en tomar el ascensor hacia su habitación. Para entonces hacía ya rato que el conserje se había deshecho de la pareja de turistas y dormitaba tras el mostrador. Seguí esperando y, en una pausa de la lectura, desalentado por la fatiga y el sueño me pregunté si Rodney no se habría escabullido de nuevo y lo más sensato no sería irme a la cama.

Poco después apareció. Oí abrirse la puerta del hall y, como cada vez que eso ocurría, me quedé un momento expectante, al cabo del cual vi emerger a Rodney de la penumbra de la escalera y, sin reparar en mi presencia, dirigirse con su paso rápido y trompicado al mostrador de conserjería. Mientras Rodney despertaba al conserje de su duermevela, sentí que el corazón se me desbocaba: dejé el libro en la mesita del tresillo donde estaba sentado, me levanté y me quedé allí, de pie, sin acertar a dar un paso ni a decir nada, como hechizado por la esperada aparición de mi amigo. La voz del conserje rompiendo el silencio del salón anuló el hechizo.

–Aquel señor está esperándole –le dijo a Rodney señalando a su espalda.

Rodney se dio la vuelta y, después de unos segundos de duda, empezó a avanzar hacia mí, escudriñando la semioscuridad del salón con una mirada más inquisitiva que incrédula, como si sus ojos lastimados no acertaran a reconocerme.

–Bueno, bueno, bueno –graznó por fin cuando estuvo a unos pasos de mí, sonriendo con toda su maltrecha dentadura y abriendo unos brazos como aspas–. No puedo creerlo. El insigne escritor en persona. Pero ¿se puede saber qué demonios estás haciendo aquí?

No me dejó contestar: nos dimos un abrazo.

–¿Hace mucho que estás esperando? –preguntó otra vez.

–Un rato –contesté–. Ayer llamé al teléfono de Pamplona que le diste a Paula y me dijeron que te alojabas aquí. Intenté ponerme en contacto contigo, pero no pude, así que esta tarde cogí un avión y me vine para Madrid.

–¿Sólo para verme a mí? –fingió sorprenderse, sacudiéndome los hombros–. Por lo menos podrías haberme avisado de que ibas a venir. Te hubiera estado esperando.

Como si se disculpara, Rodney relató la circunstancia que había trastocado sus planes de viaje. En un principio, explicó, su proyecto consistía en pasar la semana de San Fermín en Pamplona, pero cuando el domingo anterior llegó a la ciudad y se instaló en el Albret –un hotel bastante alejado del centro, cercano a la Clínica Universitaria– comprendió que había cometido un error y que no merecía la pena correr el riesgo de que los Sanfermines reales degradaran los radiantes Sanfermines ficticios que le había enseñado a recordar Hemingway. Así que al día siguiente hizo otra vez las maletas, canceló la reserva del hotel y, sin permitirse siquiera un vislumbre de la ciudad en fiestas, se marchó a Madrid. Dicho esto, Rodney pasó a detallarme el tortuoso itinerario de su viaje por España, y luego habló con entusiasmo de su visita a Gerona, de Gabriel y de Paula. Mientras lo hacía yo trataba de superponer la precaria memoria que conservaba de él con la realidad del hombre que ahora tenía delante; pese a los catorce años transcurridos desde la última vez que lo había visto, ambas encajaban sin apenas necesidad de ajustes, porque en todo aquel tiempo el físico de Rodney no había cambiado mucho: tal vez los kilos que había puesto le conferían un aspecto menos rocoso o más vulnerable, tal vez las facciones se le habían difuminado un poco, tal vez su cuerpo se escoraba un poco más a la derecha, pero vestía con el mismo militante desaliño de siempre –zapatillas de deporte, vaqueros gastados, camisa azul a cuadros–, y el pelo largo, rojizo y un poco caótico, la inquietud permanente de sus ojos de colores casi diversos y su destartalada corpulencia de paquidermo seguían dotándole del mismo aire de extravío con que yo lo recordaba.

En algún momento Rodney interrumpió en seco su explicación con otra explicación.

–Mañana tomo el tren hacia Sevilla a las siete –dijo–. Tenemos toda la noche por delante. ¿Vamos a tomar algo?

Preguntamos al conserje por algún bar cercano donde tomar una copa, pero nos dijo que en el barrio todo estaba cerrado a aquellas horas, y que en el centro sólo encontraríamos abiertas las discotecas. Contrariados, le preguntamos si podía servirnos algo en el salón.

–Lo siento –dijo–. Pero, si les apetece, en el primer piso hay una máquina de café.

Subimos al primer piso mientras nos reíamos de las «interminables noches madrileñas» que, según Rodney, pregonaban las guías turísticas, y al rato volvimos al salón con el mejunje que expendía la máquina de café y nos sentamos en el tresillo donde había estado esperándole. Rodney no resistió la tentación de echarle un vistazo fugaz a la portada de la novela que descansaba sobre la mesa; porque noté que hacía una mueca de perplejidad, yo tampoco resistí la tentación de preguntarle si conocía al autor.

—Claro —contestó—. Pero es demasiado inteligente para mí. En realidad me temo que es demasiado inteligente para ser un buen novelista. Siempre está exhibiendo lo inteligente que es, en vez de dejar que sea la novela la inteligente. —Dando un sorbo de café se recostó en el sofá y continuó—: Y hablando de novelas, supongo que ya habrás empezado a convertirte en un cretino o en un hijo de puta, ¿no?

Le miré sin entender.

—No pongas esa cara, hombre —se rió—. Era una broma. Pero, en fin, después de todo en eso es en lo que acaban convirtiéndose todos los tipos con éxito, ¿no?

—No estoy seguro —me defendí—. A lo mejor lo que hace el éxito es sólo sacar al cretino o el hijo de puta que algunos llevan dentro. No es lo mismo. Además, lamento decirte que mi éxito es demasiado poca cosa: ni siquiera alcanza para eso.

—No seas tan optimista —insistió—. Desde que estoy en España ya me han hablado dos o tres veces de tu libro. Malum signum. Por cierto: ¿te dijo Paula que hasta yo lo he leído?

Asentí y, para no humillarme precipitándome a preguntarle qué le había parecido, con un solo movimiento acabé de tomarme el café y me puse un cigarrillo en los labios. Rodney se inclinó hacia mí con el viejo Zippo amarillento y herrumbrado que conservaba de Vietnam.

—Bueno, en realidad creo que los he leído todos —precisó.

Me atraganté con la primera calada.

–¿Todos? –inquirí una vez acabé de toser.

–Creo que sí –dijo después de encenderse él también un cigarrillo–. De hecho, creo que me he convertido en un notable especialista en tu obra. ¿Obra con mayúscula o con minúscula?

–Vete a la mierda.

Rodney volvió a reírse, feliz. Parecía realmente contento de que estuviéramos juntos; yo también lo estaba, pero menos, quizá porque las provocaciones de Rodney no me permitían descartar del todo el temor paranoico de que mi amigo hubiera viajado desde Estados Unidos sólo para ridiculizar mi éxito, o por lo menos para bajarme los humos. Tal vez para descartar del todo ese temor, o para confirmarlo, como Rodney no parecía dispuesto a continuar pregunté:

–Bueno, ¿no me vas a decir qué te ha parecido?

–¿Tu última novela?

–Mi última novela.

–Me ha parecido bien –dijo Rodney, haciendo un gesto inseguro de asentimiento y mirándome con sus ojos marrones y regocijados–. Pero ¿puedo decirte la verdad?

–Claro –dije, maldiciendo la hora en que se me había ocurrido viajar a Madrid en busca de Rodney–. Siempre que no sea demasiado ofensiva.

–Bueno, la verdad es que me gusta más la primera que escribiste –dijo–. La de Urbana, quiero decir. ¿Cómo se titula?

–*El inquilino*.

–Eso.

166

–Lo celebro –mentí, pensando en Marcelo Cuartero o en el discípulo de Marcelo Cuartero que había escrito sobre el libro–. Tengo un amigo que opina lo mismo. Creo que fue el único que la leyó. En una reseña venía más o menos a decir que entre Cervantes y yo había un inmenso vacío en la literatura universal.

Rodney soltó una risotada que desnudó su maltrecha dentadura.

–Lo que me gusta de ella es que parece una novela cerebral, pero en realidad está llena de sentimiento –dijo luego–. En cambio, esta última parece estar llena de sentimiento, pero en realidad es demasiado cerebral.

–Justo lo contrario de lo que opinan los críticos a los que no les ha gustado. Dicen que es una novela sentimental.

–¿No me digas? Entonces es que acierto. Hoy, cuando un papanatas no sabe cómo cargarse una novela, se la carga diciendo que es sentimental. Los papanatas no entienden que escribir una novela consiste en elegir las palabras más emocionantes para provocar la mayor emoción posible; tampoco entienden que una cosa es el sentimiento y otra el sentimentalismo, y que el sentimentalismo es el fracaso del sentimiento. Y, como los escritores son unos cobardes que no se atreven a llevarles la contraria a los papanatas que mandan y que han proscrito el sentimiento y la emoción, el resultado son todas esas novelas correctitas, frías, pálidas y sin vida que parecen salidas directamente de la ventanilla de un funcionario vanguardista para complacer a los críticos... –Rodney dio una calada avariciosa a su cigarrillo y durante unos segundos pareció abstraído–. Oye, dime una cosa –añadió luego, mirándome de golpe a los ojos–. El profesor chiflado de la novela soy yo, ¿no?

La pregunta no hubiera debido pillarme desprevenido. Ya he dicho que en mi novela de Urbana había un personaje semideshauciado cuyo aspecto físico excéntrico estaba inspirado en el aspecto físico de Rodney, y en aquel momento recordé que, mientras escribía la novela, a menudo imaginé que, en el caso improbable de que la leyera, Rodney no dejaría de reconocerse en él. Supongo que para ganar tiempo y encontrar una respuesta convincente que, sin faltar a la verdad, no hiriese a Rodney, pregunté:

–¿Qué profesor? ¿Qué novela?

–¿Qué novela va a ser? –contestó Rodney–. *El inquilino*. ¿Olalde soy yo o no?

–Olalde es Olalde –improvisé–. Y tú eres tú.

–A otro perro con ese hueso –dijo en castellano, como si acabara de aprender la expresión y la usara por primera vez–. No me vengas con el cuento de que una cosa son las novelas y otra la vida –continuó, regresando al inglés–. Todas las novelas son autobiográficas, amigo mío, incluso las malas. Y en cuanto a Olalde, bueno, yo creo que es lo mejor del libro. Pero, la verdad, lo que más gracia me hace es que me vieras así.

–¿Cómo? –pregunté, ya sin tratar de ocultar lo evidente.

–Como el único que se entera de verdad de lo que está pasando.

–¿Y eso por qué te hace gracia?

–Porque así era exactamente como yo me veía a mí.

Ahora nos reímos los dos, y yo aproveché la circunstancia para desviar la conversación. Por supuesto, estaba deseoso de hablarle de Vietnam y de mis intentos frustrados de contar su historia, pero, porque pensé que podía ser contraproducente por precipitado o prematuro y podía disuadirlo de abordar un asunto que nunca había querido abordar conmigo, opté por esperar, seguro de que la noche acabaría deparándome el momento propicio sin convertir aquel reencuentro de amigos en un interrogatorio y sin que Rodney concibiera la sospecha no del todo infundada de que sólo había ido a verle para sonsacarlo. Así que, tratando de recobrar en la madrugada veraniega de aquel hotel de Madrid la complicidad de las noches invernales de Treno's –con la nieve azotando los ventanales y ZZ Top o Bob Dylan sonando en los altavoces–, me las arreglé para que habláramos de Urbana: de John Borgheson, de Giuseppe Rota, del chino Wong y del americano patibulario, cuyo nombre los dos habíamos olvidado o nunca supimos, de Rodrigo Ginés, de Laura Burns, de Felipe Vieri, de Frank Solaún. Luego hablamos largamente de Gabriel y de Paula, y le resumí mi vida en Urbana después de que él desapareciera y también mi vida en Barcelona y Gerona después de que desapareciera Urbana, y al final, sin que yo se lo pidiese, Rodney me contó con algunos añadidos lo que ya me había contado Paula: que desde hacía casi diez años vivía en Burlington, en el estado de Vermont, que tenía un hijo (se llamaba Dan) y una mujer (se llamaba Jenny), que estaba empleado en una inmobiliaria; también me contó que en los próximos días le iban a comunicar si le habían concedido una plaza de maestro en una escuela pública de Rantoul, cosa que según subrayó deseaba fervientemente, porque tenía muchas ganas de volver a vivir en su ciudad natal. Apenas pronunció el nombre de ésta comprendí que había llegado mi oportunidad.

–La conozco –dije.

–¿De veras? –preguntó Rodney.

–Sí –contesté–. Después de que dejases de dar clase en Urbana fui a buscarte a tu casa. Vi un poco la ciudad, pero sobre todo estuve con tu padre. Supongo que te lo habrá contado.

–No –dijo Rodney–. Pero es normal. Lo raro hubiese sido que me lo contara.

–Espero que se encuentre bien –dije por decir algo.

Rodney tardó en contestar; de repente, a la luz amarillenta de la lámpara de pie, asediado por la oscuridad del salón, pareció fatigado y con sueño, tal vez bruscamente aburrido, como si nada pudiera interesarle menos que hablar de su padre. Dijo:

–Murió hace tres años. –Ya iba a resignarme a algún tópico de consolación cuando Rodney intervino para ahorrármelo–: No te preocupes. No hay nada que lamentar. Desde hacía muchos años mi padre no hacía otra cosa que atormentarse. Ahora por lo menos ya no se atormenta.

Rodney encendió otro cigarrillo. Creí que iba a cambiar de tema, pero no lo hizo; con alguna sorpresa le oí continuar:

–Así que fuiste a verle. –Asentí–. ¿Y de qué hablasteis?

–La primera vez de nada –expliqué, eligiendo con cuidado las palabras–. No quiso. Pero al cabo de un tiempo me llamó y fui a verle. Entonces me contó una historia.

Ahora Rodney me miró con curiosidad, alzando inquisitivamente las cejas. Entonces dije:

–Espérame aquí un momento. Quiero enseñarte una cosa.

Me levanté, a toda prisa crucé frente al conserje, que pegó un respingo de adormilado, tomé el ascensor, subí a mi habitación, cogí los tres portafolios negros, bajé de vuelta al salón y los puse encima de la mesa, delante de Rodney. Con un brillo irónico en los ojos y en la voz, mi amigo preguntó:

–¿Qué es esto?

No dije nada: me limité a señalar los portafolios. Rodney abrió uno de ellos, contempló el mazo de sobres ordenados cronológicamente, cogió uno, leyó las señas del destinatario y del remitente, me miró, sacó la carta que contenía el sobre y, mientras trataba de descifrar su propia caligrafía en el ajado papel del ejército norteamericano, porque el silencio se prolongaba pregunté:

171

–¿Las reconoces?

Rodney volvió a mirarme, esta vez de forma fugaz, y sin contestar dejó la carta sobre la mesa, cogió otro sobre, sacó otra carta, se puso también a leerla.

–¿Te las dio mi padre? –murmuró, blandiendo la que tenía en la mano. No respondí–. Es raro –dijo al cabo de unos segundos.

–¿Qué es lo raro?

–Que estén aquí, en Madrid –contestó sin levantar la vista de las cartas–. Que yo las haya escrito y ya no las entienda. Que mi padre te las diera.

Con lentitud volvió a meter las cartas en los sobres, volvió a colocar los sobres en el portafolios, cerró el portafolios, preguntó:

–¿Las has leído?

Dije que sí. Asintió, indiferente, olvidándose de las cartas y recostándose de nuevo en el sofá. Tras otra pausa volvió a preguntar con aparente interés:

–¿Qué te pareció?

–¿Esto? –dije, señalando los portafolios.

–Mi padre –me corrigió.

–No lo sé –reconocí–. Sólo lo vi dos veces. No pude formarme una opinión. Pero creo que no estaba seguro de haber actuado bien.

–¿En relación a qué?

–En relación a ti.

–Ah. –Sonrió débilmente: en su cara no quedaba ni rastro de la vivacidad que la había animado hasta hacía unos minutos–. En eso te equivocas. En realidad nunca estaba seguro de haber actuado bien. Ni en

172

relación a mí ni en relación a nadie. Ese tipo de gente nunca lo está.

—No entiendo —dije.

Rodney se encogió de hombros; a modo de explicación añadió:

—No sé, al final a lo mejor es verdad que sólo hay dos tipos de personas: las que actúan mal y siempre creen que actúan bien, y las que actúan bien y siempre creen que actúan mal. Al principio mi padre era del primer tipo, pero luego se convirtió en un campeón del segundo. Supongo que le ocurre a mucha gente. —Se pasó una mano nerviosa por el pelo en desorden y por un momento pareció a punto de reírse, pero no se rió—. Lo que quiero decir es que a partir de un determinado momento mi padre no me dio muchas oportunidades para que me sintiese orgulloso de él. Claro que yo tampoco le di muchas oportunidades para que se sintiese orgulloso de mí. Así que supongo que todo fue un maldito malentendido. Pero, bueno, estas cosas le pasan a todo el mundo. —Suspiró sin dejar de sonreír, al tiempo que apagaba el cigarrillo en el cenicero atestado de colillas. Iniciando el gesto de incorporarse del sofá, señaló el reloj de pared que había junto a la escalera: marcaba las cinco—. En fin, te estoy dando la lata. Esta historia ya no le interesa a nadie, y yo debería dormir un rato, ¿no te parece?

Pero yo ya no estaba dispuesto a dejar escapar aquella ocasión. Le dije que esperara un momento, que aquella historia me interesaba a mí. Un poco sorprendido, Rodney me interrogó en silencio con una especie de candidez maliciosa. Entonces, consciente de que era ahora o nunca, de un tirón le conté que su padre me había llamado a Rantoul precisamente para hablarme de ella, le hablé de lo que su padre me había contado y le pregunté por qué creía que había hecho eso, por qué, además, me había entregado sus cartas y las de Bob. Rodney me escuchó con atención y volvió a arrellanarse en su asiento; después de un largo silencio, durante el cual su mirada se perdió más allá del cerco de luz que nos hurtaba a la oscuridad del salón, me miró de nuevo y soltó una carcajada.

–¿De qué te ríes? –pregunté.

–De que a menos que hayas cambiado mucho ésa es una pregunta retórica.

–¿Qué quieres decir?

–Sabes perfectamente lo que quiero decir –contestó–. Lo que quiero decir es que después de hablar con mi padre tú saliste de mi casa convencido de que lo que él quería era que contases mi historia, o por lo menos de que tú tenías que contarla. ¿Me equivoco?

No me ruboricé; tampoco negué la verdad. Rodney movió a un lado y a otro la cabeza en un gesto que parecía de reproche, pero que en realidad era de burla.

–La presunción –masculló–. La jodida presunción de los escritores. –Hizo un silencio y mirándome a los ojos dijo–: ¿Y entonces?

–¿Y entonces qué?

–¿Y entonces por qué no la has contado?

–Lo intenté –reconocí–. Pero no pude. O más bien no supe.

–Ya –dijo Rodney, como si mi respuesta le hubiese decepcionado, y a continuación preguntó–: Dime una cosa. ¿Qué es lo que te contó mi padre?

–Ya te lo he dicho: todo.

–¿Qué es todo?

–Lo que sabía, lo que tú le habías contado, lo que imaginaba, lo que está en las cartas –expliqué–. También me contó que había cosas que no sabía. Me habló de un incidente en una aldea, por ejemplo. My Khe se llamaba. No sabía lo que había pasado allí, pero me explicó que después de ese incidente pasaste una temporada en un hospital, y que luego te reenganchaste en el ejército. En fin, eso también está en las cartas.

–Las has leído todas –dijo Rodney como si preguntara.

–Claro –dije–. Tu padre me las dio para que las leyera. Además, ya te he dicho que en algún momento quise contar esa historia.

–¿Por qué?

–Por lo que se cuentan todas las historias. Porque me obsesionaba. Porque no la entendía. Porque me sentía responsable de ella.

–¿Responsable?

–Sí –dije, y casi sin darme cuenta añadí–: A lo mejor uno no es sólo responsable de lo que hace, sino también de lo que ve o lee o escucha.

Apenas me oí pronunciar esta frase me arrepentí de haberla pronunciado. La reacción de Rodney me confirmó el error: sus labios compusieron instantáneamente una sonrisa taimada, que se desvaneció enseguida, pero antes de que yo pudiera rectificar mi amigo empezó a hablar despacio, como poseído por una rabia sarcástica y contenida.

–Ah –dijo–. Bonita frase. Cómo os gustan a los escritores las frases bonitas. En tu último libro hay algunas. Francamente bonitas. Tan bonitas que hasta parecen verdad. Pero, claro, no son verdad, sólo son bonitas. Lo raro es que todavía no hayas aprendido que escribir bien es lo contrario de escribir frases bonitas. Ninguna frase bonita es capaz de apresar la verdad. A lo mejor ninguna frase es capaz de apresar la verdad, pero...

–Yo no he dicho que quisiera contar la verdad –le interrumpí, irritado–. Sólo he dicho que quería contar tu historia.

–¿Y qué diferencia hay entre las dos cosas? –respondió, buscándome los ojos con un aire triste de desafío–. Las únicas historias que merece la pena contar son las que son verdad, y si no pudiste contar la mía no es porque no pudieses, sino porque no se puede contar.

Me callé. No hubiera debido callarme, pero me callé. Hubiera debido decirle: «Eso también es una frase bonita, Rodney, y quizá es verdad». Hubiera debido decirle: «Te equivocas, Rodney. Las únicas historias que merece la pena contar son las que no pueden contarse». Hubiera debido decirle una de esas dos cosas, o quizá las dos, pero no le dije ninguna y me callé. Sentí sueño, sentí hambre, sentí que la noche em-

176

pezaba a girar hacia el amanecer, pero sobre todo sentí el asombro de estar enredado en aquella conversación que nunca imaginé que podría mantener con Rodney y que pensé que sólo estaba manteniendo porque Rodney sabía en secreto que me la adeudaba, y tal vez también porque, contra todas las expectativas, el paso del tiempo había acabado cauterizando las interminables heridas de mi amigo. Dejé pasar unos segundos, encendí un cigarrillo y después de la primera calada me oí decir:

–¿Qué pasó en My Khe, Rodney?

Estábamos hablando casi en susurros, pero la pregunta resonó en la quietud del salón como un disparo. Llevaba catorce años haciéndomela, y durante aquel tiempo había averiguado algunas cosas acerca de My Khe. Yo sabía por ejemplo que en la actualidad era una vasta playa turística situada a quince kilómetros de Quang Ngai, en el distrito de Son Tihn, no lejos del puerto de Sa Ky, una cinta de tierra de siete kilómetros de longitud, encajada entre un oscuro bosque de álamos y las aguas transparentes del río Kinh, de la que había visto muchas fotografías que repetían las mismas imágenes anodinas de ocio veraniego de cualquier playa del mundo: mujeres y niños bañándose en la orilla en calma, la leve pendiente de arena finísima erizada de mesas y sillas de plástico rojo, una cresta de suaves colinas recortándose plácidamente a lo lejos contra un cielo tan azul como el mar; y también sabía que treinta y dos años atrás se levantaba una aldea junto a aquella playa y que un día de 1968 Rodney había estado allí. Pero aunque había imaginado muchas veces lo ocurrido en My Khe –con mi imaginación podrida para entonces de reportajes, libros de historia, novelas, documentales y películas sobre Vietnam–, a ciencia cierta no sabía nada. Pensé que Rodney me había leído el pensamiento cuando con una especie de resignación o de indiferencia preguntó:

–¿No te lo imaginas?

–Más o menos –contesté, sinceramente–. Pero no sé lo que ocurrió.

–No te hace falta –aseguró–. Lo que te imaginas es lo que ocurrió. Ocurrió lo que ocurre en todas las guerras. Ni más ni menos. My Khe es sólo una anécdota. Además, en Vietnam no hubo un My Khe: hubo muchos. Lo que ocurrió en uno ocurrió más o menos en todos. ¿Satisfecho?

No dije nada.

–No, claro que no –adivinó Rodney, endureciendo de nuevo la voz, y a continuación prosiguió como si no quisiera que yo entendiese lo que decía, sino lo que quería decir–. Pero si tanto te importa puedo contarte algo que te deje satisfecho. ¿Qué prefieres? Conozco muchas historias. Y yo también tengo imaginación. Dime qué necesitas para que tu historia cuadre y te hagas la ilusión de que la entiendes. Dímelo y te lo cuento y acabamos, ¿de acuerdo? Pero antes déjame que te advierta una cosa: te cuente lo que te cuente, invente lo que invente, tú nunca vas a entender lo único que importa, y es que no quiero tu compasión. ¿Lo entiendes? Ni la tuya ni la de nadie. No la necesito.

Eso es lo único que importa, o por lo menos lo único que me importa a mí. Lo entiendes, ¿verdad?

Asentí, arrepentido de haber llevado la conversación hasta aquel extremo y, mientras apartaba la vista de Rodney, noté en la boca un agrio sabor de ceniza o de monedas viejas. En el ventanal que daba a la estación de Príncipe Pío el amanecer pugnaba ya contra la oscuridad menguante de la madrugada, barriendo sin prisa las sombras del salón. Hacía rato que el conserje había dejado de dormitar y trajinaba por su cubículo. Intercambié con él una mirada vacía y, volviéndome hacia Rodney, murmuré una disculpa. Rodney no dio señales de haberla oído, pero al cabo de un largo silencio suspiró, y en ese momento creí adivinar en un cambio imperceptible de su expresión lo que iba a ocurrir. No me equivoqué. Con voz apaciguada y aire de fatiga preguntó:

–¿De verdad quieres que te lo cuente?

Sabiendo que había ganado, o que mi amigo me había permitido ganar, no dije nada. Entonces Rodney cruzó las piernas y, después de reflexionar un momento, empezó a contar la historia. Lo hizo de una forma extraña, rápida, fría y precisa al mismo tiempo; ignoro si antes se la había contado a alguien, pero mientras le escuchaba supe que se la había contado a sí mismo muchas veces. Rodney contó que la semana anterior al incidente de My Khe una patrulla rutinaria integrada por soldados de su compañía había sido abordada en un cruce de carreteras por una adolescente vietnamita, quien, mientras los zarandeaba pidiéndoles ayuda con gestos apremiantes, dejó que explotara una granada de mano que llevaba enterrada en la ropa, y que el resultado de ese encuentro fue que, además de la adolescente, dos miembros de la patrulla murieron despedazados, otro de ellos perdió un ojo y otros dos resultaron heridos de menor consideración. El episodio los obligó a redoblar las medidas de seguridad, inyectando en la compañía un nerviosismo suplementario que tal vez explicara en parte lo que sucedió luego. Y lo que sucedió fue que una mañana su compañía fue enviada en misión de reconocimiento a la aldea de My Khe con el objeto de cerciorarse de la falsedad de una información según la cual miembros del Vietcong se escondían en ella. Rodney lo recordaba todo como envuelto en una neblina de sueño, el Chinook en que viajaba descendiendo primero sobre el mar y luego sobre la arena y por fin en círculos sobre un puñado de huertos intactos mientras los campesinos corrían hacia la plaza del pueblo, presas del pánico a causa de las voces perentorias que escupían los altavoces, el helicóptero aterrizando junto a un camposanto y luego el fogonazo de sol en el cielo ejemplarmente azul y el deslumbramiento de las flores en los alféizares y un clamoreo difuso o remoto de gallinas o niños en el aire cristalino de la mañana mientras los soldados se dispersaban por una impecable geometría de calles desiertas hasta que en algún momento, sin saber muy bien cómo ni por qué ni quién lo había iniciado, se desencadenó el tiroteo, primero se oyó un disparo aislado y casi enseguida ráfagas de ametralladora y más tarde gritos y explosiones, y en sólo unos segundos una tormenta enloquecida de fuego pulverizó la quietud milagrosa del pueblo, y cuando Rodney se dirigía hacia el lugar donde imaginaba que se había entablado el combate oyó a su espalda un rumor multitudinario de fuga o acecho y se volvió y dio un grito de furia y de espanto y empezó a disparar, y luego siguió gritando y disparando sin saber por qué gritaba ni hacia dónde ni a quién disparaba, disparando, disparando, disparando, y también gritando, y cuando dejó de hacerlo lo único que vio frente a él fue un amasijo ininteligible de ropa y pelo empapados de sangre y manos y pies minúsculos y desmembrados y ojos sin vida o todavía suplicantes, vio una cosa múltiple, húmeda y escurridiza que rápidamente huía de su comprensión, vio todo el horror del mundo concentrado en unos pocos metros de muerte, pero no pudo soportar esa visión refulgente y a partir de aquel momento su conciencia abdicó, y de lo que vino luego sólo guardaba un vaguísimo recuerdo onírico de incendios y animales destripados y ancianos llorando y cadáveres de mujeres y niños con las bocas abiertas como vísceras al aire. Rodney ya no recordaba más, ni durante sus meses de hospital ni durante el resto de su estancia en Vietnam nadie volvió a hablarle del incidente, y sólo mucho tiempo después, cuando ya en Estados Unidos se celebró el juicio, Rodney supo lo que también supo y me había contado su padre: que en My Khe no se había librado ninguna batalla, que allí no había escondido ningún guerrillero, que ninguno de los miembros de su compañía había sido ni siquiera herido, y que el episodio se había saldado con cincuenta y cuatro vietnamitas muertos, la mayoría mujeres, ancianos y niños.

Cuando Rodney terminó de hablar permanecimos un rato en suspenso, sin atrevernos siquiera a mirarnos, como si su relato nos hubiera llevado de viaje a un lugar donde sólo era real el miedo y aguardáramos la aparición benéfica de un visitante que nos devolviera la seguridad compartida de aquel sórdido salón de hotel madrileño. El visitante no llegó. Rodney apoyó sus grandes manos en las rodillas y se levantó del sofá con un crujido de articulaciones; encogido y un poco tambaleante, igual que si estuviera mareado o tuviera vértigo o ganas de vomitar, dio unos pasos y se quedó mirando la calle apoyado en el marco del ventanal.

–Ya es casi de día –le oí decir.

Era verdad: la luz esquelética del amanecer inundaba el salón, dotando a cuanto lo habitaba de una realidad afantasmada o precaria, como si fuera un decorado sumergido en un lago, y al mismo tiempo afilando el perfil de Rodney, cuya silueta se recortaba dudosamente contra el azul cobalto del cielo; por un instante pensé que, más que el de un ave rapaz, era el perfil de un depredador o un felino.

–Bueno, ésa es más o menos la historia –dijo en un tono perfectamente neutro, regresando al sofá con las manos escondidas en los bolsillos del pantalón–. ¿Es como te la imaginabas?

Medité un momento la respuesta. La boca ya no me sabía a ceniza ni a monedas viejas, sino a algo que se parecía mucho a la sangre pero no era sangre. Sentía horror, pero no acertaba a sentir compasión, y en algún momento también sentí –odiándome por sentirlo y odiando a Rodney por haberme obligado a sentirlo– que todos los sufrimientos que le había infligido su estancia en Vietnam estaban justificados.

–No –contesté finalmente–. Pero se le parece.

Rodney continuó hablando, de pie frente a mí, pero yo estaba demasiado aturdido para procesar sus palabras, y al cabo de un rato sacó una mano del bolsillo y señaló el reloj de pared.

–Mi tren sale dentro de poco más de una hora –dijo–. Es mejor que suba a buscar mis cosas. ¿Me esperas aquí?

Dije que sí y me quedé esperándole en el salón, mirando a través del ventanal amanecido a la gente que entraba en la estación de Príncipe Pío y el tráfico y la animación incipiente de la mañana en el barrio de La Florida, mirándolos sin verlos porque lo único que ocupaba mi mente era la certidumbre equivocada y agridulce de que la historia entera de Rodney acababa de cobrar sentido ante mis ojos, un sentido atroz que nada podría suavizar o enmendar, y al cabo de diez minutos Rodney regresó cargado de maletas y recién duchado. Mientras cancelaba la cuenta del hotel un tipo entró en uno de los dos locutorios que escoltaban la conserjería y, no sé por qué, al verle marcar un número y aguardar respuesta, con un sobresalto recordé un nombre, y a punto estuve de pronunciarlo en voz alta. Sin dejar de mirar al tipo encerrado en el locutorio oí que Rodney le preguntaba al conserje cómo ir a la estación de Atocha, y que el conserje le contestaba que lo más rápido era tomar un tren en Príncipe Pío. Entonces Rodney se volvió hacia mí para despedirse, pero yo insistí en acompañarle hasta la estación.

Bajamos al hall y, antes de salir al paseo de La Florida, Rodney se puso en el ojo el parche de tela. Cruzamos el paseo, entramos en la estación, Rodney compró un billete y nos dirigimos hacia el andén bajo un enorme armazón de acero y cristales translúcidos semejante al esqueleto de un enorme animal prehistórico. Mientras aguardábamos en el andén le pregunté si podía hacerle una última pregunta.

–No si es para tu libro –contestó. Traté de sonreír, pero no pude–. Hazme caso y no lo escribas. Cualquiera puede escribir un libro si se lo propone, pero no cualquiera es capaz de guardar silencio. Además, ya te he dicho que esa historia no puede contarse.

–Puede ser –admití, aunque ahora no quise callarme–: Pero a lo mejor las únicas historias que merece la pena contar son las que no pueden contarse.

–Otra frase bonita –dijo Rodney–. Si escribes el libro, acuérdate de no incluirla en él. ¿Qué es lo que querías preguntarme?

Sin dudarlo un segundo pregunté:

–¿Quién es Tommy Birban?

La cara de Rodney no se alteró, y yo no supe leer la mirada de su ojo único, o quizá es que no había nada que leer en ella. Cuando habló a continuación consiguió que su voz sonara natural.

–¿De dónde has sacado ese nombre?

–Lo mencionó tu padre. Dijo que antes de que te marchases de Urbana tú y él hablasteis por teléfono, y que por eso te marchaste.

–¿No te dijo nada más?

–¿Qué más debería haberme dicho?

–Nada.

En aquel momento anunciaron por megafonía la llegada inminente del tren de Atocha.

–Tommy era un compañero –dijo Rodney–. Llegó a Quang Nai cuando yo ya era un veterano, y nos hicimos muy amigos. Nos marchamos de allí casi al mismo tiempo, y desde entonces no he vuelto a verle... –Hizo una pausa–. Pero ¿sabes una cosa?

–¿Qué cosa?

–Cuando te conocí me recordaste a él. No sé por qué. –Con una levísima sonrisa en los labios Rodney aguardó mi reacción, que no llegó–. Bueno, en realidad sí lo sé. ¿Sabes? En la guerra están los que se hunden y los que se salvan. No hay más. Tommy era de los que se hunden, y tú también lo hubieras sido. Pero Tommy se salvó, no sé cómo pero se salvó. A veces pienso que más le hubiese valido no hacerlo... En fin, ése era Tommy Birban: un hundido que se hundió aún más por salvarse.

–Eso no contesta a mi pregunta.

–¿Qué pregunta?

–¿Por qué te marchaste después de hablar por teléfono con él?

–No me habías hecho esa pregunta.

–Te la hago ahora.

Sabiendo que el tiempo jugaba a su favor, Rodney se limitó a contestar con un gesto de impaciencia y una evasiva:

–Porque Tommy quería meterme en un lío.

–¿Qué lío? ¿Estuvo Tommy en My Khe?

–No. Él llegó mucho más tarde.

–¿Entonces?

–Entonces nada. Cosas de compañeros. Créeme: si te lo explicara no lo entenderías. Tommy era muy débil y seguía obsesionado con historias de la guerra... Rencores, enemistades, cosas así. Yo ya no quería saber nada de eso.

–¿Y sólo por eso te marchaste?

–Sí. Creía que estaba curado de todo aquello, pero no lo estaba. Ahora no lo hubiese hecho.

Comprendí que Rodney me estaba mintiendo; también comprendí o creí comprender que, contra lo que había pensado en el salón del hotel hacía sólo un rato, el horror de My Khe no lo explicaba todo.

–Bueno –dijo Rodney mientras el tren de Atocha se detenía ante nosotros–. Nos hemos pasado la noche hablando de tonterías. Te escribiré. –Me dio un abrazo, cogió las maletas y, antes de montarse en el tren, añadió–: Cuida mucho de Gabriel y de Paula. Y cuídate tú.

Asentí, pero no acerté a decir nada, porque sólo podía pensar en que era la primera vez en mi vida que abrazaba a un asesino.

Volví al hotel. Cuando llegué a la habitación estaba pegajoso de sudor, así que me duché, me cambié de ropa y me tumbé en la cama a descansar un rato antes de tomar el avión de regreso. Tenía la boca amarga y me dolía la cabeza y me zumbaban las sienes; no podía dejar de darle vueltas a mi encuentro con Rodney. Me arrepentía de haber ido a verle a Madrid; me arrepentía de saber la verdad y de haberme empeñado en averiguarla. Por supuesto, antes de la conversación de aquella noche yo imaginaba que Rodney había matado: había estado en una guerra y morir y matar es lo que se hace en las guerras; pero lo que no podía imaginar era que hubiese participado en una masacre, que hubiera asesinado a mujeres y niños. Saber que lo había hecho me llenaba de una aversión sin piedad ni resquicios; habérselo oído contar con la indiferencia con que se cuenta un anodino episodio doméstico incrementaba ese horror hasta el asco. Ahora el calvario de remordimientos en el que se había desangrado Rodney durante años me parecía un castigo benévolo, y me preguntaba si el hecho inverosímil de que hubiera sobrevivido a la culpa, lejos de constituir un mérito, no aumentaba el peso espantoso de su responsabilidad. Había desde luego explicaciones para lo que me había contado, pero ninguna de ellas igualaba el tamaño de la ignominia. Por otra parte, no entendía que, habiéndome revelado sin ambages lo ocurrido en My Khe, Rodney hubiera evitado en cambio explicarme quién era y qué representaba Tommy Birban, a menos que con sus evasivas hubiera querido ocultarme un horror superior al de My Khe, un horror tan injustificable e inenarrable que, a sus ojos y por contraste, convirtiera al de My Khe en un horror narrable y justificable. Pero ¿qué inimaginable horror de horrores podía ser ése? Un horror en cualquier caso suficiente para pulverizar catorce años atrás el equilibrio mental de Rodney y obligarle a abandonar su casa y su trabajo y a reanudar su vida de fugitivo en cuanto Tommy Birban había reaparecido. Claro que también era posible que Rodney no me hubiera contado toda la verdad de My Khe y que Tommy Birban ya hubiera llegado a Vietnam cuando ocurrió y estuviera de algún modo vinculado a la matanza. ¿Y qué había querido decir con eso de que Tommy Birban era débil y de que no hubiera debido salvarse y de que se parecía a mí? ¿Significaba eso que había protegido a Tommy Birban o le estaba protegiendo como me había protegido a mí? Pero ¿de qué había protegido a Tommy Birban, si es que le había protegido? ¿Y de qué me había protegido a mí?

A las doce, cuando el conserje me despertó para comunicarme que debía abandonar la habitación, me costó unos segundos aceptar que estaba en un hotel de Madrid y que mi encuentro con Rodney no había sido un sueño o más bien una pesadilla. Dos horas después tomaba un avión de vuelta a Barcelona, decidido a olvidar para siempre a mi amigo de Urbana.

No lo conseguí. O mejor dicho: fue Rodney quien impidió que lo consiguiera. En las semanas siguientes recibí varias cartas suyas; al principio no las contesté, pero mi silencio no le arredró y continuó escribiendo, y al poco tiempo me rendí a la testarudez de Rodney y a la incómoda evidencia de que nuestro encuentro en Madrid había sellado entre los dos una intimidad que yo no deseaba. Sus cartas de aquellos días trataban de asuntos diversos: de su trabajo, de sus conocidos, de sus lecturas, de Dan y de Jenny, sobre todo de Dan y de Jenny. Supe así que la mujer con la que Rodney tenía un hijo era casi de mi edad, quince años más joven que él, que había nacido en Middlebury, un pueblecito cercano a Burlington, y que trabajaba de cajera en un supermercado; en varias cartas me la describió con detalle, pero curiosamente las descripciones discrepaban, como si Rodney tuviese un conocimiento demasiado profundo de ella para poder capturarla con unas cuantas palabras improvisadas. Otro detalle curioso (o que ahora me parece curioso): al menos en dos o tres ocasiones Rodney trató de disuadirme de nuevo, como ya lo había hecho en Madrid, de mi proyecto de contar su historia; tanta insistencia me extrañó, entre otras cosas porque la juzgaba superflua, y creo que en algún momento acabó infundiéndome la sospecha efímera de que en el fondo mi amigo siempre había querido que yo escribiese un libro sobre él, y de que la conversación que habíamos tenido en Madrid, como todas las que habíamos tenido en Urbana, contenía en cifra una suerte de manual de instrucciones sobre cómo escribirlo, o al menos sobre cómo no escribirlo, igual que si Rodney hubiera estado adiestrándome, de forma subrepticia y desde que nos conocimos, para que algún día contara su historia. A principios de agosto Rodney me anunció que acababan de concederle la plaza de profesor que había estado esperando y que se disponía a mudarse con Dan y con Jenny a la vieja casa familiar de Rantoul. En las semanas siguientes Rodney casi dejó de escribirme y, para cuando a mediados de septiembre su correspondencia empezó a recobrar el ritmo anterior, mi vida había experimentado un cambio cuyo alcance real ni siquiera podía sospechar por entonces.

Fue un cambio imprevisible, aunque puede que en cierto modo Rodney lo hubiera previsto. Ya he dicho que antes del paréntesis del verano la acogida dispensada a mi novela sobre la guerra civil, convertida inesperadamente en un notable éxito de crítica y en un pequeño éxito de ventas, había rebasado mis expectativas más halagüeñas; sin embargo, entre finales de agosto y principios de septiembre, cuando se inicia la nueva temporada literaria y los libros de la anterior quedan confinados al olvido de los últimos estantes de las librerías, sobrevino la sorpresa: como si durante el verano los periodistas se hubiesen puesto de acuerdo para no leer más que mi novela, de repente empezaron a convocarme para hablar de ella periódicos, revistas, radios y televisiones; como si durante el verano los lectores se hubiesen puesto de acuerdo para no leer más que mi novela, de repente empezaron a llegarme noticias alborozadas de mi editorial según las cuales las ventas del libro se habían disparado. Omito los pormenores de la historia, porque son públicos y más de uno los recordará todavía; no omito que en este caso la imagen de la bola de nieve es, pese a ser un cliché (o precisamente por serlo), una imagen exacta: en menos de un año se hicieron quince ediciones del libro, se vendieron más de trescientos mil ejemplares, estaba en vías de traducción a veinte lenguas y había una adaptación cinematográfica en curso. Aquello era un triunfo sin paliativos, que nadie en mis condiciones se hubiese atrevido a imaginar ni en sus delirios más desatinados, y el resultado fue que de un día para otro pasé de ser un insolvente escritor desconocido, que llevaba una vida apartada y provinciana, a ser famoso, tener más dinero del que sabía gastar y verme envuelto en un frenético torbellino de viajes, entregas de premios, presentaciones, entrevistas, coloquios, ferias del libro y fiestas literarias que me arrastró de un lado para otro por todos los confines del país y por todas las capitales del continente. Incrédulo y exultante, al principio ni siquiera supe advertir que giraba sin control en el vórtice de un ciclón demente. Yo intuía que aquélla era una vida perfectamente irreal, una farsa de dimensiones descomunales parecida a una enorme telaraña que yo mismo segregaba y tejía, y en la que me hallaba atrapado, pero, aunque todo fuera un engaño y yo un impostor, estaba deseoso de correr todos los riesgos con la única condición de que nadie me arrebatara el placer de disfrutar a fondo de aquella patraña. Los profesionales del fariseísmo afirman que no escriben para ser leídos más que por la selecta minoría que puede apreciar sus escritos selectos, pero la verdad es que todo escritor, por ambicioso o hermético que sea, anhela en secreto tener innumerables lectores, y que hasta el poeta maldito más inexpugnable, encanallado y valiente sueña con que los jóvenes reciten sus versos por las calles. Pero en el fondo aquel huracán sin gobierno no guardaba ninguna relación con la literatura ni con los lectores, sino con el éxito y la fama. Sabemos que los sabios aconsejan desde siempre acoger con el mismo ademán indiferente el éxito y el fracaso, no ufanarse con la victoria ni envilecerse llorando en la derrota, pero también sabemos que incluso ellos (sobre todo ellos) lloraron y se envilecieron y ufanaron, incapaces de respetar ese ideal magnífico de impasibilidad, y que por eso aconsejaron aspirar a él, porque sabían mejor que nadie que no hay nada más venenoso que el éxito ni más letal que la fama.

Aunque al principio apenas fui consciente de ello, el éxito y la fama empezaron a envilecerme enseguida. Alguien dice que quien rechaza un elogio es porque quiere dos: el que ya le han hecho y aquel al que la modestia mentirosa del elogiado obliga con su rechazo. Yo aprendí muy pronto a reclamar más elogios, rechazándolos, y a ejercer la modestia, que es la mejor forma de alimentar la vanidad; también aprendí muy pronto a fingir la fatiga y el disgusto de la fama y a inventar pequeñas desgracias que atrajeran la compasión y ahuyentaran la envidia. Estas estratagemas no siempre fueron eficaces y, como es lógico, a menudo fui víctima de mentiras y calumnias; pero lo peor de las calumnias y las mentiras es que casi siempre acaban por contaminarnos, porque es muy difícil que no cedamos a la tentación de defendernos de ellas convirtiéndonos en mentirosos y calumniadores. Nada me complacía más en secreto que codearme con los ricos, los poderosos y los triunfadores, ni que exhibirme a su lado. La realidad no parecía ofrecer resistencia (o sólo ofrecía una resistencia ínfima comparada con la que ofrecía antes), de manera que, de un modo vertiginoso, todo cuanto antes había deseado parecía hallarse ahora a mi alcance, y poco a poco todo cuanto antes tenía un sabor ahora empezó a resultarme insípido. Por eso bebía a todas horas: cuando me aburría, para no aburrirme; cuando me divertía, para divertirme más. Fue sin duda la bebida la que acabó de subirme a una montaña rusa de noches de euforia alcohólica y sexual y días de resacas apocalípticas, y la que me descubrió la culpa, no como un malestar ocasional fruto de la violación de unas normas autoimpuestas, sino como una droga cuya dosis debía incrementar de continuo para que siguiera surtiendo su efecto narcotizante. Tal vez por ello –y porque la borrachera del éxito me cegaba con un espejismo de omnipotencia, susurrándome al oído que había llegado el momento tanto tiempo esperado de vengarme de la realidad– me convertí de golpe en un mujeriego indiscriminado; yo seguía queriendo a Paula y seguía sintiéndome culpable cada vez que la engañaba, pero ni podía ni quería dejar de engañarla. Por las mismas razones, y también porque sentía que la celebridad me había elevado de golpe por encima de ellos y que ya no los necesitaba, desprecié a quienes siempre había admirado y a quienes siempre me habían demostrado su afecto, mientras adulé a quienes me habían despreciado o me despreciaban, o a quienes yo había despreciado, con la esperanza insaciable –porque cuando uno tiene éxito ya sólo quiere tener éxito– de conquistar también su aprobación. Recuerdo por ejemplo lo que ocurrió con Marcelo Cuartero. Una tarde de aquel otoño frenético a punto estuvimos de cruzarnos en una calle del centro de Barcelona, pero mientras nos acercábamos me incomodó de repente la idea de tener que pararme a hablar con él y en el último momento cambié de acera y lo esquivé. No mucho tiempo después de ese encuentro frustrado alguien sacó a colación el nombre de Marcelo en un corrillo improvisado en un cóctel literario. Ignoro qué estaríamos discutiendo, pero el caso es que en algún momento un crítico que quería ser ensayista mencionó un libro de Marcelo como ejemplo del ensayismo árido, estéril y estrecho de miras que triunfaba en la universidad, y un ensayista de éxito que quería ser novelista secundó esa opinión con un comentario más sangrante que agudo. Fue entonces cuando intervine, seguro de ganarme la aquiescencia sonriente del corrillo.

–Claro –dije conviniendo con el comentario del ensayista, a pesar de que había leído el libro de Marcelo y me había parecido brillante–. Pero lo peor de Cuartero no es que sea aburrido, ni siquiera que pretenda que le admiremos porque demuestra que ha leído lo que nadie ha querido leer. Lo peor es que está chocho, coño.

194

Tampoco he olvidado lo que ocurrió en esos meses con Marcos Luna. Si es verdad que nadie se entristece del todo con la desgracia de un amigo, entonces también lo es que nadie se alegra del todo con la alegría de un amigo; es posible sin embargo que en aquella época nadie estuviera más cerca que Marcos de alegrarse del todo con mis alegrías. Éstas, por lo demás, coincidieron con un periodo ingrato para él. En septiembre, justo cuando mi libro iniciaba su despegue hacia la notoriedad, Marcos fue operado de un desprendimiento de retina; la intervención no salió bien, y a las dos semanas hubo que repetirla. La convalecencia fue larga: Marcos pasó en total más de dos meses en el hospital, postrado por la seguridad deprimente de que sólo saldría de allí convertido en un minusválido. Pero en esta ocasión tuvo suerte, y cuando volvió a casa había recuperado casi por completo la visión del ojo enfermo. Durante el tiempo que pasó en el hospital hablé varias veces con él por teléfono, cuando me llamaba desde la cama para felicitarme cada vez que en la radio oía hablar de mi libro o me oía hablar a mí, o cada vez que alguien le comentaba mis triunfos; pero, atrapado como estaba por las obligaciones proliferantes del éxito, nunca encontré tiempo para visitarlo, y para cuando volví a verle fugazmente, en una terraza del Eixample, justo antes de alguna cena de negocios, a punto estuve de no reconocerle: viejo y disminuido, el pelo escaso y completamente gris, me pareció la viva estampa de la derrota. Tardamos bastante tiempo en volver a vernos, pero mientras tanto adoptamos la costumbre (o la adopté yo, o se la impuse) de hablar casi cada semana por teléfono. Lo hacíamos los sábados por la noche, cuando yo ya llevaba muchas horas bebiendo y, con la coartada de nuestra antigua intimidad, le llamaba y me desahogaba con él de las angustias que me causaba el cambio repentino que había experimentado mi vida, y de paso halagaba mi orgullo demostrándome que el éxito no me había cambiado y seguía siendo amigo de mis amigos de siempre; sé que hay una vanidad inversa en quien se mortifica atribuyéndose infamias que no ha cometido, y no quiero incurrir en ella, pero no puedo dejar de sospechar que aquellas confidencias alcohólicas de madrugada funcionaban también entre Marcos y yo como un periódico y subliminal recordatorio de mis victorias, y que tal vez eran otra forma de infligirle a mi amigo, bajo el disfraz embustero de la queja por mi situación de privilegio, la humillación de mis triunfos en un momento en que, con su salud maltrecha y su carrera de pintor estancada, él sentía con razón lo mismo que los dos habíamos sentido sin ella cuando muchos años atrás compartíamos el piso de la calle Pujol: que su vida se estaba yendo a la mierda. Tal vez lo anterior explique que una de esas noches de sábado, arrebatado por la soberbia hipócrita de la virtud, yo recordara la conversación que había mantenido con Rodney en Madrid.

–El éxito no te convierte en un cretino o un hijo de puta –le dije en un determinado momento a Marcos–. Pero puede sacar al hijo de puta o al cretino que algunos llevan dentro. –Y entonces añadí–: Quién sabe: si hubieses sido tú, y no yo, quien hubiera tenido éxito, a lo mejor ahora mismo no estaríamos hablando.

Marcos no me colgó el teléfono en aquel momento, pero sí al día siguiente, cuando le llamé para pedirle disculpas por mi mezquindad: no aceptó mis disculpas, me recordó mis palabras, me las recriminó, me llamó hijo de puta y cretino, me exigió que no volviera a llamarle y sin más explicaciones me colgó. Al cabo de dos días, sin embargo, recibí un correo electrónico suyo en el que me rogaba que le perdonara. «Si ni siquiera soy capaz de conservar una amistad de más de treinta años, entonces es que de verdad estoy acabado», se lamentaba. Marcos y yo nos reconciliamos, pero pocas semanas más tarde tuvo lugar un episodio que resume mejor que cualquier otro la dimensión de mi deslealtad con él. No entraré en muchos detalles; al fin y al cabo, el hecho en sí mismo (no lo que revela) tal vez carezca de importancia. Fue tras la presentación de un libro de un fotógrafo mexicano que yo había prologado. El acto se celebró en algún lugar de Barcelona (tal vez fue el MACBA, tal vez el Palau Robert) y a él acudieron Marcos y Patricia, su mujer, a quien al parecer unía una antigua amistad con el fotógrafo. Durante el cóctel que siguió a la presentación, Marcos, Patricia y yo estuvimos charlando, pero al terminar, alegando que al día siguiente tenía que levantarse pronto, mi amigo se negó a sumarse a la cena, y Patricia y yo no conseguimos hacerle cambiar de opinión. Mi recuerdo de lo que sigue es borroso, más incluso que el de otras noches de aquella época, porque es posible que en este caso mi memoria se haya esforzado en eliminar o confundir lo ocurrido. Lo que recuerdo es que Patricia y yo asistimos a una cena multitudinaria en Casa Leopoldo, que nos sentamos juntos y que, aunque siempre habíamos mantenido una relación cordial pero distante –como si los dos hubiésemos convenido en que mi amistad con Marcos no nos convertía automáticamente en amigos–, aquella noche buscamos una complicidad que nunca habíamos deseado o nos habíamos permitido. Creo que fue con el primer whisky de la sobremesa cuando me pasó por la cabeza el deseo de acostarme con ella; asustado de mi temeridad, traté de apartar ese pensamiento de inmediato. No lo conseguí, o al menos no conseguí que dejara de rondarme la cabeza de forma insidiosa, como una obscenidad cada vez menos obscena y más verosímil, mientras unos cuantos noctámbulos prolongábamos la noche en la barra del Giardinetto y yo trasegaba whiskies hablando con éste o el otro, pero sabiendo siempre que Patricia seguía allí. Finalmente, cuando ya de madrugada cerraron el Giardinetto, Patricia me llevó al hotel. Durante el trayecto no dejé de hablar ni un momento, como si buscara una fórmula con que retenerla, pero al aparcar su coche frente a la puerta e ir a despedirse de mí con un beso sólo encontré coraje para proponerle que tomáramos una última copa en mi habitación. Patricia me miró divertida, casi como si yo fuera un adolescente y ella una vieja enfermera obligada a desnudarme.

–No te estarás insinuando, ¿verdad? –se rió.

No tuve tiempo de avergonzarme, porque antes de que eso ocurriera una furia fría me quemó la garganta.

–Eres una mala puta –me oí escupir entonces–. Te pasas la noche calentándome la bragueta y ahora me dejas tirado. Vete a la mierda.

Cerré el coche de un portazo y, en vez de entrar en el hotel, eché a andar. No sé cuánto tiempo estuve andando, pero cuando volví al hotel la furia se había trocado en remordimiento. El efecto del alcohol, sin embargo, no se había disipado, porque lo primero que hice al entrar en mi habitación fue llamar a casa de Marcos. Por fortuna, fue Patricia quien cogió el teléfono. Atropelladamente le pedí perdón, le rogué que no tuviera en cuenta lo que había dicho, alegué que había bebido demasiado, volví a pedirle perdón. Con voz seca Patricia aceptó mis disculpas, y yo le pregunté si pensaba contárselo a Marcos.

–No –contestó antes de colgarme–. Y ahora métete en la cama y duerme la mona.

No sigo. Podría seguir, pero no sigo. Podría contar más anécdotas, pero no quiero olvidar la categoría. Hace unos días leí un poema escrito por Malcom Lowry después de publicar la novela que le dio fama, dinero y prestigio; es un poema truculento y enfático, pero a veces no queda más remedio que ser enfático y truculento, porque la realidad, que casi nunca respeta las reglas del buen gusto, a menudo abunda en truculencias y énfasis. El poema dice así:

El éxito es como un terrible desastre,
peor que tu casa ardiendo, el estrépito del derribo
cuando las vigas caen cada vez más deprisa
mientras tú sigues allí, testigo desesperado
de tu condenación.

La fama destruye como un ebrio la morada del alma
y te revela que tan sólo por ella trabajaste.
¡Ah! Si no me hubiera traicionado el triunfo con
    besarme
y hubiese permanecido en la oscuridad para siempre,
hundido y fracasado.

Muchos años atrás Rodney me lo había advertido y, aunque por entonces interpreté sus palabras como la inevitable secreción de moralina de un perdedor empapado de la empalagosa mitología del fracaso que gobierna un país histéricamente obsesionado por el éxito, por lo menos yo hubiera debido prever que nadie está vacunado contra el éxito, y que sólo cuando tienes que afrontarlo comprendes que no es únicamente un malentendido, la alegre desvergüenza de un día, sino que es un malentendido y una desvergüenza humillantes; también hubiera debido prever que es imposible sobrevivir con dignidad a él, porque destruye como un ebrio la morada del alma y porque es tan hermoso que descubres que, aunque te engañases con protestas de orgullo e higiénicas demostraciones de cinismo, en realidad no habías hecho otra cosa más que buscarlo, igual que descubres, en cuanto lo tienes en las manos y ya es tarde para rechazarlo, que sólo sirve para destruirte a ti y a cuanto te rodea. Hubiera debido preverlo, pero no lo preví. El resultado fue que le perdí el respeto a la realidad; también le perdí el respeto a la literatura, que era lo único que hasta entonces había dotado de sentido o de una ilusión de sentido a la realidad. Porque lo que creí descubrir entonces es exactamente lo peor que podía descubrir: que mi verdadera vocación no era escribir, sino haber escrito, que yo no era un escritor de verdad, que no era escritor porque no pudiera ser ninguna otra cosa, sino porque la escritura era el único instrumento que había tenido a mano para aspirar al éxito, la fama y el dinero. Ahora ya los había conseguido: ahora ya podía dejar de escribir. Por eso, quizá, dejé de escribir; por eso y porque estaba demasiado vivo para escribir, demasiado deseoso de apurar el éxito hasta el último aliento, y sólo se puede escribir cuando se escribe como si se estuviera muerto y la escritura fuera el único modo de evocar la vida, el cordón último que todavía nos une a ella. Así que, después de doce años sin vivir más que para escribir, con la vehemencia y la pasión excluyentes de un muerto que no se resigna a su muerte, de repente dejé de escribir. Fue entonces cuando de verdad empecé a correr peligro: comprobé que, como también me había dicho Rodney muchos años atrás —cuando yo era tan joven e incauto que ni siquiera podía soñar que el éxito algún día podría abatirse sobre mí como una casa ardiendo–, el escritor que deja de escribir acaba buscando o atrayendo la destrucción, porque ha contraído el vicio de mirar a la realidad, y a ratos de verla, pero ya no puede usarla, ya no puede convertirla en sentido o belleza, ya no tiene el escudo de la escritura con que protegerse de ella. Entonces es el final. Se acabó. Finito. Kaputt.

El final ocurrió un sábado de abril de 2002, justo un año después de la publicación de mi novela. Para entonces hacía ya muchos meses que había dejado por completo de escribir y que saboreaba el tósigo jubiloso del triunfo; para entonces las mentiras, las infidelidades y el alcohol habían gangrenado por completo mi relación con Paula. Aquella noche el propietario de una revista literaria que acababa de concederme el premio al mejor libro del año me dio una cena en su casa de campo, en un pueblo del Empordà; allí se reunió un grupo nutrido de gente: periodistas, escritores, cineastas, arquitectos, fotógrafos, profesores, críticos literarios, amigos de la familia. Acudí a la cita con Paula y Gabriel. No era algo habitual, y no recuerdo por qué lo hice: tal vez porque el anfitrión me aseguró por teléfono que iba a ser una fiesta casi familiar y que otros invitados también acudirían a ella acompañados por sus hijos, tal vez para acallar la mala conciencia que me producía el hecho de engañar con frecuencia a Paula y de apenas dedicarle tiempo a Gabriel, tal vez porque juzgaba que esa imagen familiar avalaba mi reputación de escritor impermeable a los halagos de la fama, una reputación de insobornabilidad y modestia que, según descubrí muy pronto, constituía la herramienta ideal para ganarme el favor de los miembros más poderosos de la sociedad literaria –que son siempre los más cándidos, porque sienten menos amenazada su jerarquía–, y también para protegerme de la hostilidad que mi éxito había suscitado entre quienes se sentían postergados por él, porque consideraban que yo se lo había arrebatado. Lo cierto es que excepcionalmente acudí a la cena con Gabriel y con Paula. Me sentaron a la mesa frente al anfitrión, un viejo empresario con intereses en periódicos y editoriales de Barcelona; a un lado tenía a Paula, y al otro a una joven periodista radiofónica, sobrina del anfitrión, quien, siguiendo instrucciones de su tío, se las arregló para que toda la conversación girara en torno a las causas del éxito inesperado de mi libro. Como la periodista casi obligó a intervenir a casi todos los invitados, hubo opiniones para todos los gustos; en cuanto a mí, instalado a placer en mi posición de protagonista de la velada, me limitaba a comentar con dubitativa aprobación cuanto se decía y, en tono suavemente irónico, a rogarle de vez en cuando al anfitrión que cambiáramos de tema, lo que era interpretado por todos como una prueba de humildad, y no como una astucia orientada a que no decayera la discusión de mis méritos. Acabada la cena tomamos café y licores en un antiguo distribuidor habilitado como salón, donde los invitados nos fuimos congregando en grupos que se hacían y se deshacían al azar de las conversaciones. Ya eran más de las doce cuando Paula interrumpió la conversación que, whisky en mano, yo mantenía con un guionista de cine, su mujer y la sobrina del anfitrión acerca de la adaptación cinematográfica de mi novela; me dijo que Gabriel se estaba durmiendo y que al día siguiente ella tenía que trabajar.

—Nos vamos —anunció, añadiendo sin ninguna convicción—: Pero quédate tú si quieres.

Ya estaba indagando argumentos con que tratar de convencerla de que nos quedáramos un rato más cuando terció el guionista.

—Claro —dijo, apoyando la propuesta insincera de Paula y señalando a su mujer—. Nosotros volvemos esta noche a Barcelona. Si quieres podemos parar en Gerona y dejarte en tu casa.

Busqué con alivio los ojos de Paula.

—¿No te importa?

Todas las miradas convergieron en ella. Yo sabía que le importaba, pero dijo:

—Claro que no.

Acompañé a Gabriel y a Paula al coche y, cuando Gabriel se hubo tumbado en el asiento trasero, rendido de sueño, Paula cerró la puerta y masculló:

—La próxima vez vas tú solo a tus fiestas.

—¿No has dicho que no te importaba que me quedara?

—Eres un cabrón.

Discutimos; no recuerdo lo que nos dijimos, pero mientras veía alejarse mi coche a toda prisa por el sendero de grava que salía de la finca pensé lo que tantas veces pensaba por aquella época: que llega un momento en la vida de las parejas en que todo cuanto se dicen lo dicen para hacerse daño, que mi matrimonio se había convertido en una forma refinada de tortura y que cuanto antes se deshiciese mucho mejor para todos.

Pero enseguida me olvidé de la pelea con Paula y continué disfrutando de la fiesta. Ésta se prolongó hasta la madrugada, y cuando entré en el coche del guionista y su mujer me vi sentado junto a una joven muy seria y con aire de intelectual, en la que apenas había reparado en toda la noche. El viaje hasta Gerona fue breve, pero bastó para que me diera cuenta de que la chica estaba bebida, para tener la certeza de que estaba coqueteando conmigo y para enterarme vagamente de que era amiga de la sobrina del anfitrión y de que trabajaba en la televisión local. Al entrar en la ciudad la chica propuso tomar una última copa en el bar de unos amigos, que, según dijo, no cerraba hasta el amanecer. El guionista y su mujer declinaron la oferta con el argumento de que era muy tarde y debían seguir viaje hasta Barcelona; yo la acepté.

Fuimos al bar. Bebimos, charlamos, bailamos, y acabé la noche en la cama de la chica. Cuando salí de su casa estaba a punto de romper el alba. En la calle me esperaba el taxi que había pedido por teléfono; le di mi dirección al chófer y dormité durante todo el trayecto, pero cuando el taxista aparcó a la puerta de mi casa deseé estar muerto: de pie ante un coche celular, dos mossos d'esquadra aguardaban junto a la rampa de entrada al garaje. Pagué al taxista con un billete temblón, y al salir del coche reparé en que la rampa de entrada al garaje, donde solíamos aparcar el coche, estaba vacía, y supe que Paula y Gabriel no estaban en casa.

–¿Qué ha pasado? –pregunté mientras me acercaba a los dos agentes.

Jóvenes, graves, casi espectrales a la luz lívida del amanecer, me preguntaron si yo era yo. Dije que sí.

–¿Qué ha pasado? –repetí.

Uno de los policías señaló la puerta de mi casa y preguntó:

–¿Podemos hablar un momento dentro, por favor?

Hice pasar a los dos policías, nos sentamos en el comedor, volví a preguntar qué había ocurrido. Quien contestó fue el policía que ya había hablado antes.

–Venimos a comunicarle que su mujer y su hijo han sufrido un accidente –dijo.

La noticia no me sorprendió; con un hilo de voz acerté a preguntar:

–¿Están heridos?

El policía tragó saliva antes de responder:

–Están muertos.

A continuación el policía sacó una libreta y debió de iniciar un relato aséptico y pormenorizado de las circunstancias en que se había producido el accidente, pero, pese a que me esforcé en atender a la explicación, lo único que capté fueron palabras sueltas, frases incoherentes o desprovistas de sentido. Mi recuerdo de las horas que siguieron es aún más inseguro: sé que aquella mañana fui al hospital donde estaban ingresados Paula y Gabriel, que no vi o no quise ver sus cadáveres, que enseguida empezaron a llegar familiares y algún amigo, que hice alguna confusa gestión relacionada con los funerales, que éstos se celebraron al día siguiente, que no asistí a ellos, que algún periódico incluyó mi nombre en la noticia del accidente y que mi casa se llenó de telegramas y faxes de condolencia que yo no leía o leía como veladas acusaciones. En realidad, de aquellos días sólo hay algo que recuerdo con alucinada claridad, y son mis visitas a la comisaría de los Mossos d'Esquadra. En muy poco tiempo estuve allí cuatro veces, tal vez cinco, aunque ahora todas me parecen casi la misma. Me recibía en un despacho una sargento de uniforme, guapa, fría y esforzadamente profesional, quien, sentados los dos a una mesa de despacho muy alegre, con flores y fotografías de su familia, una y otra vez me exponía la información que la policía había acumulado sobre el accidente, hacía croquis, contestaba mis preguntas. Eran reuniones largas, pero, a pesar de que las causas y circunstancias de la colisión no ofrecían dudas para la policía (el piso de la calzada resbaladizo a causa del relente de la noche, tal vez una distracción mínima, una curva tomada a más velocidad de la debida, un volantazo desesperado que conduce al carril contrario, el horror final de unas luces que te ciegan de frente), yo siempre salía de ellas con nuevos interrogantes, que al cabo de horas o días volvía a tratar de despejar en la comisaría. La sargento me concertó una entrevista con los dos agentes que habían llegado primero al lugar del accidente y se habían encargado de gestionarlo y, en compañía de uno de ellos, una tarde me llevó a la curva exacta donde se había producido; a la mañana siguiente volví al lugar yo solo y me quedé un rato allí, viendo pasar los coches, sin pensar en nada, mirando el cielo y el asfalto y la desolación de aquel descampado barrido por la tramontana. No sabría decir con certeza por qué actuaba de aquella forma, pero no descarto que una parte de mí sospechara que algo no acababa de encajar, que en aquella historia quedaban cabos sueltos, que la policía me estaba ocultando algo y que, si conseguía descubrirlo, al instante se abriría una puerta y Paula y Gabriel aparecerían por ella, vivos y sonrientes, igual que si todo hubiese sido un error o una broma pesada. Hasta que una mañana, al entrar en el despacho de la sargento para nuestra enésima entrevista, la encontré acompañada de un hombre mayor, con barba, vestido de civil. La sargento hizo las presentaciones y el hombre me explicó que era psicólogo y que dirigía una asociación llamada Servicio de Apoyo al Duelo (o algo así), destinada a prestar ayuda a los familiares de los muertos en accidente. El psicólogo continuó durante un rato su exposición, pero yo dejé de escucharle; ni siquiera le miraba: me limitaba a mirar a la sargento, que se cansó de esquivar mis ojos y acabó interrumpiendo al hombre.

–Hágame caso y vaya con él –dijo devolviéndome por fin la mirada, y por primera vez percibí una nota de cordialidad o emoción en su voz–. Yo ya no puedo hacer nada más por usted.

Me marché de la comisaría y no volví. Aquella misma tarde fui a una agencia inmobiliaria, alquilé el primer piso que me ofrecieron en Barcelona, un apartamento cercano a Sagrada Familia, y, después de malvender a toda prisa la casa de Gerona y de deshacerme de las pertenencias de Gabriel y de Paula, me trasladé a vivir a él, dispuesto a ocuparme a conciencia en la tarea de morir, y no en la de vivir. Una oscuridad total se adueñó entonces de mi vida. Descubrí que el padre de Rodney tenía razón y el mundo es un lugar vacío; pero también descubrí que en aquellos momentos la soledad era para mí menos una condena que el único bálsamo posible, la única posible bendición. No veía a mi familia, no veía a mis amigos, no tenía televisión ni radio ni teléfono. Por lo demás, cuidé de que sólo las personas indispensables conocieran mis nuevas señas, y cuando alguna de ellas (o alguien que me había localizado a través de ellas) llamaba a mi puerta, simplemente no le abría. Es lo que ocurrió con Marcos Luna, quien durante algún tiempo apareció de forma regular por mi casa y se hartó de tocar el timbre sabiendo que yo estaba dentro, oyéndole, hasta que comprendió que no iba a conseguir hablar conmigo y a partir de entonces se limitó a dejar en mi buzón, cada viernes al mediodía, un paquete de tabaco lleno de porros de marihuana recién hechos. También mi agente literaria me enviaba de vez en cuando una relación de las personas que llamaban a su oficina solicitando mi presencia en algún sitio o preguntando por mí, aunque nunca le contesté. Por supuesto, no trabajaba, pero las ventas del libro me habían proporcionado unos ingresos suficientes para vivir sin trabajar durante años, y no veía ninguna razón para no dejar transcurrir el tiempo hasta que se agotase el dinero. Mi único esfuerzo consistía en no pensar, sobre todo en no recordar. Al principio había sido imposible. Hasta que abandoné la casa que había compartido con Paula y Gabriel y me fui a Barcelona no podía dejar de torturarme pensando en el accidente: me preguntaba si en el último momento Gabriel se habría despertado y habría sido consciente de lo que iba a ocurrir; me preguntaba qué había pensado Paula en aquel momento, qué recuerdo la había distraído mientras conducía, provocando el volantazo que a su vez provocó el accidente, qué hubiera ocurrido si, en vez de quedarme en la fiesta, hubiera vuelto a casa con ellos... Quienes conocieron la sevicia programada de los campos de concentración nazis o soviéticos suelen afirmar que, para soportarla, se animaban recordando la felicidad que habían dejado atrás, porque, por remota que fuera, siempre seguían abrigando la esperanza de que algún día podrían recuperarla; yo carecía de ese consuelo: como los muertos no resucitan, mi pasado era irrecuperable, así que me apliqué a conciencia a abolirlo. Tal vez por eso, en cuanto me instalé en Barcelona empecé a hacer vida de noche. Me pasaba semanas enteras sin salir de casa, leyendo novelas policíacas en la cama, alimentándome de sopas de sobre, latas de conserva, tabaco, marihuana y cerveza, pero lo habitual es que pasara la noche fuera, pateándome sin tregua la ciudad, caminando sin rumbo ni propósito fijo, parándome de vez en cuando para tomar una copa y descansar un rato y recuperar fuerzas antes de continuar mi paseo hacia ninguna parte hasta el amanecer, cuando volvía estragado a casa y me tumbaba en la cama, sediento de sueño e incapaz de dormir, enervado por los ruidos ajenos del mundo, que increíblemente seguía su curso imperturbable. El insomnio me convirtió en un teórico apasionado del suicidio, y ahora pienso que si no lo puse en práctica no fue sólo por cobardía o por exceso de imaginación, sino también porque temía que mis remordimientos fueran a sobrevivirme, o más probablemente porque descubrí que, más que morir, lo que deseaba era no haber vivido nunca, y por eso a veces conciliaba un sueño transparente y sin sueños cuando me imaginaba viviendo en el limbo purísimo de la no existencia, en la felicidad de antes de la luz, de antes de las palabras. Me aficioné a jugar con la muerte. De vez en cuando cogía el coche y conducía de forma obsesiva y temeraria durante días enteros, al azar, parándome sólo a comer o a dormir, confortado por la seguridad permanente de que en cualquier momento podía dar un volantazo como el que había matado a Gabriel y a Paula, y una noche, en un prostíbulo de Montpellier, me enzarcé en una discusión sin sentido con dos individuos que acabaron pegándome una paliza que me mandó de nuevo a un hospital del que salí con el cuerpo negro de moretones y la nariz rota. También me compré una pistola: la tenía guardada en un cajón y de vez en cuando la

211

sacaba, la cargaba y me apuntaba con ella en la frente o bajo la barbilla o me la metía en la boca y la mantenía allí, saboreando la acidez llameante del cañón y acariciando apenas el gatillo mientras el sudor me chorreaba por las sienes y mi jadeo parecía atronar mi cabeza y llenar a rebosar el silencio del piso. Una noche paseé durante largo rato por el pretil de mi terraza, feliz, desnudo y en equilibrio, con la mente en blanco, consciente sólo de la brisa que me erizaba la piel y de las luces que iluminaban la ciudad y del precipicio de vértigo que se abría junto a mí, canturreando entre dientes una canción que he olvidado.

En ese estado de funambulismo sin salida pasé la primavera, el verano y el otoño, y no fue hasta una noche de principios del invierno pasado cuando, gracias a la alianza providencial de un incidente desagradable, un descubrimiento azaroso y un recuerdo resucitado, de repente tuve un atisbo fugaz de que no estaba condenado a llevar para siempre la vida de subsuelo que había llevado en los últimos meses. Todo empezó en Tabú, un club nocturno situado en la parte baja de la Rambla y frecuentado por turistas, que acuden allí en busca de espectáculos de porno local a precio asequible. Es un local oscuro y raído, con una barra dispuesta en ángulo recto a la derecha de la entrada y un escenario rodeado de mesas y sillas de metal y sobrevolado por globos de luz con lentejuelas plateadas, a la izquierda del cual un telón oculta los reservados para las parejas de pago. Yo ya había estado allí en un par de ocasiones, siempre muy tarde, y, como había hecho en mis visitas anteriores, aquella noche le pedí un whisky a la mujer vieja, menuda y pintarrajeada que parecía la encargada del local y me quedé en un extremo de la barra, bebiendo y fumando y contemplando el espectáculo a distancia. Debía de ser un día de diario, porque aunque entre el público sobresalía un grupo de jóvenes ruidosos y enfervorizados que confraternizaban efusivamente con las artistas y subían al escenario en cuanto ellas se lo insinuaban, el resto del local estaba casi desierto, y sólo había un par de parejas acodadas a unos metros de mí: una en el centro de la barra, la otra un poco más allá. Ya me había tomado el primer whisky y estaba a punto de pedir el segundo cuando, justo en el momento en que en el escenario una mujer desnuda le practicaba una felación a un hombre vestido de soldado romano, sentí que algo anómalo ocurría a mi lado; me volví y vi a la pareja que estaba en el centro de la barra discutiendo violentamente. Miento: no vi eso; lo que vi, en apenas unos segundos fulgurantes de estupefacción, fue que el hombre y la mujer se gritaban desencajados, que el hombre le cruzaba la cara a la mujer de una bofetada, que la mujer intentaba devolvérsela sin éxito, que, presa de una furia ciega, el hombre empezaba a golpear a la mujer, y que seguía golpeándola y golpeándola hasta tumbarla en el suelo, desde donde ella trataba de defenderse entre lágrimas, insultos, puñetazos y patadas al aire. También vi que la pareja que estaba más allá se alejaba de la escena, fascinada y amedrentada, que el volumen al que sonaba la música impedía que el público que estaba frente al escenario reparase en la pelea, y que la única persona que parecía empeñada en pararla, desgañitándose detrás de la barra, era la vieja encargada del local. En cuanto a mí, me quedé inmóvil, paralizado, mirando la pelea aferrado a mi vaso de whisky vacío, hasta que, sin duda alertados por la encargada, aparecieron dos porteros del local, sujetaron a duras penas al agresor y lo sacaron a la calle con un brazo retorcido a la espalda, mientras escoltada por otras pupilas la encargada se llevaba a la chica detrás del escenario. Fue también la encargada quien, una vez de regreso en la sala, se ocupó de apaciguar la inquietud de una clientela que en su mayor parte sólo había tenido un confuso vislumbre del final del altercado, y también fue ella quien, después de asegurarse de que el espectáculo continuaba, al pasar junto a mí para regresar a su lugar en la barra me espetó sin siquiera mirarme, como si yo fuese un cliente habitual y conmigo pudiera desahogar la tensión acumulada:

–Y usted también podía haber hecho algo, ¿no?

No dije nada; no pedí el segundo whisky; salí del local. Fuera hacía un frío que cortaba la carne. Subí por la Rambla en dirección a la plaza de Catalunya y, en cuanto vi un bar abierto, entré y pedí el whisky que no me había atrevido a pedir en Tabú. Me lo bebí de un par de tragos apresurados y pedí otro. Reconfortado por el alcohol, reflexioné sobre lo que acababa de ocurrir. Me pregunté en qué estado habría quedado la mujer, que en el último momento había dejado de resistirse a las patadas de su agresor y yacía inerme en el suelo, desmadejada y tal vez inconsciente. Me dije que, de no haber sido por la intervención in extremis de los dos porteros, nada indicaba que el hombre hubiera dejado de pegar a su víctima hasta quedarse sin fuerzas o hasta matarla. No me pregunté, en cambio, lo que sí se había preguntado la encargada del local: por qué yo no había hecho nada para detener la paliza; no me lo pregunté porque lo sabía: por miedo; tal vez también por indiferencia; y hasta por una sombra de crueldad: es posible que alguna parte de mí hubiera disfrutado con aquel espectáculo de dolor y de furia, y que a esa misma parte no le hubiera importado que continuase. Fue entonces cuando, como si emergiera de una sima de siglos, recordé una escena paralela e inversa a la que acababa de presenciar en Tabú, una escena ocurrida más de treinta años atrás en un bar de una lejana ciudad que no conocía. Allí, en algún lugar de Saigón, mi amigo Rodney había defendido a una camarera vietnamita de la brutalidad alcoholizada de un suboficial de los Boinas Verdes; no había sido indiferente ni cruel: había vencido el miedo y no le había faltado coraje. Exactamente lo que yo no había hecho ni había tenido unos minutos atrás. Más que vergüenza por mi cobardía, por mi crueldad y por mi indiferencia, sentí extrañeza por el hecho de recordar a Rodney precisamente en aquel momento, cuando ya hacía casi dos años que lo había olvidado.

Horas más tarde, recapitulando lo ocurrido aquella noche, pensé que ese recuerdo intempestivo era en realidad una premonición. Lo pensé entonces, pero pude pensarlo mucho antes, justo cuando al terminar de tomarme el whisky en aquel bar de la Rambla y sacar la billetera para pagarlo cayó al suelo el mazo desordenado de papeles que guardaba en ella; me agaché a recogerlos: había tarjetas de crédito, el carnet de conducir y el de identidad, facturas atrasadas, trozos de hojas de bloc garabateados de números de teléfonos y nombres vagamente conocidos. Entre ellos estaba la fotografía, doblada y arrugada; la desdoblé, la miré un segundo, menos de un segundo, reconociéndola sin querer reconocerla, más con incredulidad que con asombro; luego volví a doblarla rápidamente y volví a meterla en la billetera con los demás papeles. Acto seguido pagué, salí a la calle con una sensación de vértigo o de peligro real, igual que si llevara en la billetera una bomba, y eché a andar muy deprisa, sin sentir el frío de la noche, sin reparar en las luces y la gente de la noche, tratando de no pensar en la fotografía pero sabiendo que esa imagen procedente de una vida que casi creía cancelada podía estallar ante la puerta de piedra en que se había convertido mi futuro, abriendo una grieta por la que de inmediato se filtrarían en el presente el futuro y el pasado, la realidad. Subí por la Rambla, crucé la plaza de Catalunya, caminé paseo de Gràcia arriba, doblé a la izquierda al llegar a Diagonal y seguí andando muy deprisa, como si necesitara agotarme cuanto antes o juntar coraje o posponer todo lo posible el momento inevitable. Por fin, en una esquina de Balmes, a la luz cambiante de un semáforo, me decidí: abrí la billetera, busqué la fotografía y la miré. Era una de las fotografías que Paula y Gabriel se habían tomado con Rodney durante la visita de mi amigo a Gerona, y también la única imagen de Paula y Gabriel que yo había conservado por descuido: de las demás me había deshecho al mudarme a Barcelona. Allí estaban los dos, en aquel pedazo de papel olvidado, como dos fantasmas que se resisten a desvanecerse, diáfanos, sonrientes e intactos en el puente de Les Peixeteries Velles; y allí estaba Rodney, muy erguido entre ambos, con su parche de tela en el ojo y sus dos manos enormes posadas sobre los hombros de mi mujer y mi hijo, igual que un cíclope dispuesto a protegerlos de una amenaza todavía invisible. Me quedé mirando la fotografía; no trataré de describir lo que pensaba: hacerlo sería desvirtuar lo que sentí mientras lo pensaba. Sólo diré que ya llevaba mucho tiempo con los ojos clavados en la fotografía cuando me di cuenta de que estaba llorando, porque las lágrimas, que me caían a chorros por las mejillas, me estaban empapando la camisa de franela y las solapas del abrigo. Lloraba como si no fuese a dejar de llorar nunca. Lloraba por Paula y por Gabriel, pero quizá sobre todo lloraba porque hasta entonces no había llorado por ellos, ni a su muerte ni en los meses de pánico, culpa y reclusión que la siguieron. Lloraba por ellos y por mí; también supe o creí saber que estaba llorando por Rodney y, con una extraña sensación de alivio —como si pensar en él fuese la única cosa que podía eximirme de tener que pensar en Paula y en Gabriel—, lo imaginé en aquel mismo instante en su casa de Rantoul, su casa provinciana de dos plantas y buhardilla y porche y jardín con dos arces en Belle Avenue, con su trabajo apacible y rutinario de maestro de escuela, viendo crecer a su hijo y madurar a su mujer, redimido del destino de inadaptado incurable que durante más de treinta años lo había acorralado encarnizadamente, dueño de todo lo que yo había tenido en el tiempo satinado e inaccesible de la fotografía que ahora me lo devolvía.

No sé cuánto tiempo llevaba parado junto al semáforo cuando conseguí meter la fotografía en la billetera, crucé Balmes y, sin dejar de llorar (o eso creo), eché a andar hasta Muntaner y luego hacia la parte alta. De nuevo trataba de no pensar en nada, pero pensaba en Paula y en Gabriel; hacerlo me dolía como una amputación: para evitar el dolor me forcé a pensar de nuevo en Rodney. Recordaba nuestras conversaciones sin descanso de Treno's, mi visita a su padre en Rantoul, mi proyecto siempre postergado de escribir algún día su historia y la conversación que mantuvimos en Madrid, cuando yo había descubierto con una repugnancia que ahora me pareció repugnante que mi amigo cargaba en su conciencia con la muerte de mujeres y niños. Y en algún momento, entre las imágenes que cruzaban como nubes o aerolitos mi cerebro obnubilado, recordé a Rodney en la fiesta del chino Wong, rodeado de gente y sin embargo impermeable, tan solo como un animal extraviado en medio de una manada de animales de otra especie, lo recordé en las escaleras del porche de Wong, aquella misma noche, alto, ruinoso, desamparado y vacilante, abrigándose con su chaquetón de cuero y su gorro de piel mientras yo lo observaba desde una ventana que daba a la calle y la nieve caía en grandes copos sobre la calzada y él miraba a la noche sin llorar (aunque al principio a mí me había parecido que lloraba), la miraba más bien como si caminara por un desfiladero junto a un abismo muy negro y no hubiera nadie que tuviera tanto vértigo y tanto miedo como él. Y entonces entendí de repente lo que no había entendido aquella noche de tantos años atrás, y era que si yo había abandonado la fiesta y había ido en busca de Rodney fue porque observándole desde la ventana supe que era el hombre más solo del mundo y que, por alguna razón indudable que sin embargo no estaba a mi alcance, yo era la única persona que podía acompañarlo, y entendí también que en esta noche de tantos años más tarde las tornas habían cambiado. Ahora yo también era responsable de la muerte de una mujer y un niño (o me sentía responsable de la muerte de una mujer y un niño), ahora era yo el hombre más solo del mundo, un animal extraviado en medio de una manada de animales de otra especie, ahora era Rodney, y quizá sólo Rodney, quien podía acompañarme, porque él había recorrido mucho antes y durante mucho más tiempo que yo la misma galería de espanto y remordimientos por la que desde hacía varios meses yo andaba a tientas, y había encontrado la salida: sólo Rodney, mi semejante, mi hermano –un monstruo como yo, como yo un asesino– podía mostrarme una ranura de luz en aquel túnel de desdicha por el que, sin que ni tan sólo tuviera fuerzas para desear salir de él, yo estaba caminando a solas y a oscuras desde la muerte de Gabriel y de Paula, igual que Rodney lo había hecho durante treinta años desde que al doblar algún recodo de algún sendero de algún lugar sin nombre de Vietnam vio aparecer a un soldado que era él.

Aquella noche volví a casa más temprano que de costumbre, me tumbé en la cama con los ojos abiertos y, por vez primera en muchos meses, dormí seis horas seguidas. Tuve dos sueños. En el primero sólo aparecía Gabriel. Estaba jugando al futbolín en un local grande y destartalado y vacío como un garaje, golpeando las bolas con una alegría adulta, casi feroz; no tenía adversario o yo no podía distinguir a su adversario, y no parecía oír los gritos con que yo trataba de atraer su atención; hasta que de repente soltó las manijas y, fastidiado o furioso, se volvió hacia mí. «No llores, papá», dijo entonces con una voz que no era la suya, o que no acerté a reconocer. «No me dolió.» El segundo sueño fue más largo y más complejo, más inconexo también. Primero vi las caras de Paula y de Gabriel, muy juntas, casi mejilla contra mejilla, sonriéndome de forma inquisitiva como si estuvieran al otro lado de un cristal. Luego la cara de Rodney se sumó a ellas y las tres empezaron a superponerse igual que en una transparencia, fundiéndose las unas en las otras, de tal modo que la cara de Gabriel se modificaba hasta convertirse en la de Paula o Rodney, y la cara de Paula se modificaba hasta convertirse en la de Rodney o Gabriel, y la cara de Rodney se modificaba hasta convertirse en la de Gabriel o Paula. Al final del sueño me veía llegando a la casa de Rodney en Rantoul, en un día azul y soleado, y descubriendo con angustia indecible, entre sonrisas falsas y miradas de recelo, que quien vivía con mi amigo no eran su mujer y su hijo, sino Paula y Gabriel, o una mujer y un niño que fingían la voz y el físico y hasta los gestos de afecto de Paula y Gabriel, pero que de algún modo perverso no eran ellos.

Al día siguiente me despertó la ansiedad. Me afeité, me duché, me vestí y, mientras tomaba café y fumaba un cigarrillo, decidí escribir a Rodney. Recuerdo bien la carta. En ella empezaba disculpándome por haber dejado de escribirle; luego le preguntaba por su vida, por su mujer y su hijo; luego le mentía: le hablaba de Gabriel y de Paula como si todavía estuvieran vivos, y también le hablaba de mí como si desde muchos meses atrás no estuviera ocupado en morir sino en vivir y no me hubiera convertido en un fantasma o un zombi y siguiera viviendo y escribiendo igual que si no tuviera destruida la morada del alma. De inmediato noté que escribir a Rodney obraba sobre mí como un lenitivo y, mientras veía brotar las palabras como insectos en la pantalla del ordenador, casi sin advertirlo concebí la ilusión sin argumentos de que visitar a Rodney en Rantoul era la única forma de romper la lógica de aniquilación en la que me hallaba atrapado. Apenas acabé de formular esta idea empecé a ponerla por escrito, pero, porque comprendí que era apremiante y brutal y que exigía demasiadas explicaciones, de inmediato la suprimí, y, tras darle muchas vueltas y hacer y rehacer varios borradores, acabé expresándole simplemente mi deseo de volver algún día a Urbana y de que volviéramos a vernos allí o en Rantoul, una declaración lo bastante vaga como para que no desentonase con el talante sosegado y casual del resto de la misiva. Terminé de redactarla cuando ya era de noche, y por la mañana la envié a Rantoul por correo urgente.

Durante un par de semanas esperé en vano la respuesta de Rodney. Temiendo que se hubiera extraviado mi carta, volví a imprimirla, volví a enviarla; el resultado fue el mismo. Este silencio me desconcertó. No juzgaba verosímil que ninguna de las dos cartas hubiese llegado a su destino, pero sí que Rodney las hubiera recibido y, por alguna razón (tal vez porque había sentido como una ingratitud o un agravio que en plena vorágine del éxito yo hubiera interrumpido sin explicaciones nuestra correspondencia), se negara a contestarlas; también cabía la posibilidad de que Rodney ya no viviera en Rantoul, una conjetura avalada por el hecho de que, según pude averiguar, no había en Rantoul ningún teléfono a nombre de nadie llamado Falk. Cualquiera de las dos hipótesis era plausible, pero no recuerdo cómo llegué a la conclusión de que la más razonable era la segunda, que era también la más inquietante o la menos optimista: al fin y al cabo, si el orgullo herido era la causa del silencio de Rodney, entonces cabía la esperanza de romper éste, porque no era insensato pensar que tarde o temprano aquél cicatrizaría; pero si la causa de su silencio era que Rodney no había recibido mis cartas porque se había trasladado a vivir con su familia a otra ciudad (o, peor aún, porque de nuevo había huido, convertido de nuevo en un fugitivo crónico incapaz de liberarse de su pasado oprobioso), entonces cualquier perspectiva de volver a ver a Rodney se evaporaba para siempre. Pronto el desconcierto se trocó en desánimo, y la fugaz ensoñación de que un encuentro con Rodney ejerciera sobre mí el efecto de una especie de sortilegio salutífero se reveló de súbito como una última y ridícula añagaza de la impotencia. Otra vez no tenía ante mí más que una puerta de piedra.

Volví a mi vida de subsuelo; dejé pasar el tiempo. Un viernes de febrero, más o menos dos meses después de que tratara de reanudar mi correspondencia con Rodney, al abrir mi buzón para recoger la caja de porros que Marcos me dejaba allí cada semana encontré una carta de mi agente literaria. A diferencia de lo que había hecho otras veces, en esta ocasión la abrí: mi agente me anunciaba en la carta que la embajada española en Washington me proponía realizar un viaje promocional por diversas universidades de Estados Unidos. No sé si he dicho que este tipo de invitaciones a viajar aquí y allá se había convertido en algo tan rutinario como el silencio administrativo con que contestaba a todas ellas. Ya iba a tirar la carta cuando me acordé de Rodney; abrí la caja de Marcos, saqué un porro, lo encendí, di un par de caladas y me guardé la carta en un bolsillo. Luego salí a la calle y eché a andar hacia el centro. Aquella noche no hice nada distinto de lo que venía haciendo desde hacía meses; tampoco la del sábado, ni la del domingo. Pero durante todo el fin de semana no dejé de pensar en la propuesta, y el lunes por la tarde, después de mucho tiempo sin dar señales de vida, llamé por teléfono a mi agente. Aún no había superado la sorpresa de la llamada cuando le di la sorpresa añadida de que había decidido aceptar el viaje por Estados Unidos con la condición inexcusable de que una de sus etapas fuera Urbana. A partir de aquí todo fue muy rápido: la embajada y las universidades aceptaron mis condiciones, organizaron el viaje y a mediados de abril, casi quince años después de marcharme de Urbana, volví a tomar un avión hacia Estados Unidos.

El álgebra de los muertos

El viaje por Estados Unidos duró dos semanas durante las cuales recorrí el país de costa a costa, dominado al principio por un estado de ánimo al menos contradictorio: por una parte estaba expectante, deseoso no sólo de volver a Urbana, de volver a ver a Rodney, sino también –lo que quizá equivalía a lo mismo– de emerger por un tiempo de la suciedad del subsuelo y aligerarme del peso de un pasado que no existía o podía fingir que no existía en el lugar de arribada; pero, por otra parte, también sentía una aprensión acuciante porque por vez primera en casi un año iba a salir del estado de hibernación con el que había tratado de preservarme de la realidad e ignoraba cuál iba a ser mi reacción cuando volviera a exponerme a ella en carne viva. Así que, aunque pronto advertí que no me había desacostumbrado del todo a la intemperie, durante los primeros días tuve la sensación de andar un poco a ciegas, como quien después de un largo encierro a oscuras tarda un tiempo en habituarse a la luz. Salí de España un sábado y sólo al cabo de siete días llegué a Urbana, pero apenas pisé Estados Unidos empecé a tener noticias de la gente de Urbana. La pri-

227

mera escala del viaje fue la Universidad de Virginia, con sede en Charlottesville. Mi anfitrión, el profesor Victor T. Davies, un renombrado especialista en la literatura de la Ilustración, fue a buscarme al aeropuerto de Dulles, en Washington, y durante las dos horas de trayecto hasta la universidad hablamos de algunos conocidos comunes; entre ellos apareció Laura Burns. Hacía años que yo no tenía noticias de Laura, como no las tenía de ninguno de los amigos de Urbana, pero Davies mantenía frecuentes contactos con ella desde que había publicado una edición crítica (excelente, precisó) de *Los eruditos a la violeta,* la obra de Cadalso; según me contó Davies, Laura se había divorciado hacía varios años de su segundo marido y ahora impartía clases en la Universidad de Saint Louis, a menos de tres horas en coche de Urbana.

–Si hubiera sabido que erais amigos le hubiera dicho que ibas a venir –se lamentó Davies.

Al llegar a Charlottesville le pedí el número de teléfono de Laura y esa misma noche la llamé desde mi habitación en el Colonnade Club, un suntuoso pabellón dieciochesco destinado al alojamiento de los visitantes oficiales de la universidad. A Laura la llamada la llenó de un júbilo exagerado y casi contagioso y, superado el primer momento de estupor y tras un rápido intercambio de informaciones, acordamos que ella se pondría en contacto con John Borgheson, que ahora era el jefe del departamento y había organizado mi estancia en Urbana, y que en cualquier caso nos veríamos allí el sábado siguiente.

La segunda ciudad que visité fue Nueva York, donde debía pronunciar una conferencia en el Barnard College, una institución adscrita a la Universidad de Columbia. La misma noche de mi llegada, después de la conferencia, mi anfitriona, una profesora española llamada Mercedes Esteban, me invitó a cenar en compañía de otros dos colegas a un restaurante mexicano de la calle 43; allí, sentado a una mesa, nos aguardaba Felipe Vieri. Al parecer, Esteban y él se habían conocido cuando ambos enseñaban en la Universidad de Nueva York y desde entonces mantenían una buena amistad; había sido ella quien le había hecho saber de mi visita, y entre los dos habían organizado aquel reencuentro inesperado. Hacía muchos años que Vieri y yo habíamos dejado de escribirnos y que, aparte de alguna noticia dispersa cazada aquí y allá (desde luego a Vieri también le habían llegado los ecos del éxito de mi novela), lo ignorábamos todo el uno del otro, pero durante la cena mi amigo hizo cuanto pudo para rellenar ese hueco. Supe así que Vieri seguía enseñando en la Universidad de Nueva York, que seguía viviendo en Greenwich Village, que había publicado alguna novela y varios libros de ensayo, uno de los cuales versaba sobre el cine de Almodóvar; por mi parte le mentí igual que había hecho en la carta inútil que le había mandado a Rodney, igual que les había mentido a Davies y a Laura: le hablé de Gabriel y de Paula como si estuvieran vivos y de mi vida feliz de exitoso escritor provinciano. Pero de lo que más hablamos fue de Urbana. Vieri había traído consigo varios ejemplares de *Línea Plural* («una joya inencontrable», se burló, afeminando el gesto y la voz y dirigiéndose a los demás comensales) y un montón de fotos entre las que reconocí una de la reunión de colaboradores de la revista en la que Rodrigo Ginés refirió su encuentro dadá con Rodney mientras éste pegaba pasquines trotskistas contra la General Electric. Señalando a un muchacho de sonrisa radiante que miraba a la cámara desde aquella foto, emparedado entre Rodrigo y yo, Vieri preguntó:

–¿Te acuerdas de Frank Solaún?

–Claro –contesté–. ¿Qué ha sido de él?

–Murió hace siete años –dijo Vieri sin apartar la vista de la foto–. De sida.

Asentí, pero nadie añadió ningún comentario y continuamos hablando: de Borgheson, de Laura, de Rodrigo Ginés, de amigos y conocidos; Vieri tenía noticias bastante precisas de muchos de ellos, pero durante la cena no me atreví a preguntarle por Rodney. Lo hice más tarde, en un bar situado en la esquina de Broadway y la calle 121, cerca del Union Theological Seminary –el dormitorio de la universidad en el que me alojaba–, donde estuvimos conversando a solas hasta la madrugada. Previsiblemente, Vieri se acordaba muy bien de Rodney; previsiblemente, no había vuelto a saber de él; también previsiblemente, se extrañó de que fuera yo, que había sido su único amigo en Urbana, quien le preguntara por Rodney.

–Seguro que en Urbana alguien sabe de él –aventuró.

Con esa esperanza llegué por fin a Urbana al mediodía del sábado, procedente de Chicago. Recuerdo que al despegar del aeropuerto de O'Hare y empezar a sobrevolar los suburbios de la ciudad –con la línea dentada de los rascacielos recortándose contra el azul inflamado del cielo y el azul intenso del lago Michigan– no pude evitar acordarme de mi primer viaje desde Chicago hasta Urbana, diecisiete años atrás, en un autobús de la Greyhound asediado por la canícula de agosto, mientras a mi alrededor desfilaba una extensión inacabable de tierra parda y deshabitada idéntica a la que ahora parecía casi detenida bajo mi avión, salpicada aquí y allá de manchas verdes y ranchos dispersos; me acordé de aquel primer viaje y me pareció asombroso estar a punto de llegar de nuevo a Urbana, un lugar que en aquel momento, justo cuando iba a poner los pies en él después de tanto tiempo, de repente me pareció tan ilusorio como una invención del deseo o la nostalgia. Pero Urbana no era una invención. En el aeropuerto me esperaba John Borgheson, tal vez más calvo pero no más decrépito que la última vez que lo había visto años atrás, en Barcelona, en todo caso igual de afable y acogedor y más británico que nunca y, mientras me llevaba al Chancellor Hotel y yo contemplaba sin reconocerlas las calles de Urbana, me detalló el plan que había diseñado para mi estancia en la ciudad, me contó que la fiesta de bienvenida estaba prevista para aquella misma tarde a las seis y me propuso pasar a buscarme por el hotel diez minutos antes de esa hora. En el Chancellor me duché y me cambié de ropa; luego bajé al hall y maté el tiempo paseando arriba y abajo a la espera de Borgheson, hasta que en algún momento me pareció reconocer fugazmente a alguien; sorprendido, retrocedí, pero lo único que vi fue mi rostro reflejado en un gran espejo de pared. Preguntándome cuánto tiempo hacía que no me miraba en un espejo, miré mi rostro en el espejo igual que si mirara el de un desconocido, y mientras lo hacía imaginé que estaba cambiando de piel, pensé que aquél era el lugar de arribada, pensé en el peso del pasado y en la suciedad del subsuelo y en la prometida claridad de la intemperie, y pensé también que, aunque el objetivo de aquel viaje fuera quimérico o absurdo, el hecho de haberlo emprendido no lo era.

Borgheson llegó a la hora fijada y me llevó a la casa de una profesora de literatura que había insistido en organizar la fiesta. Se llamaba Elizabeth Bell y había llegado a Urbana casi al mismo tiempo que yo me marchaba de allí, así que sólo la recordaba vagamente; en cuanto a los demás invitados, en su mayoría profesores y ayudantes de español, no conocía a ninguno. Hasta que apareció Laura Burns, rubia, guapa y urgente, que me abrazó y me besó con estrépito, besó y abrazó con estrépito a Borgheson, con estrépito saludó a los demás invitados y de inmediato se adueñó de la conversación, al parecer dispuesta a cobrarnos con su protagonismo absoluto las dos horas y media de coche que había empleado en venir desde Saint Louis. No era la primera vez que hacía ese viaje: durante la conversación telefónica que había mantenido con ella desde Charlottesville, Laura me contó que de vez en cuando iba a visitar a Borgheson, quien, según comprobé aquella noche, había dejado de tratarla como a una discípula sobresaliente para tratarla como a una hijastra díscola cuyas calaveradas se avergonzaba de considerar irresistiblemente graciosas. Durante la cena Laura no dejó ni un instante de hablar, aunque, pese a que estábamos sentados uno al lado del otro, no cruzó una palabra conmigo a solas o en un aparte; lo que hizo fue hablarles a los otros de mí, como si fuera una de esas esposas o madres que, igual que criaturas simbióticas, sólo parecen vivir en función de los logros de sus esposos o hijos. Primero habló del éxito de mi novela, sobre la que había escrito un artículo encomiástico en *World Literature Today*, y más tarde discutió con Borgheson, Elizabeth Bell y el marido de ésta –un lingüista español llamado Andrés Viñas– sobre los personajes reales que se ocultaban tras los personajes ficticios de *El inquilino,* la novela que yo había escrito y ambientado en Urbana, y en algún momento contó que el jefe del departamento de aquella época se había sentido retratado en el jefe del departamento que aparecía en el libro y se las había arreglado para que desaparecieran todos los ejemplares que guardaba la biblioteca, pero me extrañó que ni Laura ni Borgheson ni Elizabeth Bell ni Viñas mencionaran a Olalde, el ficticio profesor español cuyo físico extravagante –y quizá no sólo su físico– estaba transparentemente inspirado en el físico de Rodney. Luego Laura pareció cansarse de hablar de mí y empezó a contar anécdotas y a burlarse a carcajadas de sus dos antiguos maridos y sobre todo de sí misma como mujer de sus dos antiguos maridos. Sólo después de la cena Laura cedió el monopolio de la conversación, que inevitablemente derivó entonces hacia un catálogo razonado de las diferencias que separaban la Urbana de quince años atrás y la Urbana actual, y luego hacia el recuento deshilachado de las vidas tan dispares como azarosas que habían llevado en aquel tiempo los profesores y ayudantes con quienes yo había coincidido allí. Todo el mundo conocía alguna historia o algún retazo de historia, pero quien parecía mejor informado era Borgheson, al fin y al cabo el profesor más antiguo del departamento, así que cuando salimos a fumarnos un cigarrillo al jardín en compañía de Laura, de Viñas y de un ayudante le pregunté si sabía algo de Rodney.

–Carajo –dijo Laura–. Es verdad: el chiflado de Rodney.

Borgheson no se acordaba de él, pero Laura y yo le ayudamos a hacer memoria.

–Claro –recordó por fin–. Falk. Rodney Falk. El grandullón que había estado en Vietnam. Se me había olvidado por completo. Era de por aquí cerca, de Decatur o de un sitio así, ¿no? –No dije nada, y Borgheson prosiguió–: Claro que me acuerdo. Pero lo traté muy poco. ¿No me digas que erais amigos?

–Compartimos despacho durante un semestre –contesté, evasivo–. Luego él desapareció.

–Vamos, vamos –terció Laura, colgándoseme de un hombro–. Pero si estaban ustedes todo el día conspirando en Treno's igual que si fueran de la CIA. Siempre me pregunté de qué hablaban tanto.

–De nada –dije yo–. De libros.

–¿De libros? –dijo Laura.

–Era un tipo curioso –intervino Borgheson, dirigiéndose a Viñas y al ayudante, que seguían la conversación con aire de estar de veras interesados en ella–. Parecía un *redneck,* un palurdo, y desde luego nunca daba la impresión de tener la cabeza del todo en su sitio. Pero resulta que era un tipo cultísimo, leidísimo. O por lo menos eso era lo que decía de él Dan Bleylock, que sí fue su amigo. ¿Te acuerdas de Bleylock?

–Pero ¿cómo quieres que no se acuerde? –contestó por mí Laura–. No sé tú, pero yo nunca me he encontrado con un tipo que sea capaz de hablar diecisiete lenguas amerindias. ¿Sabes, John? Siempre pensé que, si los marcianos llegan a la tierra, por lo menos tenemos una forma de asegurarnos de que son marcianos: les enviamos a Bleylock y, si él no los entiende, es que son marcianos.

Borgheson, Viñas y el ayudante se rieron.

–Se jubiló hace dos años –prosiguió Borgheson–. Ahora vive en Florida, de vez en cuando recibo un correo electrónico suyo... En cuanto a Falk, la verdad es que no he vuelto a oír ni una sola palabra de él.

La fiesta terminó hacia las nueve, pero Laura y yo fuimos a tomarnos una copa a solas antes de que ella emprendiera el camino de regreso a Saint Louis. Me llevó a The Embassy, un bar de forma alargada, pequeño y penumbroso, con las paredes y el suelo revestidos de madera, que se hallaba junto a Lincoln Square, y apenas nos sentamos a la barra, frente a un espejo que repetía la atmósfera sosegada del local, recordé que en aquel bar transcurría una escena de mi novela ambientada en Urbana. Mientras pedíamos las copas se lo dije a Laura.

–Claro –sonrió–. ¿Por qué crees que te he traído aquí?

Estuvimos charlando en The Embassy hasta muy tarde. Hablamos un poco de todo; también, como si estuviesen vivos, de mi mujer y de mi hijo muertos. Pero lo que sobre todo recuerdo de aquella conversación fue el final, quizá porque en aquel momento tuve por vez primera la intuición falaz de que el pasado no es un lugar estable sino cambiante, permanentemente alterado por el futuro, y de que por tanto nada de lo ya acontecido es irreversible. Ya habíamos pedido la cuenta cuando, no como quien hace balance de la noche sino como quien profiere un comentario al desgaire, Laura dijo que el éxito me había sentado bien.

–¿Por qué iba a sentarme mal? –pregunté, y acto seguido dije de forma automática lo que desde hacía dos años decía cada vez que alguien incurría en el mismo error–: Los escritores de éxito dicen que la condición ideal de un escritor es el fracaso. Créeme: no les creas. No hay nada mejor que el éxito.

Y entonces, también como hacía siempre, cité la frase de un escritor francés, tal vez Jules Renard, con la que veinte años atrás Marcos Luna le había cerrado la boca a un compañero en la Facultad de Bellas Artes: «Sí, lo sé. Todos los grandes hombres fueron ignorados; pero yo no soy un gran hombre, así que preferiría tener éxito inmediatamente». Laura se rió.

–No hay duda –dijo–. Te ha sentado bien. Digas lo que digas, es raro. Ahí tienes a mi segundo marido. El jodido gringo se ha forrado haciendo lo que le gusta, pero no para de quejarse de la esclavitud del éxito, de que si esto y de que si lo otro y de que si lo de más allá. *Bullshit.* Por lo menos los que fracasamos no nos dedicamos a joderles la paciencia a los demás con nuestro fracaso.

Con deliberada ingenuidad pregunté:

–¿Tú has fracasado?

Una sonrisa mordaz curvó sus labios.

–Claro que no –dijo en un tono equívoco, entre agresivo y tranquilizador–. Era sólo una forma de hablar, hombre. Ya todos sabemos que sólo fracasan los idiotas. Pero ahora dime una cosa: ¿cómo le llamas tú a haber tirado por la borda dos matrimonios, estar más sola que una perra, tener cuarenta años y ni siquiera haber hecho una carrera académica decente? –Hizo un silencio y, a la vista de que yo no contestaba, prosiguió sin acritud, como apaciguada por su propio sarcasmo–: En fin, vamos a dejarlo... ¿Qué vas a hacer mañana?

El camarero vino con la cuenta.

–Nada –mentí mientras pagaba, encogiéndome de hombros–. Darme una vuelta por aquí. Ver la ciudad.

–Es una buena idea –dijo Laura–. ¿Sabes? Tengo la impresión de que en los dos años que pasaste en Urbana no viste nada, no te enteraste de nada. La verdad, chico: parecía que llevases puestas unas orejeras de burro.

Laura se quedó un momento mirándome como si no hubiese acabado de hablar, como si dudara o como si fuera a disculparse por sus palabras, pero a continuación dejó su vaso en la barra, me pasó una mano por la mejilla, me besó en los labios, saliendo del beso sonrió suavemente, en voz baja repitió:

–De nada.

Quedé en silencio, perplejo. Laura recuperó el vaso y apuró su contenido de un trago.

–Tranquilo, chico –dijo entonces, volviendo a su tono de siempre–. No te voy a pedir que te acuestes conmigo, que ya estoy muy mayorcita para que un pendejo como tú me dé calabazas, pero por lo menos hazme el favor de quitarte esa cara de comemierda que se te ha puesto... Bueno, ¿nos vamos?

Laura me llevó en su coche hasta el Chancellor, y cuando paró a la puerta le propuse que tomáramos la última copa en el bar del hotel; apenas pronuncié esas palabras me acordé de Patricia, la mujer de Marcos, y me arrepentí de la propuesta: más que una insinuación parecía un patético intento de desagravio, una palmadita de consuelo en la espalda. Laura negó con la cabeza.

–Es mejor que no –dijo sonriendo apenas–. Es muy tarde y yo todavía tengo más de dos horas de viaje por delante.

Nos dimos un abrazo y, mientras lo hacíamos, por un instante sentí un alfilerazo de nostalgia anticipada, porque intuí que aquélla era la última vez que iba a ver a Laura, e intuí que ella también lo intuía.

–Me alegro mucho de haberte visto –dijo mi amiga cuando yo abría la puerta del coche–. Me alegro de que estés bien. Quién sabe: a lo mejor voy alguna vez por Barcelona, me gustaría conocer a tu mujer y a tu hijo.

Sin acabar de salir del coche la miré en los ojos y pensé en decirle: «Los dos están muertos, Laura. Los maté yo».

–Claro, Laura –fue lo que le dije, sin embargo–. Ven cuando quieras. Les encantará conocerte.

Luego cerré la puerta y entré en el hotel sin volverme para verla alejarse.

Al día siguiente desperté sin saber dónde estaba, pero esa sensación duró sólo unos segundos y, tras reconciliarme con el hecho asombroso de que me encontraba de vuelta en Urbana, mientras me duchaba decidí convertir en verdad la mentira que le había dicho a Laura en The Embassy y posponer hasta el mediodía mi visita a Rodney en Ratoul. Así que después de desayunar en el Chancellor eché a andar en dirección al centro. Era domingo, las calles estaban casi desiertas y al principio todo me resultaba vagamente familiar, pero al cabo de unos minutos ya estaba perdido y no pude por menos de pensar que tal vez Laura tenía razón y yo había vivido durante dos años en Urbana con unas orejeras puestas, como un fantasma o un zombi deambulando por entre aquella población de fantasmas o zombis. Tuve que parar a un tipo que hacía footing con unos auriculares puestos para que me indicara el modo de llegar hasta el campus; obedeciendo sus indicaciones, al desembocar finalmente en Green Street me orienté. Fue así como, igual que si persiguiese la sombra del alegre y temible y arrogante kamikaze que yo había sido en Urbana, vi de nuevo el césped verdísimo del Quad, el Foreign Languages Building, mi antigua casa del 703 de West Oregon, Treno's. Todo estaba más o menos como yo lo recordaba, excepto Treno's, convertido ahora en uno de esos cafés intercambiables que los esnobs americanos consideran muy europeos (de Roma) y los esnobs europeos consideran muy americanos (de Nueva York), pero que es imposible ver ni en Nueva York ni en Roma. Entré, pedí una cocacola en la barra y, mirando la mañana soleada a través de los ventanales que daban a Goodwin, me la bebí de un par de tragos. Luego pagué y salí.

En la conserjería del Chancellor me indicaron una tienda de alquiler de coches que estaba abierta en domingo. Allí alquilé un Chrysler, me aseguré consultando con un empleado de que recordaba el camino y media hora más tarde, después de hacer la misma ruta que quince años atrás había hecho para ver al padre de Rodney (por Broadway y Cunningham Avenue y luego por la autopista del norte), llegaba a Rantoul. En cuanto entré en la ciudad reconocí el cruce entre Liberty Avenue y Century Boulevard, y también la gasolinera, que ahora se llamaba Casey's General Store y había sido remozada con modernos surtidores y ampliada con un supermercado-cafetería. Como no estaba seguro de acertar a localizar la casa de Rodney, detuve allí el coche, entré en la cafetería y le pregunté por Belle Avenue a una camarera gorda, de uniforme y cofia blancos, que me dio a gritos unas indicaciones confusas sin dejar de atender a sus clientes. Volví al coche, traté de seguir las indicaciones de la camarera y, justo cuando ya creía haberme perdido otra vez, vi las vías del tren y de golpe supe dónde estaba. Di marcha atrás, torcí a la derecha, pasé junto a la puerta cerrada del Bud's Bar y enseguida aparqué frente a la casa de Rodney. Su aspecto no era muy distinto del de hacía quince años, aunque su tamaño y su prestancia un poco caduca de vieja mansión de campo todavía contrastaba más que en mi recuerdo con la funcionalidad anodina de los edificios aledaños. Sin duda Rodney la había acondicionado para su familia, porque la fachada y el porche parecían recién blanqueados, y por eso me extrañó que, entre la pareja de arces que se erguía en el jardín delantero, ondeasen aún las barras y estrellas de la bandera americana en un pequeño mástil clavado en el césped. Me quedé un momento en el coche, con el corazón latiéndome en la garganta, tratando de asimilar el hecho de estar por fin allí, al final del viaje, a punto de volver a encontrarme con Rodney, y al cabo de unos segundos subí las escaleras del porche y llamé al timbre. Nadie contestó. Luego volví a llamar, con idéntico resultado. A pocos metros de la puerta, a la derecha, había una ventana que, según recordaba, daba al salón donde yo había estado conversando con el padre de Rodney, pero no pude atisbar el interior de la casa a través de ella, porque unas cortinas blancas lo impedían. Me di la vuelta: un todoterreno conducido por un anciano dobló la esquina, pasó lentamente frente a mí y se alejó hacia el centro de la ciudad. Bajé las escaleras del porche y, mientras encendía un cigarrillo en el jardín, pensé en llamar a la casa de algún vecino para preguntar por Rodney, pero descarté la idea cuando advertí que una mujer en bata me escudriñaba desde una ventana, al otro lado de la calle. Decidí dar un paseo. Caminé hacia las vías, más allá de las cuales la ciudad parecía desintegrarse en un desorden de baldíos, bosques minúsculos y campos cultivados, y luego en paralelo a ellas, desandando el camino que acababa de hacer en coche, y al llegar a la altura del Bud's Bar vi que acababan de abrirlo: la puerta continuaba cerrada, pero había una camioneta aparcada frente a ella y, pese al sol vertical de la mañana, anuncios luminosos de Miller Lite, de Budweiser, de Icehouse y de Ice Brewer brillaban tenuemente en las ventanas; encima de ellos había un gran letrero de apoyo a los soldados norteamericanos que combatían en el extranjero: «Pray for peace. Support our troops».

Entré. El local estaba vacío. Me senté en un taburete, frente a la barra, y esperé a que vinieran a atenderme. El Bud's Bar seguía siendo la desangelada cantina de pueblo que yo recordaba, con su leve olor de establo y sus billares y sus juke-box y sus pantallas de televisión por todas partes, y cuando vi aparecer por una puerta batiente a un tipo cachazudo, tocado con una gorra de los Red Socks, quise pensar que era el mismo camarero que quince años atrás me había indicado dónde se hallaba la casa de Rodney. El hombre hizo un comentario, que no entendí del todo (algo como que no hay que fiarse de la gente que empieza a beber antes de desayunar), y ya detrás de la barra, un poco deslumbrado por el resol que entraba a mi espalda por los ventanales, me preguntó qué quería tomar. Me fijé en su cara rocosa, sus ojos achinados, su nariz de boxeador y su pelo escaso y entreverado de ceniza sobresaliendo de la gorra sudada; no sin cierta sorpresa me dije que en efecto era el mismo hombre, dieciséis años más viejo. Le pedí una cerveza, me la sirvió, apoyó sus manos de matarife sobre la barra y antes de que yo pudiera interrogarle acerca de Rodney preguntó:

–No es usted de por aquí, ¿verdad?

–No –contesté.

–¿Puedo preguntarle de dónde?

Se lo dije.

–Mierda –exclamó–. Eso está lejos, ¿eh? –Se corrigió–: Bueno, no tanto. Ahora ya nada está tan lejos. Además, ustedes también están en guerra, ¿no?

–¿En guerra?

–Dios santo, pero ¿dónde se ha metido en el último año, amigo? Irak, Madrid, ¿no ha oído hablar de todo eso?

–Sí –dije después de encender un cigarrillo–. Algo he oído. Pero no estoy seguro de que nosotros estemos tan en guerra como ustedes.

El hombre parpadeó.

–No le entiendo –dijo.

Por fortuna en aquel momento entró de golpe en el bar una muchacha apresurada y ojerosa, con un arete plateado brillándole en el ombligo. Sin saludarla siquiera, el hombre empezó a recriminarle algo, pero la muchacha lo mandó al diablo y se perdió por la puerta batiente. Deduje que el hombre era el propietario del bar; me pregunté si la muchacha era su hija.

–Mierda –dijo de nuevo el patrón, como riéndose de su propio enfado–. Estos chicos ya no respetan a nadie. En nuestra época era distinto, ¿no le parece? –Y, como si paradójicamente la irrupción de la muchacha hubiese mejorado el cariz de la mañana, el hombre añadió–: Oiga, ¿le molesta que le acompañe con la cerveza?

No hizo falta que le contestara. Mientras el patrón se servía la cerveza pensé que debía de tener cincuenta y cinco o sesenta años, más o menos la edad de Rodney; mentalmente me repetí: «¿Nuestra época?». El patrón dio un trago de cerveza y dejó la botella sobre la barra; acomodándose el pelo bajo la gorra de los Red Socks preguntó:

–¿De qué estábamos hablando?

–De nada importante –me apresuré a decir–. Pero quería hacerle una pregunta.

–Usted dirá.

–He venido a Rantoul a ver a un amigo –empecé–. Rodney Falk. Acabo de llamar a su casa pero no me han contestado. Hace tiempo que le perdí la pista, así que ni siquiera sé si todavía...

Me callé: el patrón había levantado una mano con parsimonia y, haciendo pantalla con ella para defenderse de la luz, me examinaba con interés.

–Oiga, yo le conozco, ¿verdad? –dijo por fin.

–Me conoce, pero no se acuerda de mí –contesté–. Estuve aquí hace mucho tiempo.

El hombre asintió y bajó la mano: en unos segundos la alegría había desertado de su rostro, sustituida por una expresión que no era de burla, pero lo parecía.

–Me temo que ha hecho el viaje en vano –dijo.

–¿Rodney ya no vive aquí?

–Rodney murió hace cuatro meses –contestó–. Se colgó de una viga del cobertizo, en su casa.

Me quedé sin habla; por un segundo me faltó el aire. Aturdido, aparté la vista del patrón y, tratando de fijarla en algún lugar detrás de la barra, vi las fotos de estrellas de béisbol y el gran retrato de John Wayne que pendían de las paredes; en aquellos tres lustros las estrellas de béisbol habían cambiado, pero John Wayne no: allí seguía, legendario, imperturbable y vestido de cowboy, con un pañuelo granate anudado al cuello y una sonrisa invencible en los ojos, como un icono perdurable del triunfo de la virtud. Apagué el cigarrillo, di un sorbo de cerveza y de repente tuve una helada sensación de mareo, de irrealidad, como si ya hubiera vivido ese instante o como si lo estuviera soñando: un bar solitario y perdido de una ciudad solitaria y perdida del Medio Oeste, la luz entrando a chorros por los ventanales y un barman perezoso y charlatán que, como si me susurrara al oído un mensaje sin un sentido preciso pero que en aquel momento tenía todo el sentido del mundo para mí, me daba la noticia de la muerte de un amigo a quien en realidad apenas conocía y que quizá más que un amigo era un símbolo cuyo alcance ni siquiera yo mismo podía precisar del todo, un símbolo oscuro o radiante como el que acaso Hemingway había representado para Rodney. Y mientras pensaba sin pensar en Rodney y en Hemingway –en el suicidio de Rodney cuatro meses antes en el cobertizo de su casa de Rantoul, Illinois, y en el suicidio de Hemingway en su casa de Ketchum, Idaho, cuando Rodney sólo era un adolescente–, pensé en Gabriel y en Paula, o más bien lo que ocurrió fue que se me aparecieron, alegres, luminosos y muertos, y entonces sentí un deseo irrefrenable de rezar, de rezar por Gabriel y por Paula y por Rodney, también por Hemingway, y en aquel preciso momento, como si acabase de entrar una mariposa por la abierta ventana del Bud's Bar, bruscamente recordé una oración que aparece en «Un lugar limpio y bien iluminado», un relato desolado de Hemingway que yo había leído muchas veces desde que lo leí por vez primera la noche remota en que el padre de Rodney me llamó a Urbana para contarme la historia de su hijo, una oración que supe al instante que era la única oración adecuada para Rodney porque Hemingway la había escrito sin saberlo para él muchos años antes de que muriese, una oración desolada que Rodney sin duda había leído tantas veces como yo y que, imaginé por un instante, tal vez Rodney y Hemingway rezaron antes de quitarse la vida y que Paula y Gabriel ni siquiera hubieran tenido tiempo de rezar: «Nada nuestro que estás en la nada, nada es tu nombre, tu reino nada, tú serás nada en la nada como en la nada». Mentalmente recé esta oración mientras miraba acercarse al patrón desde el fondo de la barra, gordo y grave o más bien indiferente, secándose las manos con un trapo, como si se hubiera retirado un momento por la pura necesidad de ocuparse en algo o como si él también hubiera estado rezando. Por un momento pensé en marcharme; después pensé que no podía marcharme; estúpidamente pregunté:

–¿Lo conocía?

–¿A Rodney? –preguntó estúpidamente el patrón, acodándose otra vez a la barra.

Asentí.

–Claro –sonrió–. ¿Cómo quiere que no lo conociera? Éste es un sitio pequeño: aquí nos conocemos todos. –Acabó de beberse la cerveza y, recobrando de golpe la locuacidad, prosiguió–: ¿Cómo no lo iba a conocer? Los dos éramos de aquí, vivíamos muy cerca, crecimos juntos, íbamos juntos al colegio. Yo tenía la misma edad que él, un año más que su hermano Bob. Ahora los dos están muertos... En fin. ¿Sabe una cosa? Rodney valía mucho, todos estábamos seguros de que haría algo grande, de que llegaría lejos. Luego vino la guerra, la de Vietnam, quiero decir. ¿Sabía usted que Rodney estuvo en Vietnam? –Volví a asentir–. Yo también quise alistarme. Pero no me dejaron: un soplo en el corazón, me dijeron, o algo así. Supongo que tuve suerte, porque luego resultó que todo era mentira, los políticos nos engañaron a todos, igual que ahora: todos esos chicos muriendo como conejos allí en Irak. Ya me contará usted qué se nos ha perdido en ese país de mierda. Y qué se nos había perdido en Vietnam. Una vez le oí decir a alguien, quizá fuera el propio Rodney, ya no me acuerdo bien, le oí decir que cuando uno se mete en una guerra lo menos que puede hacer es ganarla, porque si la pierde lo pierde todo, incluida la dignidad. No sé qué opinará usted, pero a mí me parece que tenía razón. Rodney perdió allí a Bob, lo reventó una mina. Y, bueno, supongo que en cierto modo él también murió allí. Cuando regresó ya no era el mismo. Ahora es fácil decirlo, pero quizá en el fondo siempre supimos que terminaría así. O quizá no, no lo sé. ¿Usted de qué lo conocía?

–Trabajamos juntos en Urbana –dije–. Fue hace tiempo, en la universidad.

–Claro –dijo el patrón–. No sabía que hubiese hecho amigos allí, pero ésa fue una buena época para él. Se le veía contento. Luego se marchó y en muchos años casi no volvió por aquí. Cuando lo hizo venía casado y con un hijo. Daba clase en la escuela. La verdad: yo nunca le había visto mejor, parecía otra persona, parecía..., no sé, casi parecía el que siempre creímos que iba a ser. Hasta que pasó lo del reportaje y todo se jodió.

En aquel momento entraron en el bar dos parejas de mediana edad, alegres y endomingadas. El patrón dejó de hablar, las saludó con un gesto, se volvió hacia la puerta batiente y llamó a la chica, pero, como ésta no acudía, al hombre no le quedó más remedio que ir a atender a sus clientes. Mientras lo hacía reapareció la chica, que se hizo cargo del pedido no sin que ella y el patrón intercambiaran de nuevo un par de puyazos de pasada. Luego el patrón volvió pesadamente hasta donde yo estaba.

–¿Quiere otra? –preguntó, señalando mi botella de cerveza vacía–. Invita la casa.

Negué con la cabeza.

–Me estaba hablando de Rodney y de un reportaje.

El patrón hizo un mohín de asco, como si su olfato acabara de detectar en el aire una bolsa de aire fétido.

–Era un reportaje de televisión, un reportaje sobre la guerra de Vietnam –explicó con desgana–. Al parecer contaba cosas horribles. Digo al parecer porque yo no lo he visto, ni falta que me hace, pero de todas maneras esas cosas salieron luego en todas partes. En los periódicos, en las televisiones, en todas partes. Si hubiera vivido aquí lo sabría, mucha gente hablaba del asunto.

–¿Y qué tenía que ver Rodney con el reportaje?

–Dicen que aparecía en él.

–¿Dicen?

–La gente lo dice. Ya le he dicho que yo no vi el reportaje. Lo que dicen es que el hombre que aparecía contando todas esas cosas horribles era Rodney. Por lo visto no se le reconocía, los de la tele habían hecho algo para que no se le reconociese, hablaba de espaldas a la cámara o algo así, pero la gente empezó a atar cabos y enseguida llegó a la conclusión de que era él. Yo no lo sé, ya le digo. Lo que sí sé es que antes de que pusieran el reportaje en la tele y todo se liase Rodney ya llevaba varias semanas sin salir de casa, y luego tampoco se supo nada de él hasta que, bueno, hasta que se quitó de en medio. En fin, no me haga hablar de esto, es una historia muy jodida y yo no la conozco bien. A quien debería ver es a su mujer. A la mujer de Rodney, quiero decir. Ya que se ha molestado en hacer el viaje...

–¿Su mujer todavía vive en Rantoul?

–Claro. Aquí al lado, en casa de Rodney.

–Acabo de estar allí y no he encontrado a nadie. Ya se lo he dicho.

–Habrán salido a algún sitio. Pero apuesto a que vuelven a comer. No estoy seguro de que a Jenny le apetezca mucho hablar de estas cosas después de todo lo que tuvo que aguantar, pero bueno, al menos podrá saludarla.

Le di las gracias al patrón y fui a pagarle la cerveza, pero no me lo permitió.

–Dígame una cosa –dijo mientras nos estrechábamos la mano y él retenía la mía un segundo más de lo habitual–. ¿Piensa quedarse mucho tiempo en Rantoul?

–No –contesté–. ¿Por qué lo pregunta?

–Por nada –me soltó la mano y se acomodó su pelo escaso bajo la gorra–. Pero ya sabe usted cómo son estos sitios pequeños: si se queda, hágame caso y no se crea todo lo que le cuenten de Rodney. La gente dice muchas tonterías.

Una explosión de luz me cegó al salir a la calle: era el mediodía. Más confuso que abatido, de forma automática eché a andar hacia Belle Avenue. Tenía la mente en blanco, y lo único que recuerdo haber pensado, equivocándome, es que aquél sí era el final del viaje, y también, sin equivocarme o equivocándome menos, que era verdad que Rodney había encontrado la salida del túnel, sólo que era una salida distinta de la que yo había imaginado. Al llegar frente a la casa de Rodney estaba empapado en sudor y ya había decidido que lo mejor era volver inmediatamente a Urbana, entre otras cosas porque mi presencia allí sólo podía importunar a la familia de Rodney. Entré en el Chrysler, lo arranqué, y a punto estaba de girar en Belle Avenue para tomar el camino de vuelta a Urbana cuando me dije que no podía marcharme de aquella manera, con todos los interrogantes abiertos ante mí como una cerca de alambre de espino y sin siquiera haber visto a la mujer y al hijo de Rodney. Aún no había terminado de pensar lo anterior cuando los vi. Acababan de doblar la esquina y caminaban bajo la sombra verde de los arces, cogidos de la mano por el sendero de cemento que discurría entre la calzada y los jardines delanteros de las casas, y mientras avanzaban hacia mí, huérfanos y sin prisa por la calle vacía, de repente vi a Gabriel y a Paula caminando por otras calles vacías, y luego a Gabriel soltando la mano de su madre y echando a correr con su paso oscilante, riendo y ansioso de echarme los brazos al cuello. Sentí que los ojos estaban a punto de llenárseme de lágrimas. Conteniéndolas, paré el motor, aspiré hondo, salí otra vez a la calle y los esperé apoyado en el coche, fumando; el cigarrillo me temblaba un poco en la mano. No tardaron en pararse frente a mí. Mirándome con una mezcla de ansiedad y recelo, la mujer me preguntó si era periodista, pero no me dejó contestar.

–Si es periodista ya puede darse la vuelta y volver por donde ha venido –me conminó, pálida y tensa–. No tengo nada que hablar con usted y...

–No soy periodista –la interrumpí.

Se quedó mirándome. Le expliqué que era amigo de Rodney, le dije mi nombre. La mujer parpadeó y me pidió que se lo repitiera; se lo repetí. Entonces, sin dejar de mirarme, soltó la mano del niño, lo tomó del hombro, lo apretó contra su cadera y, después de apartar la vista por un segundo, como si algo la hubiera distraído, sentí que todo su cuerpo se distendía. Antes de que hablara comprendí que sabía quién era yo, que Rodney le había hablado de mí. Dijo:

–Llegas tarde.

–Ya lo sé –dije, y quise añadir algo, pero no supe qué añadir.

–Me llamo Jenny –dijo al cabo de un momento, y sin bajar la vista hacia su hijo añadió–: Él es Dan.

Le alargué la mano al niño, y tras un instante de vacilación me la estrechó: un suave manojo de huesitos envuelto en carne sonrosada; al soltársela él también me miró: escuálido y muy serio, sólo sus grandes ojos marrones recordaban los grandes ojos marrones de su padre. Tenía el pelo claro y vestía unos pantalones de pana fina y una camiseta azul.

–¿Cuántos años tienes? –le pregunté.

–Seis –contestó.

–Acaba de cumplirlos –dijo Jenny.

Aprobando con la cabeza comenté:

–Ya eres un hombre.

Dan no sonrió, no dijo nada, y hubo un silencio durante el cual se oyó el estruendo de un tren de mercancías circulando a mi espalda, rumbo a Chicago, mientras un soplo de brisa aliviaba el calor del mediodía, agitando la bandera americana en el mástil del jardín y enfriándome el sudor contra la piel. Una vez hubo pasado el tren, Dan preguntó:

–¿Fuiste amigo de mi padre?

–Sí –dije.

–¿Muy amigo?

–Bastante –dije, y añadí–: ¿Por qué lo preguntas?

Dan se encogió de hombros en un gesto adulto, casi desafiante.

–Por nada –dijo.

Quedamos de nuevo en silencio, un silencio menos largo que embarazoso, durante el cual pensé que la cerca de alambre de espino iba a quedar intacta. Pisé el cigarrillo en la acera.

–Bueno –dije–. Tengo que marcharme. Me alegro de haberos conocido.

Di media vuelta para abrir el coche, pero entonces oí la voz de Jenny a mi espalda:

–¿Has comido ya?

Al volverme repitió la pregunta. Contesté la verdad.

–Iba a preparar algo para Dan y para mí –dijo Jenny–. ¿Por qué no nos acompañas?

Entramos en la casa, fuimos a la cocina y Jenny se puso a preparar la comida. Intenté ayudarla, pero no me dejó y, mientras observaba a Dan observándome, apoyado en el dintel de la puerta, me senté en una silla, junto a una mesa cubierta con un mantel a cuadros azules y rojos, frente a una ventana que daba a un jardín trasero en el que crecían macizos de hortensias y crisantemos; supuse que en ese jardín estaría el cobertizo en el que se había colgado Rodney. Sin dejar su trabajo Jenny me preguntó si quería tomar algo. Le dije que no y le pregunté si podía fumar.

–Mejor que no, si no te importa –dijo–. Es por el niño.

–No me importa.

–Yo antes fumaba mucho –explicó–. Pero lo dejé con el embarazo. Desde entonces sólo echo un cigarrillo de vez en cuando.

Mientras Dan se perdía en el interior de la casa, como si ya se hubiese cerciorado de que todo marchaba bien entre su madre y yo, Jenny empezó a hablarme del modo en que se había liberado de la dependencia del tabaco. La tenía de perfil, y me dediqué a observarla. Apenas guardaba algún parecido con la mujer que mi imaginación había construido a partir de las descripciones curiosamente discrepantes que contenían las cartas de Rodney. Menuda y delgadísi-

254

ma, poseía una de esas discretas bellezas cuyo destino o cuya vocación es pasar inadvertidas; de hecho, sus facciones no sobrepasaban el límite de lo correcto: los pómulos un poco salientes, la nariz exigua, los labios afilados y sin carne, los ojos de un gris mate; dos sencillos pendientes dorados brillaban en los lóbulos de sus orejas y hacían resaltar el color castaño oscuro del pelo, lacio y mal recogido en un moño. Vestía unos vaqueros desteñidos y un jersey de lana azul que apenas disimulaba la pujanza de sus pechos. Por lo demás, y pese a su fragilidad física, toda ella irradiaba una suerte de enérgica serenidad, y mientras la escuchaba hablar casi sin quererlo traté de imaginármela junto a Rodney, pero no pude y, casi sin quererlo también, me pregunté cómo aquella mujer de apariencia fría e insignificante habría conseguido quebrantar el solipsismo afectivo de mi amigo.

Dan apareció otra vez en la puerta de la cocina; interrumpiendo a su madre me preguntó si quería ver sus juguetes.

–Claro –se me adelantó Jenny–. Enséñaselos mientras yo acabo de preparar la comida.

Me levanté y lo acompañé hasta el mismo salón de paredes forradas de libros, ventana al porche, sofá y sillones de cuero donde quince años atrás el abuelo de Dan me había contado, a lo largo de una tarde interminable de primavera, la historia inacabada de Rodney. La estancia apenas había cambiado, pero ahora el suelo cubierto de alfombras de colores vinosos estaba a su vez cubierto de un desorden campamental de juguetes que de forma inevitable me recordó el desorden que reinaba en el salón de mi casa cuando Gabriel tenía la edad de Dan. Éste, sin más explicaciones, empezó a mostrarme sus juguetes, uno a uno, ilustrándome acerca de sus características y su funcionamiento con la reconcentrada seriedad de la que los niños son capaces en cualquier momento y los hombres sólo en el trance de jugarse la vida y, cuando al cabo de un rato Jenny anunció que la comida estaba lista, ya nos unía a los dos una de esas corrientes subterráneas de complicidad que a los adultos nos cuesta a menudo meses o años establecer.

Comimos una ensalada, unos espaguetis con salsa de tomate y un pastel de frambuesa. Dan acaparó por entero la conversación, de modo que apenas hablamos de otra cosa que no fuera su colegio, sus juguetes, sus aficiones y sus amigos, y ni una sola vez aludimos a Rodney. Jenny estuvo todo el tiempo pendiente de su hijo, aunque en un par de ocasiones me pareció sorprenderla espiándome. En cuanto a mí, a ratos no podía evitar que me asaltara la sospecha insidiosa de estar en un sueño: todavía conmocionado por la noticia de la muerte de Rodney, me costaba librarme de la extrañeza de estar comiendo en su casa, con su viuda y su hijo, pero al mismo tiempo me sentía apaciguado por un sosiego casi doméstico, como si no fuera la primera vez que compartía la mesa con ellos. El final de la comida, sin embargo, no fue tranquilo, porque Dan se negó en redondo a dormir su siesta preceptiva, y lo único que después de muchas negociaciones consiguió su madre fue que accediera a tumbarse en el sofá del salón, a la espera de que ella y yo nos tomáramos allí el café. Así que, mientras Jenny preparaba el café, fui al salón y me senté junto a Dan, quien, después de teclear furtivamente la Gameboy a la que su madre acababa de prohibirle jugar y de quedarse un rato mirando el cielo raso, se durmió en una postura extraña, con un brazo un poco retorcido a su espalda. Me quedé mirándole sin atreverme a mover su brazo por temor a despertarle, sumido como estaba en esas profundidades insondables donde duermen los niños, y recordé a Gabriel dormido junto a mí, respirando a un ritmo silencioso, regular, infinitamente apacible, transfigurado por el sueño y gozando de la seguridad perfecta que le procuraba el hecho de que su padre estuviera velándolo, y por un momento sentí el deseo de abrazar a Dan como tantas veces había abrazado a Gabriel, sabiendo que no le abrazaba para protegerlo, sino para que él me protegiese a mí.

–Ahí tienes –dijo en voz baja Jenny, irrumpiendo en el salón cargada con la bandeja del café–. Siempre la misma historia. No hay manera de que quiera dormir la siesta, y luego cuesta Dios y ayuda despertarle.

Depositó la bandeja en una mesita que había entre los dos sillones y, después de mover ligeramente el brazo retorcido de Dan hasta que éste descansó con naturalidad sobre el pecho del niño, fue al otro extremo del salón y descorrió la cortina de la ventana que daba al porche, para permitir que el sol dorado de la tarde iluminara la estancia. Luego sirvió los cafés, se sentó frente a mí removiendo el suyo, casi se lo tomó de un sorbo, dejó pasar un tiempo en silencio y, tal vez porque yo no hallaba una forma de iniciar la conversación, preguntó:

–¿Piensas quedarte mucho tiempo por aquí?

–Sólo hasta el martes.

–¿En Rantoul?

–En Urbana.

Jenny asintió; luego dijo:

–Lamento que hayas hecho un viaje tan largo para nada.

–Lo hubiera hecho de todos modos –mentí.

Di un sorbo de café y a continuación hablé de mi viaje por Estados Unidos, aclaré que Urbana era sólo una etapa más del viaje, sabiendo que probablemente Jenny ya lo sabía expliqué que había vivido allí dos años durante los cuales me había hecho amigo de Rodney, y que había querido volver.

–Pensé que podría volver a ver a Rodney –continué–. Aunque no estaba seguro. Hacía mucho tiempo que no sabía nada de él y hace unos meses le mandé una carta, pero para entonces supongo que...

–Sí –me ayudó Jenny–. La carta llegó poco después de su muerte. Debe de andar por ahí.

Acabó de tomarse el café y lo dejó sobre la mesita. Yo la imité. Por decir algo dije:

–Siento mucho lo que ha pasado.

–Ya lo sé –dijo Jenny–. Rodney me habló mucho de ti.

–¿De veras? –pregunté fingiendo sorpresa, pero sólo en parte.

–Claro –dijo Jenny, y por primera vez la vi sonreír: una sonrisa al mismo tiempo limpia y maliciosa, casi astuta, que excavó una ínfima red de arrugas en la comisura de su boca–. Me sé toda la historia, Rodney me la contó muchas veces. Contaba cosas muy graciosas. Siempre decía que hasta que se hizo tu amigo nunca había conocido a nadie tan raro que parecía normal.

–Es curioso –dije, ruborizándome mientras trataba de imaginar qué cosas le habría contado Rodney–. En cambio yo siempre pensé que el raro era él.

–Rodney no era raro –me corrigió Jenny–. Sólo tenía mala suerte. Fue la mala suerte la que no le dejó vivir en paz. Ni siquiera le dejó morir en paz.

Indagando el modo de preguntarle por las circunstancias que habían rodeado la muerte de Rodney, por un momento me distraje, y cuando volví a escucharla la ironía había contaminado por completo su voz, y yo ya había perdido el hilo de lo que estaba diciendo.

–Pero ¿sabes lo que creo? –la oí decir; disimulando la distracción, con un gesto interrogativo la animé a continuar–. Lo que creo es que en realidad fue sobre todo para verte a ti.

Tardé un segundo en comprender que estaba hablando del viaje de Rodney a España. Ahora mi sorpresa fue genuina: no pensé que yo acababa de hacer el viaje inverso al que había hecho Rodney sólo para verle, pero sí que en España le había perseguido de hotel en hotel y que al final había tenido que viajar a Madrid sólo para que conversáramos un rato. Jenny debió de leerme la sorpresa en la cara, porque matizó:

–Bueno, quizá no sólo para eso, pero también para eso. –Arreglándose un poco el moño mientras lanzaba una mirada de soslayo a Dan, se retrepó en el sillón y dejó que sus manos reposaran sobre sus muslos: eran largas, huesudas, sin anillos–. No sé –rectificó luego–. Puede que esté equivocada. Lo que es seguro es que volvió muy contento del viaje. Me dijo que había estado contigo en Madrid, que había conocido a tu mujer y a tu hijo, que ahora eras un escritor de éxito.

Jenny pareció dudar un segundo, como si quisiera continuar hablando de Rodney y de mí pero fuera consciente de que la conversación había tomado un rumbo equivocado y de que debía enmendarlo. Quedamos callados un momento, al cabo del cual Jenny empezó a hablarme de su vida en Rantoul. Me contó que después de la muerte de Rodney su primer pensamiento había sido vender la casa y volver a Burlington. Sin embargo, pronto había comprendido que huir de Rantoul y volver a Burlington en busca de la protección de su familia equivalía a la admisión de una derrota. Al fin y al cabo, dijo, Dan y ella ya tenían su vida hecha allí; tenían su casa, tenían sus amigos, no tenían problemas económicos: además del dinero del seguro de vida de Rodney y de la pensión de viudedad, ella cobraba un buen sueldo por su trabajo como administrativa en una cooperativa agrícola. Así que decidió quedarse en Rantoul. No se arrepentía.

–Dan y yo nos apañamos muy bien solos –dijo–. Además, en Burlington nunca hubiera podido permitirme una casa como la que tenemos aquí. En fin. –Me buscó los ojos, casi como si se avergonzara preguntó–: ¿Salimos fuera a fumarnos un cigarrillo?

Nos sentamos en las escaleras del porche. En Belle Avenue el aire olía intensamente a primavera; la luz de la tarde aún no había empezado a oxidarse y la brisa soplaba con más fuerza, removiendo las hojas de los arces y haciendo ondear la bandera americana en el jardín. Antes de que yo pudiera prender mi cigarrillo Jenny me dio fuego con el Zippo de Rodney. Me quedé mirándolo. Ella siguió mi mirada. Dijo:

–Era de Rodney.

–Ya lo sé –dije.

Encendió mi cigarrillo y luego el suyo, cerró el Zippo, lo sopesó un momento en su mano huesuda y luego me lo alargó.

–Quédatelo –dijo–. Yo ya no lo necesito.

Vacilé un instante, sin mirarla a los ojos.

–No, gracias –contesté.

Jenny se guardó el Zippo y fumamos un rato sin hablar, mirando las fachadas de enfrente, los coches que de vez en cuando circulaban ante nosotros, y mientras lo hacíamos busqué la ventana en la que había visto a una mujer vigilándome horas atrás; ahora no había nadie. Estábamos en silencio, como esos viejos amigos que ya no necesitan hablar para estar a gusto juntos. Pensé que hacía más de un año que no estaba tanto tiempo en compañía de alguien, y por un

261

segundo pensé que Rantoul era un buen lugar para vivir. Apenas lo había pensado cuando, como si retomara una conversación interrumpida, Jenny dijo:

–¿No quieres saber lo que pasó?

Esta vez tampoco la miré. Por un momento, mientras aspiraba el humo del cigarrillo, me cruzó la cabeza la idea de que tal vez era mejor no saber nada. Pero dije que sí, y fue entonces cuando, con desconcertante naturalidad, como si estuviera contando una historia remota y ajena, que en nada podía afectarla, me contó la historia de los últimos meses de Rodney. La historia empezaba en la primavera anterior, por aquella época hacía más o menos un año. Una noche, mientras cenaban, un desconocido llamó por teléfono a su casa preguntando por Rodney; cuando Jenny le preguntó quién era dijo que era periodista y que trabajaba para una televisión de Ohio. El hecho les extrañó, pero Rodney no vio ningún motivo para negarse a hablar con el hombre. La conversación, que Jenny no alcanzó a escuchar, duró varios minutos, y al volver a la mesa Rodney estaba demudado, con la mirada perdida. Jenny le preguntó qué había ocurrido, pero Rodney no le contestó (según Jenny es probable que ni siquiera oyese la pregunta), continuó cenando y al cabo de unos minutos, cuando aún le quedaba comida en el plato, se levantó y le dijo a Jenny que salía a dar un paseo. No volvió hasta después de las doce. Jenny le esperaba despierta, le exigió que le contase la conversación que había tenido con el periodista y Rodney acabó accediendo. En realidad hizo mucho más que eso. Por supuesto, Jenny no ignoraba que Rodney había pasado casi dos años en Vietnam y que esa experiencia le había marcado de forma indeleble, pero hasta entonces su marido nunca le había contado nada y ella nunca le había pedido que lo hiciese; aquella noche, sin embargo, Rodney se desahogó: durante horas habló de Vietnam; más exactamente: habló, se enfureció, gritó, rió, lloró, y al final el amanecer los sorprendió a los dos en la cama, vestidos, despiertos y extenuados, mirándose como si no se reconocieran.

–Desde el principio tuve la sensación de que se estaba confesando conmigo –me dijo Jenny–. También de que no le conocía, y de que nunca hasta entonces le había querido de verdad.

Antes de explicarle lo que había hablado con el periodista de Ohio, Rodney le contó que hacia el final de su estancia en Vietnam había sido asignado a un efímero escuadrón de élite conocido como Tiger Force, con el cual entró numerosas veces en combate. El escuadrón cometió barbaridades sin cuento, que Rodney no detalló o no quiso detallar, y al ser finalmente disuelto todos sus miembros juraron guardar silencio acerca de ellas. Sin embargo, cuando a principios de los años setenta el Pentágono creó una comisión cuya labor consistía en investigar los crímenes de guerra de la Tiger Force, Rodney decidió romper el pacto de silencio y colaborar con ella. Fue el único miembro del escuadrón que lo hizo, pero no sirvió para nada: declaró varias veces ante la comisión, y lo único que sacó en limpio fue la hostilidad abierta de sus mandos y compañeros de armas (que lo consideraron un delator) y la hostilidad velada del resto del ejército (que asimismo lo consideró un delator), porque cuando el informe llegó por fin a la Casa Blanca alguien decidió que lo mejor que podía hacerse con él era archivarlo. «Todo fue una pantomima», le dijo Rodney a Jenny. «En el fondo a nadie le interesaba la verdad.» A raíz de su comparecencia ante la comisión Rodney recibió varias amenazas de muerte; luego dejó de recibirlas y durante años confió en que todo se hubiese olvidado. De vez en cuando le llegaban noticias de sus compañeros de escuadrón: unos mendigaban por las calles, otros languidecían en la cárcel, otros pasaban largas temporadas en hospitales psiquiátricos; sólo unos pocos habían salido adelante y llevaban una vida normal, al menos aparentemente normal. Rodney no quiso volver a saber nada de ellos, y de hecho hizo todo cuanto estuvo en su mano para que no pudieran localizarlo. Pero un día, cuando Rodney ya pensaba que esa historia estaba enterrada, uno de ellos dio con él. Era el mejor amigo que había tenido en el escuadrón, tal vez el único amigo de verdad; mentalmente desquiciado, roto por unos remordimientos que rebrotaban cíclicamente y no le concedían tregua, el amigo trató de convencerle de que la única forma que tenían de conseguir un poco de paz era acudir a las autoridades y exhumar el caso, confesando los hechos y pagando por ellos. Rodney trató de calmarlo, trató de razonar con él (le dijo que había pasado demasiado tiempo y que a aquellas alturas las autoridades ya ni siquiera estarían dispuestas a montar pantomimas y no les prestarían la menor atención), pero todo fue inútil; incapaz de soportar la presión suplicante y obsesiva de su compañero, Rodney optó por la solución radical que había empleado otras veces: desapareció de Rantoul.

—¿Cómo se llamaba el amigo? —interrumpí en este punto el relato de Jenny.

—Tommy Birban —contestó—. ¿Por qué lo preguntas?

—Por nada —dije, y la urgí a que continuara—: ¿Qué es lo que quería el periodista de Ohio?

—Que Rodney le contara todo lo que sabía de la Tiger Force —contestó Jenny.

Rodney le explicó a Jenny que el periodista estaba elaborando un reportaje sobre el asunto. Al parecer Tommy Birban se había puesto en contacto con él y le había contado la historia; luego él había tenido acceso al informe archivado del Pentágono y allí había verificado que el único testimonio era el de Rodney, y que a grandes rasgos éste coincidía con lo que Tommy Birban le había contado. Por eso el periodista le pedía a Rodney que contase ahora ante las cámaras lo que años atrás había contado ante la comisión; luego él se pondría en contacto con todos los miembros del escuadrón que consiguiera localizar para pedirles lo mismo. Cuando el periodista terminó de explicarle su proyecto Rodney le dijo que había pasado demasiado tiempo desde la guerra y que ya no deseaba hablar más de ella. El periodista insistió una y otra vez, tratando de chantajearle moralmente, pero

Rodney se mostró inflexible. «Ni hablar», le dijo aquella noche a Jenny, vociferando y desencajado y como si en realidad no estuviera hablando con Jenny. «Bastante trabajo me ha costado aprender a vivir con eso como para joderlo todo ahora.» Jenny trató de apaciguarlo: aquello se había acabado, le había dejado bien claro al periodista que no quería aparecer en el reportaje, no volvería a molestarlos. «Te equivocas», le dijo Rodney. «Volverá. Esto no se acaba nunca. Esto no ha hecho más que empezar.»

Llevaba razón. Al cabo de unos días el periodista volvió a llamar por teléfono para tratar de convencerle y él volvió a negarse a colaborar; lo intentó un par de veces más, con nuevos argumentos (entre ellos que, salvo Tommy Birban, todos los miembros del escuadrón que había conseguido localizar se negaban a hablar, y que su testimonio era esencial, porque constituía la fuente fundamental del informe del Pentágono), pero Rodney se mantuvo firme. Una mañana, no mucho después de la última llamada telefónica, el periodista se presentó de improviso en su casa acompañado de otro hombre y de una mujer. Jenny los hizo esperar en el porche y fue a buscar a Rodney, que estaba desayunando con Dan y que al llegar al porche y sin mediar saludo les pidió a los dos hombres y a la mujer que se marcharan. «Lo haremos en cuanto me deje decirle una cosa», dijo el periodista. «Qué cosa», preguntó Rodney. «Tommy Birban ha muerto», dijo el periodista. «Tenemos razones para pensar que lo han matado.» Hubo un silencio, durante el cual el periodista pareció aguardar a que la noticia hiciera su efecto en Rodney, y a continuación explicó que, después de que él se pusiera en contacto con otros miembros del escuadrón para pedirles que colaboraran en el reportaje, Birban había empezado a recibir anónimos que trataban de disuadirle con amenazas de hablar ante las cámaras; muy asustado, llamó varias veces al periodista por teléfono, lleno de dudas, pero finalmente decidió no dejarse intimidar por el chantaje y seguir adelante con el proyecto, y una semana atrás, apenas dos días antes de que fueran a grabarle, al salir de su casa un coche lo atropelló y luego se dio a la fuga. «La policía está investigando», dijo el periodista. «No es probable que den con los responsables, pero usted y yo sabemos quiénes son. También sabemos que, si usted sigue sin querer hablar, su amigo habrá muerto para nada.» Rodney permaneció callado, inmóvil como una estatua. «Eso es todo lo que le quería contar», concluyó el periodista, alargando una tarjeta de visita que Rodney no cogió: lo hizo Jenny, de forma instintiva, sabiendo que iba a romperla en cuanto el hombre se marchara. «Ahora la decisión es suya. Llámeme si me necesita.» El periodista y sus dos acompañantes se dieron la vuelta y Jenny vio con un inicio de alegría cómo se alejaban hacia el coche que habían aparcado frente a la casa, pero antes de que su alegría fuera completa oyó a su lado una voz que parecía la de Rodney sin serlo del todo, y supo que aquellas palabras inofensivas iban a cambiarles la vida: «Esperen un momento».

Rodney y los tres visitantes permanecieron toda la mañana y gran parte de la tarde encerrados en el salón. Al principio Jenny tuvo que vencer el impulso de escuchar a través de la puerta cerrada, pero, cuando al cabo de media hora de conciliábulo vio salir a la calle y regresar con un equipo de grabación a los dos acompañantes del periodista, ni siquiera trató de persuadir a Rodney de que no cometiera el error que estaba a punto de cometer. Pasó el resto del día fuera de casa, con Dan, y volvió cuando ya era de noche y los periodistas se habían ido. Rodney estaba sentado en el salón, mudo y a oscuras, y aunque, después de dar de cenar y acostar apresuradamente a Dan, Jenny trató de averiguar lo ocurrido durante su ausencia deliberada, no consiguió arrancarle ni una sola palabra, y ella tuvo la impresión de que estaba ido o completamente drogado o borracho, y de que ya no comprendía su lengua. Fue la primera señal de alarma. La segunda llegó poco después. Esa noche Rodney no durmió; tampoco las que la siguieron: desvelada en la cama, Jenny le oía deambular por el piso de abajo, le oía hablar solo o quizá por teléfono; en alguna ocasión le pareció oír risas, unas risas sofocadas, como las que se ahogan en un entierro. Así se inició un proceso de deterioro imparable: Rodney pidió la baja en el colegio y dejó de dar clases, no salía a la calle, se pasaba los días durmiendo o tumbado en la cama y acabó desentendiéndose por completo de Dan y de ella. Era como si alguien le hubiese arrancado una conexión mínima pero indispensable para su funcionamiento y todo su organismo hubiese sufrido un colapso, convirtiéndolo en un despojo de sí mismo. Jenny trató de hablar con él, trató de obligarle a aceptar la ayuda de un psiquiatra; fue inútil: aparentaba escucharla (tal vez la escuchaba realmente), le sonreía, la acariciaba, le pedía que no se preocupase, una y otra vez le aseguraba que se encontraba bien, pero ella sentía que Rodney vivía tan ajeno a cuanto le rodeaba como un planeta girando en su órbita ensimismada. Dejó pasar el tiempo, con la esperanza de que las cosas cambiaran. No cambiaron. La emisión del reportaje televisivo no hizo más que empeorarlo todo. En principio no debía tener mucha repercusión, porque lo había realizado una cadena local, pero muy pronto los principales periódicos del país se hicieron eco de sus revelaciones y una televisión nacional compró sus derechos y lo emitió en horario de máxima audiencia. Aunque el autor del reportaje les envió una copia, Rodney no quiso verlo; aunque en la nota que acompañaba a la copia el periodista aseguraba haber cumplido con la promesa de preservar el anonimato de Rodney, la realidad lo desmintió: la realidad es que no era difícil identificar a Rodney en el reportaje, y el resultado de este desliz o infidencia fue que el acoso de los periodistas y las preguntas y murmuraciones sobre la reclusión de su marido volvieron asfixiante la vida de Jenny. En cuanto a su relación con Rodney, en poco tiempo se degradó hasta volverse insostenible. Un día tomó una decisión drástica: le dijo a Rodney que lo mejor era que se separaran; ella se marcharía con Dan a Burlington y él podría quedarse solo en Rantoul. El ultimátum era una treta última con la que Jenny buscaba hacer reaccionar a Rodney, enfrentándole sin contemplaciones a la evidencia de que, si no frenaba su caída libre, iba a acabar por arruinar su vida y por perder a su familia. Pero la artimaña no dio resultado: Rodney aceptó sumisamente su propuesta, y lo único que le preguntó a Jenny fue cuándo tenía previsto marcharse. En aquel momento Jenny comprendió que todo estaba perdido, y fue también entonces cuando tuvo la primera conversación con Rodney en mucho tiempo. No fue una conversación esclarecedora. En realidad, Rodney apenas habló: se limitó a contestar con un laconismo exasperante las preguntas que ella formulaba, y a Jenny nunca le abandonó la sensación de que estaba hablando con un niño sin futuro o un anciano sin pasado, porque Rodney la miraba exactamente igual que si estuviera mirando un cielo invertido. En un determinado momento Jenny le preguntó si tenía miedo. Con una brizna de alivio, como si acabaran de rozar con la yema de un dedo el corazón escondido de su angustia, Rodney dijo que sí. «¿De qué?», le preguntó Jenny. «No lo sé», dijo Rodney. «De la gente. De vosotros. A veces tengo miedo de mí.» «¿De nosotros?», le preguntó Jenny. «¿Quiénes somos nosotros?» «Tú y Dan», contestó Rodney. «Nosotros no vamos a hacerte daño», sonrió Jenny. «Ya lo sé», dijo Rodney. «Pero eso es lo que más miedo me da.» Jenny recordaba que al oír esas palabras fue ella la que tuvo por vez primera miedo de Rodney, y también que fue entonces cuando comprendió que debía marcharse con su hijo de Rantoul cuanto antes. Pero no lo hizo; decidió quedarse: quería a Rodney y sintió que, pasara lo que pasara, debía ayudarlo. No pudo ayudarlo. Las dos últimas semanas fueron de pesadilla. De día Jenny trataba de conversar con él, pero casi siempre era inútil, porque, pese a que entendía sus palabras, era incapaz de dotar a las frases que pronunciaba de un significado inteligible, más cerca como estaban del delirio hermético y rigurosamente coherente de un orate que de cualquier discurso articulado. En cuanto a las noches, Rodney seguía pasándolas en blanco, pero ahora dedicaba gran parte de ellas a escribir: Jenny se dormía acunada por el teclear sin pausa del ordenador, pero cuando algunos días después de la muerte de Rodney se atrevió a abrir sus archivos los encontró vacíos, como si en el último momento su marido hubiese decidido ahorrarle los efluvios venenosos del infierno en el que se consumía. Jenny aseguraba que en los días que precedieron a su muerte Rodney había perdido por completo la cabeza; también que lo que ocurrió era lo mejor que podía haber ocurrido. Y lo que ocurrió fue que una mañana, poco después de las navidades, Jenny se levantó más temprano que de costumbre y, al pasar frente al cuarto donde desde hacía tiempo dormía Rodney, lo vio vacío y con la cama sin deshacer. Inquieta, buscó a Rodney en el comedor, en la cocina, por toda la casa, y al final lo encontró colgando de una soga en el cobertizo.

–Eso fue todo –concluyó Jenny, abandonando unos segundos la naturalidad distante que había conseguido imprimir hasta entonces a su relato–. Lo demás puedes imaginártelo. La muerte mejora mucho a los muertos, así que resultó que todo el mundo quería mucho a Rodney. Incluso los periodistas vinieron a verme... Basura.

Por un momento creí que Jenny iba a echarse a llorar, pero no se echó a llorar: aplastó su segundo cigarrillo en la escalera del porche y, como había hecho con el primero, se lo guardó en la mano; después de un largo silencio se volvió hacia mí buscándome los ojos.

–¿No te lo advertí? –dijo, sonriendo apenas–. El problema no es dormir a Dan. El problema es despertarle.

Dan, en efecto, despertó de un humor de perros, pero se le fue pasando mientras se tomaba un tazón de leche con cereales y su madre y yo lo acompañábamos con un café. Cuando terminamos Jenny propuso dar un paseo antes de que oscureciera.

–Dan y yo te vamos a llevar a un sitio –me dijo.

–¿A qué sitio? –preguntó Dan.

Jenny se agachó junto a él y, haciendo pantalla con su mano, le habló al oído.

–¿De acuerdo? –preguntó incorporándose de nuevo.

Dan se limitó a encogerse de hombros.

Al salir de la casa tomamos a la izquierda, cruzamos la vía del tren y caminamos por Ohio, una calle bien asfaltada, sin apenas casas ni comercios, que se alejaba hacia las afueras de la ciudad. Quinientos metros más allá se erguía frente a un bosque populoso de abedules un edificio de paredes blancas, una suerte de enorme granero rodeado de césped en cuya fachada se leía en grandes letras rojas: «Veteran of Foreign Wars Post 6759»; al lado de éste había otro letrero más pequeño, similar al que lucía la fachada del Bud's Bar, sólo que ornado con una bandera norteamericana; el letrero rezaba: «Support our troops». El edificio parecía vacío, pero no debía de estarlo, porque había varios coches aparcados frente a la puerta; al pasar junto a él Jenny comentó:

–El club de los veteranos de guerra. Los hay por todas partes. Organizan fiestas, reuniones y cosas así. Yo sólo he estado dentro una vez, pero sé que antes de que nos conociésemos Rodney lo frecuentó bastante, o eso es lo que me dijo. ¿Quieres que entremos?

Dije que no hacía falta y nos alejamos del club por un sendero de tierra que discurría junto a la carretera, charlando, Dan en el centro y Jenny y yo a los lados, Jenny cogida de su mano izquierda y yo de la derecha. Al cabo de un rato abandonamos la carretera, tomamos un camino que ascendía suavemente hacia la izquierda, entre campos de maíz joven, y al llegar a la cima de una pequeña loma nos apartamos del camino, adentrándonos en un cuadrilátero irregular de césped sembrado de un puñado de tumbas en desorden, donde se levantaban un par de fresnos alimentados con la tierra de los muertos y un mástil de hierro oxidado y desprovisto de bandera. Dan se soltó de nuestras manos y echó a correr por el césped del cementerio, hasta que se detuvo frente a una lápida de piedra sin pulimentar.

–Aquí está –dijo Dan cuando llegamos a su lado, señalando la tumba con un dedo.

Miré la lápida, en cuya cara delantera habían esculpido el dibujo de un muchacho leyendo bajo un árbol y una inscripción: «Rodney Falk. Apr. 6 1948/ Jan. 4 2004»; junto a la inscripción había un ramo de flores frescas. «Un lugar limpio y bien iluminado», pensé. Los tres nos quedamos de pie frente a la tumba, callados.

–Bueno, en realidad no está –dijo por fin Dan. Tras cavilar un instante preguntó–: ¿Dónde estás cuando estás muerto?

La pregunta no estaba dirigida a nadie en concreto, pero esperé a que Jenny la contestara; no la contestó. Transcurridos unos segundos me sentí en la obligación de decir:

–En ninguna parte.

–¿En ninguna parte? –preguntó Dan, exagerando el tono de interrogación.

–En ninguna parte –repetí.

Dan quedó pensativo.

–¿Entonces eres igual que un fantasma? –preguntó.

–Exacto –contesté, y luego mentí sin saberlo–: Sólo que los fantasmas no existen, y los muertos sí.

Dan apartó por fin la vista de la lápida y, mirándome fugazmente, amagó una sonrisa, como si estuviera tan seguro de no haber comprendido como de no querer demostrar que no había comprendido. Después se apartó de nosotros y caminó hasta un extremo del cementerio, más allá del cual se divisaba a lo lejos un racimo de casas de paredes leprosas, tal vez abandonadas, y allí empezó a recoger guijarros del suelo y a arrojarlos sin fuerza contra los campos limítrofes: una sucesión de tierras sin cultivar apenas pobladas de hierbajos. Jenny y yo permanecimos uno junto al otro, sin decir nada, contemplando alternativamente a Dan y la tumba de Rodney. Estaba oscureciendo y empezaba a hacer frío; el cielo era de un azul oscuro, casi negro, pero una franja irregular de luz anaranjada iluminaba todavía el horizonte, y sólo el chirrido precoz de los grillos y un tumulto atenuado y remoto de tráfico perturbaban el silencio irreprochable de la loma.

–Bueno –dijo Jenny al cabo de un rato, durante el cual no pensé nada, no sentí nada, ni siquiera ganas de rezar–. Se está haciendo tarde. ¿Volvemos?

Casi era de noche cuando llegamos a casa. Yo tenía una cita para cenar en Urbana, con Borgheson y un grupo de profesores, y si quería llegar al Chancellor a la hora acordada debía partir de inmediato, así que les dije a Dan y a Jenny que tenía que marcharme. Los dos se quedaron mirándome, un poco atónitos, como si, más que una sorpresa, mis palabras fueran el preludio de una deserción; tras un silencio indeciso Jenny preguntó:

–¿Es importante la cena?

No lo era. No lo era en absoluto. Se lo dije.

–¿Entonces por qué no la suspendes? –preguntó Jenny–. Puedes quedarte a dormir aquí: hay habitaciones de sobra.

No tuvo que repetírmelo: telefoneé a Borgheson y le dije que me sentía cansado y con fiebre y que, con el fin de estar en forma para la charla del día siguiente, lo mejor era que no asistiera a la cena y me quedara a descansar en el hotel. Borgheson aceptó la mentira sin rechistar, aunque tuve que emplearme a fondo para convencerle de que no era necesario que acudiera al Chancellor en mi auxilio. Solventado el problema, invité a Dan y a Jenny a cenar en un restaurante que se hallaba a unos kilómetros de la ciudad en dirección a Urbana, Kennedy's, y durante la sobremesa, mientras Dan jugaba al Gameboy con un amigo del colegio cuya familia también cenaba allí, Jenny me contó cómo había conocido a Rodney, me habló de su trabajo, de su familia, de la vida que llevaba en Rantoul. Cuando salimos del restaurante eran casi las diez. En el camino de vuelta Dan se quedó dormido, y al llegar a casa lo cogí en brazos, lo subí hasta su habitación y, mientras Jenny lo acostaba, yo la esperé en el salón, curioseando entre los CD que se alineaban en una pirámide de aluminio junto al equipo de música. La mayoría eran de rock and roll, varios de Bob Dylan. Entre ellos figuraba *Bringing it all back home,* un disco que contenía una canción que yo conocía bien: *It's alright, ma (I'm only bleeding).* Con el disco en las manos empecé a escuchar en mi cabeza aquella canción sin consuelo que sin embargo nunca dejaba de devolverle a Rodney el júbilo intacto de su juventud, y de repente, mientras aguardando a Jenny recordaba con igual precisión su letra que su música, tuve la certeza de que en el fondo esa canción no hablaba más que de Rodney, de la vida cancelada de Rod-

276

ney, porque hablaba de palabras desilusionadas que ladran como balas y de cementerios abarrotados de dioses falsos y de gente solitaria que llora y tiene miedo y vive en un pozo sabiendo que todo es mentira y que ha comprendido demasiado pronto que no merece la pena tratar de entender, porque hablaba de todo eso y sobre todo de que quien no está ocupado en morir está ocupado en vivir. «Rodney ya sólo está ocupado en morir», pensé. Y pensé: «Yo todavía no».

–¿Te apetece escuchar música? –dijo Jenny al entrar en el salón.

Le dije que sí, y ella conectó el aparato y fue a la cocina. Evité la tentación de Dylan y puse *Astral weeks,* de Van Morrison, y cuando Jenny volvió, cargada con una botella de vino y dos copas, nos sentamos uno frente a otro y dejamos que sonara el disco, conversando con una fluidez propiciada por el alcohol y por la voz rugosa de Van Morrison. No recuerdo de qué hablamos al principio, pero lo que sí recuerdo muy bien es que, cuando ya llevábamos un rato sentados, no sé a ciencia cierta por qué (tal vez por algo que yo mismo dije, más probablemente por algo que dijo Jenny) recordé de pronto una carta que Rodney le había enviado a su padre desde un hospital de Vietnam, después del incidente de My Khe, una carta en la que hablaba de la belleza de la guerra, de la velocidad arrasadora de la guerra, y entonces pensé que desde que estaba en Rantoul tenía la impresión de que todo se había acelerado, de que todo había empezado a correr más deprisa de lo usual, cada vez más deprisa, más deprisa, más deprisa, en algún momento había habido una fulguración, un vértigo y una pérdida, pensé que había viajado sin saberlo más deprisa que la luz y que lo que ahora estaba viendo era el futuro. Y también fue entonces cuando, mezclado con la música de Van Morrison y la voz de Jenny, por vez primera sentí algo al mismo tiempo insólito y familiar, algo que tal vez ya había intuido sin palabras apenas vi a Dan y a Jenny avanzando hacia mí aquella tarde por Belle Avenue, y era que allí, en aquella casa que no era mi casa, ante aquella mujer que no era mi mujer, con aquel niño dormido que no era mi hijo pero que dormía en el piso de arriba como si yo fuera su padre, allí yo era invulnerable, y también me pregunté, con un inicio centelleante de alborozo, si yo no estaba obligado a dotar de algún sentido al suicidio de Rodney, si la casa en que estaba no era un reflejo de mi casa y Dan y Jenny un reflejo de la familia que perdí, me pregunté si aquello era lo que se veía al emerger desde la suciedad del subsuelo a la claridad de la intemperie, si el pasado no era un lugar permanentemente alterado por el futuro y nada de lo ya acontecido era irreversible y lo que había al final del túnel copiaba lo que había antes de entrar en él, me pregunté si no era aquél el final verdadero de todo, el final del viaje, el final del túnel, el boquete en la puerta de piedra. Ahora sí, me dije, poseído por una extraña euforia. Se acabó. Finito. Kaputt.

Apenas acabé de pensar lo anterior interrumpí a Jenny.

–Hay una cosa que no te he contado –dije.

Me miró, un poco sorprendida por mi brusquedad, y de repente no supe cómo iba a contarle lo que le tenía que contar. Lo averigüé un segundo después. Entonces saqué de mi billetera la fotografía de Gabriel, Paula y Rodney en el puente de Les Peixeteries Velles y se la alargué. Jenny la cogió y durante unos instantes la examinó con atención. Luego preguntó:

–¿Son tu mujer y tu hijo?

–Sí –contesté y, como si fuera otra persona la que hablaba por mí, continué mientras un hilo de frío igual que una culebra me recorría el espinazo–: Murieron hace un año, en un accidente de tráfico. Es la única foto que conservo de ellos.

Jenny levantó la vista de la fotografía, y en aquel momento noté que el disco de Van Morrison había dejado de sonar; la realidad parecía haberse ralentizado, recuperando su velocidad de costumbre.

–¿Para qué has venido? –preguntó Jenny.

–No lo sé –dije, aunque sí lo sabía–. Estaba en un pozo y quería ver a Rodney. Creo que pensé que Rodney también había estado en un pozo y que había salido de él. Creo que pensé que podía ayudarme. O mejor dicho: creo que pensé que era la única persona que podía ayudarme... En fin, me doy cuenta de que todo esto suena un poco ridículo, y no sé si tiene mucho sentido para ti, pero creo que es lo que pensé.

Jenny apenas tardó en contestar.

–Tiene sentido –dijo.

Ahora fui yo quien la miré.

–¿De veras?

–Claro –insistió, sonriendo levemente, de nuevo una ínfima red de arrugas excavada en las comisuras de su boca. Por un segundo supe o sospeché que, porque había vivido con Rodney, sus palabras no eran fruto de la compasión, sino que era verdad que entendía, que sólo ella podía entender; por un segundo sentí la suave irradiación de su atractivo, y de golpe creí comprender el atractivo que había ejercido sobre Rodney. Casi como si diese por zanjado el asunto, o como si considerase que apenas merecía que le dedicásemos más tiempo, continuó–: La culpa. No es tan difícil entender eso. Yo también podría sentirme culpable de la muerte de Rodney, ¿sabes? Encontrar culpables es muy fácil; lo difícil es aceptar que no los hay.

No estaba seguro de lo que había querido decir con estas palabras, pero por algún motivo recordé otras que Rodney le había escrito a su padre: «Las cosas que tienen sentido no son verdad», había escrito Rodney. «Son sólo verdades recortadas, espejismos: la verdad es siempre absurda.» Jenny apuró su copa de vino.

–Tengo una copia del reportaje –dijo como si no hubiera cambiado de conversación y acto seguido fuera a darme su respuesta verdadera a la duda que yo acababa de formular–. ¿Quieres verla?

Porque no la esperaba, la pregunta me desconcertó. Primero pensé que no quería ver el reportaje; luego pensé que sí quería verlo; luego pensé que quería verlo pero que no debía verlo; luego pensé que quería verlo y que debía verlo. Pregunté:

–¿Lo has visto tú?

–Claro que no –dijo Jenny–. ¿Para qué?

Igual que si mi pregunta hubiera sido una respuesta afirmativa Jenny subió al piso de arriba, al rato regresó con la cinta de vídeo y me pidió que la acompañara hasta un cuarto que se hallaba entre la cocina y el salón, junto al arranque de las escaleras; en el cuarto había un televisor, un sofá, dos sillas, una mesita. Me senté en el sofá mientras Jenny encendía el televisor, introducía la cinta en el vídeo y me entregaba el mando a distancia.

–Te espero arriba –dijo.

Me recosté en el sofá y apreté play en el mando a distancia; a continuación empezó el reportaje. Se titulaba *Secretos sepultados, verdades brutales*, y duraba unos cuarenta minutos. Combinaba imágenes de archivo, en blanco y negro, pertenecientes a documentales sobre la guerra, e imágenes actuales, en color, de pueblos y campos de las regiones de Quang Ngai y Quang Nam, junto con algunas declaraciones de campesinos de la zona. Dos hilos cosían ambos bloques de imágenes: uno era una aséptica voz en off; el otro, el testimonio de un veterano de Vietnam. Lo que en síntesis narraba la voz en off era la historia externa de las atrocidades cometidas treinta y cinco años atrás por un sanguinario escuadrón de la División Aerotransportada 101 del Ejército Norteamericano que operó en Quang Ngai y Quang Nam, convirtiéndolas en un dilatado campo de exterminio. El escuadrón, conocido como la Tiger Force, era una unidad compuesta por cuarenta y cinco voluntarios que actuaban coordinados con otras unidades, pero que funcionaban con una gran autonomía y sin apenas supervisión, y a quienes se distinguía por su uniforme de camuflaje a rayas, a imitación de la piel del tigre; el catálogo de espantos que documentaba el reportaje carecía de límites: los soldados de la Tiger Force asesinaron, mutilaron, torturaron y violaron a cientos de personas entre enero y julio de 1969, y adquirieron celebridad entre la aterrorizada población de la zona por llevar colgados al cuello, como collares de guerra que conmemoraban brutalmente a sus víctimas, ristras de orejas humanas unidas por cordones de zapatos. Al final del reportaje la voz en off mencionaba el informe del Pentágono al que en 1974 la Casa Blanca dio carpetazo con la excusa de no reabrir las llagas del conflicto recién concluido. En cuanto al veterano, aparecía sentado en un sillón, inmóvil al contraluz de una ventana, de forma que una mancha de oscuridad emborronaba su rostro; su voz, en cambio –ronca, helada, abstraída–, no había sido distorsionada: era la voz evidente de Rodney. La voz contaba anécdotas; también hacía comentarios. «Ahora todo aquello es difícil de entender», decía por ejemplo la voz. «Pero llegó un momento en que para nosotros era la cosa más natural del mundo. Al principio costaba un poco, pero enseguida te acostumbrabas y era como un trabajo cualquiera.» «Nos sentíamos dioses», decía la voz. «Y en cierto modo lo éramos. Teníamos el poder de disponer de la vida de quien quisiéramos y ejercíamos ese poder.» «Durante años no pude olvidar a todas y cada una de las personas a las que vi morir», decía la voz. «Se me aparecían constantemente, igual que si estuvieran vivas y no quisieran morir, igual que si fueran fantasmas. Luego conseguí olvidarlas, o eso es lo que creí, aunque en el fondo sabía que no se habían marchado. Ahora han vuelto. No me piden cuentas, ni yo se las doy. No hay cuentas pendientes. Es sólo que no quieren morir, que quieren vivir en mí. No me quejo, porque sé que es justo.» La voz cerraba el reportaje con estas palabras: «Ustedes pueden creer que éramos monstruos, pero no lo éramos. Éramos como todo el mundo. Éramos como ustedes».

Cuando finalizó el reportaje me quedé un rato en el sofá, sin poder moverme, la vista clavada en la tormenta de granizo que ocupaba la pantalla del televisor. Luego saqué la cinta del vídeo, apagué el televisor y salí al porche. La ciudad estaba en silencio y el cielo lleno de estrellas; hacía un poco de frío. Encendí un cigarrillo y me puse a fumármelo mientras contemplaba la noche silenciosa de Rantoul. No sentía horror, no sentía náuseas, ni siquiera tristeza, por primera vez en mucho tiempo tampoco sentía angustia; lo que sentía era algo extrañamente placentero que no había sentido nunca, algo como un infinito agotamiento o una calma infinita y blanca, o como un sucedáneo del agotamiento o la calma que sólo dejaba ganas de seguir mirando la noche y de llorar. «Nada nuestro que estás en la nada», recé. «Nada es tu nombre, tu reino nada, tú serás nada en la nada como en la nada.» Al terminar de fumarme el cigarrillo volví a entrar en la casa y subí al piso de arriba. Jenny se había quedado dormida con un libro en el regazo y la luz encendida; Dan estaba acurrucado junto a ella. La habitación de al lado también tenía la luz encendida y la cama hecha, y deduje que Jenny la había preparado para mí. Apagué la luz de la habitación de Jenny y Dan, apagué la de la mía y me metí en la cama.

Aquella noche tardé mucho tiempo en dormirme, y al día siguiente me desperté muy temprano. Cuando Dan y Jenny se levantaron ya casi tenía listo el desayuno. Mientras desayunábamos, un poco precipitadamente porque era lunes y Dan tenía que ir al colegio y Jenny al trabajo, esquivé un par de veces la mirada de Jenny, y al terminar me ofrecí a llevarlos en coche. El colegio de Dan era, según comentó Jenny cuando aparcamos frente a él, el mismo en el que había trabajado Rodney: un edificio de ladrillo visto, de tres plantas, con un gran portón de hierro por el que se entraba al patio, rodeado de una verja metálica. Frente a la entrada ya se había congregado un grupo de padres e hijos. Nos sumamos al grupo y, cuando por fin se abrió el portón, Dan dio un beso a su madre; luego se volvió hacia mí y, escrutándome con los grandes ojos marrones de Rodney, me preguntó si iba a volver. Le dije que sí. Me preguntó que cuándo. Le dije que pronto. Me preguntó si le estaba mintiendo. Le dije que no. Asintió. Entonces, porque creí que iba a darme un beso, inicié el gesto de agacharme, pero me frenó alargándome la mano; se la estreché. Luego le vimos perderse con su mochila de párvulo por el patio de cemento, entre el guirigay de sus compañeros.

Mientras regresábamos al coche Jenny me propuso tomar un último café: aún tenía un rato antes de empezar a trabajar, dijo. Fuimos a Casey's General Store y nos sentamos junto a un ventanal que daba a los surtidores de gasolina y, más allá, al cruce de entrada a la ciudad; por los altavoces sonaba en sordina una melodía country. Reconocí a la camarera que nos atendió: era la misma que el domingo me había indicado de cualquier manera el camino hasta la casa de Rodney. Jenny cruzó unas palabras con ella y luego le pedimos dos cafés.

–Cuando Rodney volvió de España me dijo que querías escribir un libro sobre él –dijo Jenny en cuanto la camarera se hubo marchado–. ¿Es verdad?

Yo me había preparado para que Jenny me preguntara por el reportaje, pero no por lo que me preguntó. La miré: sus ojos grises habían adquirido una irisación violácea y revelaban una curiosidad que iba más allá de mi respuesta, o eso me pareció. Mi respuesta fue:

–Sí.

–¿Lo has escrito?

Dije que no.

–¿Por qué?

–No lo sé –dije, y recordé la conversación que sobre el mismo asunto habíamos mantenido Rodney y yo en Madrid–. Lo intenté varias veces, pero no pude.

O no supe. Creo que sentía que su historia no estaba acabada, o que no la entendía del todo.

–¿Y ahora? –preguntó Jenny.

–¿Ahora qué?

–¿Ahora está acabada? –volvió a preguntar–. ¿Ahora la entiendes?

Como en una súbita iluminación, en aquel momento me pareció comprender el comportamiento de Jenny desde mi llegada a Rantoul. Creí comprender por qué me había contado los últimos días de Rodney, por qué había querido mostrarme su tumba, por qué había querido que aquella noche me quedara a dormir en su casa, por qué había querido que viese el reportaje sobre la Tiger Force: igual que si las palabras tuvieran el poder de dotar de sentido o de una ilusión de sentido a lo que carece de él, Jenny quería que yo contara la historia de Rodney. Pensé en Rodney, pensé en el padre de Rodney, pensé en Tommy Birban, pero sobre todo pensé en Gabriel y en Paula, y por vez primera intuí que todas aquellas historias eran en realidad la misma historia, y que sólo yo podía contarla.

–No sé si está acabada –contesté–. Tampoco sé si la entiendo, o si la entiendo del todo. –Volví a pensar en Rodney y dije–: Claro que a lo mejor no hace falta entender del todo una historia para poder contarla.

La camarera nos sirvió los cafés. Cuando se hubo marchado, Jenny preguntó removiendo el suyo:

–¿Qué es lo que no entiendes? ¿Por qué lo hizo?

286

No contesté enseguida: probé el café y encendí un cigarrillo mientras con un escalofrío recordaba el reportaje.

–No –dije–. En realidad creo que eso es lo único que entiendo. –Igual que si pensara en voz alta añadí–: Si acaso lo que no entiendo es por qué no lo hice yo.

La taza de Jenny quedó en el aire, a medio camino entre la mesa y sus labios, mientras ella me miraba de forma dubitativa, como si mi observación fuera obviamente absurda o como si acabara de concebir la sospecha de que yo estaba loco. Luego desvió los ojos hacia el ventanal (el sol le dio de lleno en la cara, incendiando el pendiente dorado que quedaba a mi vista) y pareció reflexionar hasta que volvió a mirarme con una media sonrisa y la taza concluyó su viaje interrumpido, mojó sus labios y acabó posándose en la mesa.

–Bueno, ayer intenté explicártelo: tú no has matado a nadie. –«Me ha mentido», pensé en un segundo, en una fracción de segundo. «Ha visto el reportaje.» En cuanto volvió a hablar descarté esa idea–. Ni siquiera accidentalmente –dijo, y luego añadió–: Además, después de todo eres escritor, ¿no?

–¿Y eso qué tiene que ver?

–Todo.

–¿Todo?

–Claro, ¿no lo entiendes?

No dije nada y nos quedamos mirándonos un momento, hasta que Jenny aspiró hondo, espiró mientras desviaba otra vez la vista hacia el ventanal y quedaba un momento absorta contemplando al hombre que en aquel momento llenaba el depósito de su camioneta en la gasolinera, y cuando se volvió de nuevo hacia mí me inundó una especie de alegría, como si hubiera entendido de veras a Jenny y entenderla me permitiera también entender todo lo que hasta entonces no había entendido. Acabé de tomarme el café; Jenny hizo lo mismo.

–Se está haciendo tarde –dijo–. ¿Nos vamos?

Pagamos y salimos. Jenny me acompañó hasta el coche, y al llegar a él le pregunté si quería que la llevara a su trabajo.

–No hace falta –dijo–. Está muy cerca. –Sacó una libreta de su bolso, garabateó algo en una hoja, la arrancó y me la entregó–. Mi correo electrónico. Si te decides a escribir el libro, mantenme informada. Y otra cosa: no le hagas caso a Dan.

–¿A qué te refieres?

–A lo que te ha dicho a la puerta del colegio –aclaró.

–Ah –dije.

Hizo una mueca de contrariedad o de disculpa.

–Supongo que está buscando un padre –aventuró.

–No te preocupes. –Aventuré–: Supongo que yo estoy buscando un hijo.

Jenny asintió, sonriendo apenas; pensé que iba a decir algo, pero no dijo nada. Se metió una mano en el bolsillo del pantalón, en un gesto que me pareció tímido o embarazado, como si no acabara de decidir cómo debíamos despedirnos, y luego me la alargó; cuando se la estreché, noté algo frío y metálico en ella: era el Zippo de Rodney. Jenny no me dejó reaccionar.

–Adiós –dijo.

Y se dio la vuelta y empezó a alejarse. Tras un momento de indecisión me guardé el Zippo, monté en el coche, arranqué y, aguardando a incorporarme a la avenida que salía de Rantoul, miré a la izquierda y la vi todavía a lo lejos, caminando por la acera en sombra, sola y resuelta y frágil y sin embargo animada por algo como una inflexible determinación de orgullo, empequeñeciéndose a medida que se adentraba en la ciudad, y no sé por qué pensé en un pájaro, un colibrí o una garza o más bien una golondrina, pensé en el vuelo nervioso y sin miedo de una golondrina y luego pensé en el póster de John Wayne que pendía de una pared del Bud's Bar y que tantas veces habría visto Rodney y sin duda Jenny también, absurdamente pensé en esas dos cosas mientras seguía mirándola y esperando que en algún momento notase mi mirada y se diese la vuelta y ella también me mirase a mí, como si ese gesto último pudiera ser también una señal inconfundible de asentimiento. Pero Jenny no se dio la vuelta, no me miró, así que me incorporé a la avenida y salí de Rantoul.

Cuando aquella mañana llegué a Urbana yo ya había elaborado un plan bastante preciso de lo que iba a hacer en los próximos meses, o más bien en los próximos años; como es lógico, ese plan contemplaba el riesgo de que la realidad acabara por desvirtuarlo, pero no hasta volverlo irreconocible. Eso, para bien o para mal –nunca sabré si más para bien que para mal–, es lo que sin embargo ha ocurrido.

Regresé a España después de cumplir con impaciencia con los compromisos que tenía pendientes en Urbana y en Los Ángeles, y lo primero que hice al aterrizar en Barcelona fue ponerme a buscar un nuevo piso, porque apenas entré en el apartamento de Sagrada Familia comprendí que aquello era un muladar sin redención. Lo encontré enseguida –un apartamento pequeño y con mucha luz situado en la calle Floridablanca, no lejos de la plaza de España– y en cuanto acabé de instalarme en él me puse a escribir este libro. Desde entonces apenas he hecho otra cosa. Desde entonces –y va ya para seis meses– siento que llevo una vida que no es de verdad, sino falsa, una vida clandestina y escondida y apócrifa pero más verdadera que si fuera de verdad. El cambio de piso me permitió borrar con facilidad mis huellas, de manera que hasta hace poco nadie sabía dónde vivo. No veía a nadie, no hablaba con nadie, no leía periódicos, no veía la televisión, no oía la radio. Estaba más vivo que nunca, pero era como si estuviera muerto y la escritura fuese el único modo de evocar la vida, el cordón último que me unía a ella. La escritura y, hasta hace poco, Jenny. Porque a mi vuelta de Urbana, Jenny y yo empezamos a escribirnos casi a diario. Al principio nuestros correos electrónicos trataban en exclusiva del libro sobre Rodney que yo estaba escribiendo: le hacía preguntas, le pedía detalles y aclaraciones, y ella me contestaba con diligencia y aplicación; luego, poco a poco y de forma casi insensible, los correos empezaron a tratar de otras cosas –de Dan, de Rantoul, de su vida y la de Dan en Rantoul, de mí y de mi vida invisible en Barcelona, alguna vez de Paula y de Gabriel– y al cabo de algunas semanas yo ya había comprobado con satisfacción que aquella forma de comunicarnos toleraba o propiciaba una mayor intimidad que cualquier otra. Fue así como empezó un largo, lento, complejo, sinuoso y delicado proceso de seducción. Quizá la palabra no sea exacta: quizá la palabra exacta sea persuasión. O tal vez demostración. No sé qué palabra elegiría Jenny. No importa; lo que importa no son las palabras: son los hechos. Y el hecho es que, mientras me empleaba tan a fondo en ese proceso como en el libro que estaba escribiendo, yo no dejaba de imaginar mi vida cuando ambos hubiesen concluido y yo viviese con Dan y con Jenny en Rantoul. Imaginaba una vida plácida y provinciana como la que alguna vez temí y luego tuve y más tarde destruí, una vida también apócrifa y verdadera en medio de ninguna parte. Me imaginaba levantándome cada día muy temprano, desayunando con Dan y con Jenny y llevándolos luego al colegio y al trabajo y luego encerrándome a escribir hasta que llegaba la hora de ir a buscarlos, primero a Dan y después a Jenny, los iba a buscar y volvíamos a casa y preparábamos la cena y cenábamos y después de cenar jugábamos o leíamos o veíamos la televisión o charlábamos hasta que el sueño nos iba derrotando uno a uno sin que ninguno de los tres quisiera admitir, ni siquiera ante sí mismo, que aquella rutina cotidiana era en realidad una suerte de sortilegio, un pase de magia con el que queríamos volver reversible el pasado y resucitar a los muertos. Otras veces me imaginaba tumbado en una hamaca, en el jardín trasero, junto al cobertizo en el que en un tiempo tan remoto que ya no parecería real se colgó Rodney, en una tarde de sábado o de domingo de finales de primavera o principios del verano ardiente de Rantoul, con Dan y sus amigos gritando y jugando a mi alrededor mientras yo leía azarosamente a Hemingway y a Thoreau y a Emerson, alguna vez incluso a Mercè Rodoreda, mientras escuchaba a Bob Dylan y compartía sorbitos de whisky y caladas de marihuana con Jenny, que iría y vendría entre la casa y el jardín: desde allí la muerte de Gabriel y de Paula quedaría muy lejos, Vietnam quedaría muy lejos, el éxito y la fama quedarían tan lejos como las nubes minúsculas que de vez en cuando cegarían el sol, y entonces me vería a mí mismo como el hippy que hace más de treinta años debió de ser Rodney y nunca quiso dejar de ser. Me vería así, me imaginaba así, feliz y un poco ebrio, convertido de algún modo en Rodney o en el instrumento de Rodney, mirando a Dan como si en realidad estuviera mirando a Gabriel, mirando a Jenny como si en realidad estuviera mirando a Paula. Y mientras en estos meses de Barcelona imaginaba mi vida futura y feliz en Rantoul y continuaba la larga y lenta y sinuosa seducción o persuasión de Jenny en la intimidad del correo electrónico, ni un solo día dejé de sentarme a este escritorio y de dedicarme de lleno a cumplir el encargo tanto tiempo postergado de escribir esta historia que tal vez Rodney me adiestró desde siempre para que contara, esta historia que no entiendo ni entenderé nunca y que sin embargo, según imaginé a medida que la escribía, estaba obligado a contar porque sólo puede entenderse si la cuenta alguien que, como yo, nunca acabará de entenderla, y sobre todo porque es también mi historia y también la de Gabriel y la de Paula. Así que durante mucho tiempo escribí y seduje y persuadí y demostré e imaginé, hasta que un día, cuando sentí que el proceso de seducción estaba maduro y que, aunque aún ignoraba cuál era el final exacto de este libro, ya estaba sin duda avistándolo, decidí exponerle abiertamente mis planes a Jenny. Lo hice sin temor y sin rodeos, igual que si estuviera recordándole un compromiso contraído por los dos tiempo atrás como quien acepta una fatalidad dichosa, porque a aquellas alturas, después de meses de escribirla casi a diario y de insinuarle de forma cada vez menos críptica mis intenciones, yo estaba seguro de que mis palabras no podían sorprenderla, y también de que ella iba a acogerlas con alegría.

No fue así. Increíblemente –al menos increíblemente para mí–, ambas seguridades eran falsas. Jenny tardó en contestar mi correo electrónico, y cuando por fin lo hizo fue para agradecer mi propuesta y para rechazarla a continuación de forma afectuosa pero taxativa. «No funcionaría», me escribió Jenny. «No basta con prever que las cosas vayan a ocurrir para que ocurran, ni basta con desearlo. Esto no es álgebra ni geometría: cuando se trata de personas dos más dos

293

nunca suman cuatro. Quiero decir que nadie puede sustituir a nadie: Dan no puede sustituir a Gabriel, yo no puedo sustituir a Paula; tú, por más que quieras, no puedes sustituir a Rodney.» «Termina el libro», concluía Jenny. «Se lo debes a Rodney. Se lo debes a Gabriel y a Paula. Nos lo debes a Dan y a mí. Sobre todo te lo debes a ti. Termínalo y luego, si te apetece, ven a pasar con nosotros unos días. Te estaremos esperando.» La respuesta de Jenny me dejó anonadado, sin capacidad de reacción, como si acabaran de abofetearme y no supiera quién ni cómo ni por qué me había abofeteado. La releí, volví a releerla; entendía todas sus palabras, pero me resultaba imposible asimilarla. Yo estaba tan convencido de que mi futuro estaba en Rantoul, con Dan y con ella, que ni siquiera había imaginado un futuro alternativo por si ése era ilusorio o fracasaba. Por lo demás, la negativa de Jenny era tan inequívoca y sus argumentos tan invulnerables que no me sentí con fuerzas para tratar de rebatirlos e insistir en mi propuesta.

No contesté el correo de Jenny: no iba a haber ningún pase de magia, no iba a haber ningún sortilegio, no iba a recuperar lo que había perdido. De repente me vi volviendo a mi vieja vida de subsuelo; de repente me pareció comprender que era absurdo continuar escribiendo este libro. Y ya estaba a punto de abandonarlo definitivamente cuando descubrí cuál era su final exacto y por qué tenía que terminarlo. Ocurrió poco después de que una tarde, al salir de mi casa para comer, descubriera un paquete de tabaco lleno de porros de marihuana sobresaliendo por la ranura de mi buzón. No pude evitar sonreír. A la mañana siguiente telefoneé a Marcos, y dos días después quedamos a tomar una cerveza en El Yate.

Fue Marcos quien eligió el bar. Cuando llegué, mucho antes de la hora convenida, mi amigo ya estaba allí, sentado en un taburete, de espaldas a la puerta y acodado a la barra. Sin decir nada me senté junto a él y pedí una cerveza; Marcos tampoco dijo nada, ni siquiera apartó la vista de su copa. Era un jueves de mediados de octubre, y la última luz de la tarde estaba a punto de apagarse contra los ventanales que se abrían sobre la esquina de Muntaner y Arimon. Mientras esperaba a que me sirvieran pregunté:

–¿Cómo me has localizado?

Marcos suspiró antes de contestar.

–Por casualidad –dijo–. El otro día te vi por la calle y te seguí. Ya sabía que habías cambiado de piso, pero por lo menos podías haber avisado antes. No están las cosas como para andar tirando marihuana.

–No la has tirado –dije–. Seguro que el que alquiló el piso después de que yo me marchara te lo ha agradecido.

–Muy gracioso. –Se volvió para mirarme. Luego dijo–: ¿Cómo estás?

Con alguna aprensión yo también me volví. A primera vista no me recordó al cuarentón envejecido de nuestro último encuentro, en el MACBA o el Palau Robert, la misma noche desastrosa en que traté de seducir a Patricia; sólo parecía fatigado, tal vez aburrido:

de hecho, los vaqueros desteñidos, el jersey azul muy holgado y la camisa de un azul más claro, con los faldones por fuera, le conferían un aspecto de desaliño vagamente juvenil, que no desmentían del todo ni el pelo escaso y gris ni las gafas de concha, gruesas y un poco anticuadas; una barba de dos días le sombreaba las mejillas. Mientras lo examinaba me sentí examinado por él, y antes de contestar a su pregunta me pregunté si yo le estaría recordando a un fantasma o un zombi.

–Bien –mentí–. ¿Y tú?

–Yo también.

Cabeceé aprobadoramente. El camarero me sirvió la cerveza, di un sorbo, me encendí un cigarrillo y luego se lo encendí a Marcos, que se quedó mirando el Zippo de Rodney; yo también lo miré: por un momento me pareció un objeto remoto y extraño, un aerolito minúsculo o un fósil o un superviviente de una glaciación; por un segundo me pareció que el perro que había grabado en él no sonreía, sino que se estaba burlando de mí. Dejé el mechero sobre la barra, encima del paquete de tabaco; pregunté:

–¿Cómo está Patricia?

Marcos volvió a suspirar.

–Nos separamos hace más de un año –dijo–. Creí que lo sabías.

–No lo sabía.

–Bueno, da lo mismo –dijo como si de veras diera lo mismo, palpándose con una mano la barba crecida; observé que una mancha de pintura oscurecía un poco su dedo anular–. Supongo que llevábamos demasiados años juntos y, en fin... Desde hace unos meses está viviendo en Madrid, así que ya no la veo.

No dije nada. Continuamos bebiendo y fumando en silencio, y en un determinado momento me acordé inevitablemente de la última vez que había estado en El Yate, diecisiete años atrás, con Marcos y con Marcelo Cuartero, cuando éste me propuso marcharme a Urbana y todo empezó. Paseé la mirada por el bar. Yo recordaba un lujoso local de la parte alta, inaccesible a nuestra economía de indigentes, frecuentado por ejecutivos y reluciente de espejos y maderas bruñidas, pero el lugar donde ahora me hallaba parecía más bien (o por lo menos me lo parecía a mí) una oscura taberna de pueblo: ciertos detalles de la decoración se esforzaban patéticamente en remedar el interior imaginario de un yate –marinas desmayadas, lámparas en forma de ancla, apliques coronados por globos de luz en forma de escualo, un reloj de péndulo en forma de raqueta de tenis–, pero las horribles cortinas de color rosa recogidas contra los marcos de los ventanales pintados de un verde horrible, las bandejas de tapas rancias alineadas en la barra sin brillo, las máquinas tragaperras parpadeando su promesa apremiante de riqueza, los camareros de uniformes manchados de caspa y la parroquia de bebedoras solitarias de Marie Brizard y de bebedores solitarios de ginebra que de cuando en cuando intercambiaban comentarios de viejos conocidos avezados al alcohol y al cinismo acercaban El Yate al Bud's Bar antes que a mi recuerdo de El Yate. De repente me sentí a gusto allí, con mi cigarrillo y mi cerveza en la mano, como si nunca hubiera debido salir de aquel bar de Barcelona con su atmósfera de bar de pueblo; de repente me pregunté por qué Marcos me había citado precisamente allí.

–¿Por qué me has citado aquí? –pregunté.

–Hace tiempo que no venía –dijo. Y añadió–: No ha cambiado nada.

Perplejo, le pregunté si se refería al bar.

–Me refiero al bar, a la calle Pujol, al barrio, a todo –contestó–. Seguro que hasta nuestro piso está idéntico. Me jode.

Sonreí.

–¿No irás a ponerte nostálgico?

–¿Nostálgico? –La interrogación no contenía sorpresa, sino fastidio, un fastidio que lindaba con la irritación–. ¿Por qué nostálgico? Aquello no fue lo mejor que nos ha pasado en la vida. A veces lo parece, pero no lo fue.

–¿No?

–No. –Frunció los labios en una mueca despectiva–. Lo mejor es lo que nos está pasando ahora.

Hubo un silencio, al cabo del cual oí que Marcos se estaba riendo; contagiado, yo también empecé a reír, y durante un rato una risa floja, rara e incontrolada nos impidió hablar. Luego Marcos propuso tomar otra cerveza y, mientras nos la servían, por preguntarle algo le pregunté por su trabajo. Marcos dio un trago de cerveza que dejó una pincelada de espuma en torno a su boca.

–Hace cosa de un año, justo después de que Patricia y yo nos separáramos, dejé de pintar –explicó–. No hacía más que sufrir. No vendía un puñetero cuadro desde hacía meses y ni siquiera podía salvar los muebles echándole la culpa al mercado, ese señor tan socorrido, porque sentía que lo que pintaba era una porquería. Así que dejé de pintar. No sabes lo bien que me sentí. De repente me di cuenta de que todo era un malentendido absurdo: alguien o algo me había convencido de que yo era un artista cuando en realidad no lo era, y por eso sufría tanto y todo era una mierda. Veinte años tirando en una dirección cuando en realidad quería ir hacia otra, veinte años al basurero... Un maldito malentendido. Pero, en vez de deprimirme, en cuanto comprendí eso me sentí bien, fue como si me hubiera quitado un peso enorme de encima. Así que decidí cambiar de vida. –Dio una calada al cigarrillo y otra vez empezó a reírse, pero se atragantó con el humo y la tos le cortó la risa–. Cambiar de vida –continuó después de un trago de cerveza que le aclaró la garganta–. Menudo camelo. Hay que ser gilipollas para creer que se puede cambiar de vida, como si con cuarenta años todavía no supiéramos que no somos nosotros los que cambiamos la vida, sino la vida la que nos cambia a nosotros. En fin... El caso es que alquilé una casa en el campo, en un pueblo de la Cerdanya, y lo mandé todo al diablo. El primer mes fue estupendo: paseaba, cuidaba el huerto, charlaba con los vecinos, no hacía nada; incluso conocí a una chica, una enfermera que trabaja en Puigcerdà. Aquello parecía el paraíso, y empecé a hacer planes para quedarme allí. Hasta que se jodió. Primero fueron los problemas con los vecinos, luego la chica se aburrió de mí, luego yo empecé a aburrirme. De repente los días se me hacían eternos, me preguntaba qué demonios hacía allí. –Calló un momento y preguntó–: ¿Sabes lo que hice entonces? –Lo imaginaba, casi lo sabía, pero dejé que fuera Marcos quien respondiera a su propia pregunta–. Me puse a pintar. Tiene huevos. Me puse a pintar por aburrimiento, para entretener el tiempo, porque no tenía nada mejor que hacer.

Pensé en mi libro interrumpido y en los dos alegres y arrogantes kamikazes que Marcos y yo habíamos imaginado ser diecisiete años atrás y en las obras maestras con las que planeábamos vengarnos del mundo. Dije:

–Me parece una razón tan buena como cualquier otra.

–Te equivocas –discrepó Marcos–. Es la mejor razón. O por lo menos la mejor que se me ocurre a mí. La prueba es que nunca me he divertido tanto pintando como desde entonces. No sé si lo que he pintado es bueno o es malo. Puede que sea malo. O puede que sea lo mejor que he pintado en mi vida. No lo sé, y la verdad es que me da igual. Lo único que sé es que, bueno... –Dudó un momento, me miró y pensé que iba a escapársele la risa de nuevo–. Lo único que sé es que si no lo hubiese pintado aún estaría viviendo en aquel pueblo de mierda.

Aunque las manecillas del reloj de péndulo en forma de raqueta estaban congeladas marcando las cin-

co, sin duda ya eran más de las nueve, porque los bebedores solitarios de ginebra y de Marie Brizard habían desaparecido de El Yate y los camareros llevaban
un rato sirviendo la cena en las mesas que se alineaban a lo largo del ventanal; más allá de éste ya era noche cerrada, y las luces de los coches y los semáforos
y las farolas infundían a la calle una temblorosa su-
gestión de acuario. Cuando Marcos se cansó de mo-
nologar acerca de los cuadros que había pintado o
imaginado o esbozado en la Cerdanya, preguntó:

–¿Y tú?

–¿Yo qué?

–¿Estás escribiendo?

Le dije que no. Luego le dije que sí. Luego le pregunté si quería tomar otra cerveza. Aceptó. Mientras
nos la tomábamos le conté que había dedicado los últimos meses a escribir un libro, que hacía dos semanas
que lo había abandonado y que ya no estaba seguro
de que mereciera la pena terminarlo, ni siquiera de
querer terminarlo. Marcos me preguntó de qué iba el
libro.

–De muchas cosas –dije.

–¿Por ejemplo? –insistió.

Fue entonces cuando, al principio con desgana, casi
por corresponder a las confidencias de Marcos, más
tarde con interés y al final transportado por mis propias palabras, empecé a hablarle de nuestro piso compartido en la calle Pujol, del encuentro con Marcelo
Cuartero en El Yate, de mi viaje a Urbana y mi trabajo en Urbana y mi amistad con Rodney, del padre de

Rodney, de los años de Rodney en Vietnam, de mi retorno a Barcelona y luego a Gerona, de Paula y de Gabriel y de mi encuentro con Rodney en el hotel San Antonio de la Florida, en Madrid, de las dos tragedias que hay en la vida y de la alegría del éxito y de su euforia y su humillación y su catástrofe, de la muerte de Gabriel y de Paula, de mi purgatorio en el piso de Sagrada Familia, de túneles y subsuelos y puertas de piedra, de boquetes en las puertas de piedra, de mi viaje por Estados Unidos y mi regreso a Rantoul, de Dan y de Jenny, de los crímenes de la Tiger Force y de la muerte de Tommy Birban y del suicidio de Rodney, de mi retorno a Barcelona, de mi retorno frustrado a Rantoul, de los espejismos del álgebra y la geometría. Le hablé de todas estas cosas y de otras, y a medida que lo hacía supe que Jenny tenía razón, que Marcos tenía razón: debía terminar el libro. Lo terminaría porque se lo debía a Gabriel y a Paula y a Rodney, también a Dan y a Jenny, pero sobre todo porque me lo debía a mí, lo terminaría porque era un escritor y no podía ser otra cosa, porque escribir era lo único que podía permitirme mirar a la realidad sin destruirme o sin que cayera sobre mí como una casa ardiendo, lo único que podía dotarla de un sentido o de una ilusión de sentido, lo único que, como había ocurrido durante aquellos meses de encierro y trabajo y vana espera y seducción o persuasión o demostración, me había permitido vislumbrar de veras y sin saberlo el final del viaje, el final del túnel, el boquete en la puerta de piedra, lo único que me había sacado del subsuelo a la intemperie y me había permitido viajar más deprisa que la luz y recuperar parte de lo que había perdido entre el estrépito del derribo, terminaría el libro por eso y porque terminarlo era también la única forma de que, aunque fuera encerrados en estas páginas, Gabriel y Paula permaneciesen de algún modo vivos, y de que yo dejase de ser quien había sido hasta entonces, quien fui con Rodney –mi semejante, mi hermano–, para convertirme en otro, para ser de alguna manera y en parte y para siempre Rodney. Y en algún momento, mientras seguía contándole a Marcos mi libro sabiendo ya que iba a terminarlo, me asaltó la sospecha de que quizá no lo había abandonado dos semanas atrás porque no quisiera terminarlo o no estuviera seguro de que mereciera la pena terminarlo, sino porque no quería terminarlo: porque, cuando ya estaba vislumbrando su final –cuando casi sabía lo que quería decir esta historia, porque ya casi lo había dicho; cuando casi había llegado a donde quería llegar, precisamente porque nunca había sabido adónde iba–, me pudo el vértigo de ignorar lo que habría al otro lado, qué abismo o espejo me aguardaba más allá de estas páginas, cuando tuviera de nuevo todos los caminos por delante. Y fue entonces cuando no sólo supe el final exacto de mi libro, sino también cuando hallé la solución que estaba buscando. Eufórico, con la última cerveza se la expliqué a Marcos. Le expliqué que iba a publicar el libro con un nombre distinto del mío, con un seudónimo. Le expliqué que antes de publicarlo lo reescribiría por completo. Cambiaré los nombres, los lugares, las fechas, le expliqué. Mentiré en todo, le expliqué, pero sólo para mejor decir la verdad. Le expliqué: será una novela apócrifa, como mi vida clandestina e invisible, una novela falsa pero más verdadera que si fuera de verdad. Cuando terminé de explicárselo todo, Marcos permaneció unos segundos en silencio, fumando con expresión ausente; luego se tomó de un trago el resto de cerveza.

    –¿Y cómo acaba? –preguntó.

    Abarqué de una mirada el bar casi vacío y, sintiéndome casi feliz, contesté:

    –Acaba así.

NOTA DEL AUTOR

Como todos, este libro está en deuda con muchos otros libros. Entre ellos debo mencionar dos volúmenes que recogen experiencias de ex combatientes de Vietnam: *Nam*, de Mark Baker, y *War and Aftermath in Vietnam*, de T. Louise Brown. También me han sido muy útiles los siguientes textos: *A Rumor of War*, de Philip Caputo; *Vietnam. A War Lost and Won*, de Nigel Cawthorne; *Dispatches*, de Michael Herr; «Trip to Hanoi», en *Styles of Radical Will*, de Susan Sontag. Por lo demás, quiero agradecer la ayuda desinteresada que me han prestado Quico Auquer, Andrés Barba, Jessica Berman, Frederic Bonet, David Castillo Buils, Àngel Duarte, Tomàs Franca, David T. Gies, Cristina Llençana, Rosa Negre, Núria Prats, Guillem Terribas, John C. Wilcox y, muy especialmente, Jordi Gracia, Felip Ortega y David Trueba, a quienes este libro debe todavía más de lo que creen.

Últimos títulos